讓生命潛能 帶你探索心靈世界的真、善、美

Life Potential Publishing Co., Ltd

催眠之聲伴隨你

My Voice Will Go With You

The Teaching Tales of Milton H. Erickson

催眠諮商大師艾瑞克森的故事與手法

敘事千變萬化，暗示無處不在。

讓一代催眠導師勾動你的潛意識，

展開一場迷人而不可抗拒的心靈療程！

催眠學領域專家

蔡東杰/王輔天/王悟師/徐明

資深心理治療督導師

陳瀅妃

專業推薦

米爾頓・艾瑞克森 Milton H. Erickson
史德奈・羅森 Sidney Rosen ／著
蕭德蘭／譯

推薦序——

交換禮物的幸福工作

蔡東杰

病人來到治療室述說著生命的故事，我會仔細聆聽、提問，逐步瞭解認識病人。有人說這是剝洋蔥，而我喜歡當它是打開禮物。當我收到病人珍貴的禮物，我希望自己也能回贈一份對等的禮物——各式各樣不同的故事，才不至於失禮了。或許一個能夠同理病人的故事，或許一個能夠提供不同思考的故事，或許一個解決問題的故事。病人也要用同樣的方式，逐步拆解我的禮物，找尋適合他的意義。治療就是交換禮物的幸福工作。

在成為一個精神科醫師之前，我就對於心理治療這個工作感到興趣，治療師透過談話就能達到療癒的效果。從心理劇、團體治療、家族治療到認知治療，我試圖尋找**適合自己的**治療模式。直到二〇〇一年底，我參加了高雄張老師舉辦的催眠師證照課程，第一次接觸到了催眠，這項**古老又神秘**的治療技巧。見識到了透過催眠的談話，就能夠改變人的意識、情緒、認知、生理反應以及行為。我知道這是我尋求多年的治療模式，但當時的我並不知道將會在**催眠的領域**走多遠的路。

我**好奇**地找了家人、同事對他們做催眠，而他們都很客氣地進入催眠，感謝我讓他們有這麼放鬆、舒服的體驗，這對於一個催眠新手的確有莫大的鼓勵作用。我也將催眠運用在病人身上，從簡單的放鬆解除焦慮症狀、克服社交恐懼，到體重控制都得到不錯的效果。但同時也遭遇到某些無法達到預期效果的案例。當時我找不到任何的精神醫學、心理治療的前輩、同儕能夠一起討論催眠療法，而證照班的同學大多對於前世催眠有興趣。我的催眠學習之路遇到第一個瓶頸，直到2002年9月我來到亞利桑那州鳳凰城，參加了艾瑞克森基金會（The Milton H. Erickson Foundation）舉辦的密集訓練（intensive training）。

第一次聽到「艾瑞克森」這個名號，是證照班的同學唐道德（阿德）。他說他會在週末搭夜車到新竹參加王輔天神父的「艾瑞克森催眠」以及「NLP」課程，又說艾瑞克森催眠是間接催眠，不同於一般的傳統催眠，真是聽得我滿頭霧水。催眠不就是暗示與放鬆嗎？哪還有那麼多的學問。

艾瑞克森催眠的確有**學不完的學問**。

當我踏入密集訓練的課堂，有一種**回到家**的感覺，如此的親切溫暖。催眠不再是怪力亂神、前世因緣，催眠是可以科學驗證的治療技術。為期兩週的課程，不同的老師以自己的方式深入淺出地演繹艾瑞克森醫師發展出來的催眠以及心理治療思想與技巧。當然，最重要的收穫是認識了艾瑞克森醫師這位曠世天才。

回到台灣，我搜尋所有艾瑞克森醫師相關的書籍。「催眠之聲伴隨你」立即成為書櫃中最重要的一本。

第一次閱讀本書，一個接著一個「艾瑞克森式」的故事衝擊著原本僵化的大腦。剛開始還試圖理解箇中的治療原理，不多久便完全放棄了，只隨著書中的故事進入了似醒似睡的催眠狀態。闔上書本，**我的意識**只記得肉桂臉、「我會嫁給赫洛德嗎？」、邪惡的愉快、享受游泳池與水流所提供的舒適感受、徹底失控「強暴」了她；而**我的潛意識**則漫遊在沒有時間沒有空間的虛無當中。聽完艾瑞克森醫師說了這麼多的故事，心中不免有許多的疑問：這些是催眠嗎？這些故事與催眠有什麼樣的關聯？能夠如何利用這些故事增進催眠治療能力？這是我學習催眠遭遇的第二個瓶頸。

艾瑞克森醫師是一位非常獨特的人。他認為每一個人都是**獨一無二**的，他會依據每一個病人發明專屬的治療，也會根據每一個學生的需要提供不同的教學方法。他從未對他的催眠或治療提出任何的理論模式，也很少直接與學生討論催眠與治療的技巧，因此，理解艾瑞克森醫師就不是那麼地容易。想要理解艾瑞克森醫師，從他的起源「催眠」開始，或許是個可行的方法。

不論催眠、心理治療、或是任何形式的人際溝通，都從精確的**觀察**開始。在艾瑞克森醫師的故事，總不經意地談到如何透過精細的觀察發掘潛意識透露的訊息。「學習站立」的故事中，他談到他的姊妹們「往往伸手給對方一個蘋果，卻又同時扣住蘋果不放」。「預知考題」的故事：當你**認真聽講**並且能夠留意講者對講授內容所作的各種**強調**時，實不難預測考題所在。亞瑟正是箇中翹楚，他不但擅長聆聽，又十分懂得如何就所聽的內容進行評估選擇。第十章「用心觀察」更強調了觀察對於問題的了解與解決有關鍵性的影響，「你接下來要說的話，取決於你剛才說的話所引發的反應」。

艾瑞克森醫師發展出有別於傳統催眠直接暗示的催眠語言：間接催眠暗示。這樣的語言安排，可以繞過意識的阻抗，而將催眠暗示直接傳送到潛意識。例如：第一章的第一句話：「你尚未覺悟到自己絕大部分的生活深受潛意識的掌控。」就是一句標準的「假設前提」句法。聽到這句話，我們的意識很自然地將注意力放在「尚未覺悟」，而我們的潛意識則毫無保留地接受了「絕大部分的生活深受潛意識的掌控」的這個假設前提。為了方便學習，他的學生將這套催眠語言分解歸類，對間接催眠語言有興趣的讀者可以參考拙著《催眠治療實務手冊》。而除了字句上的安排，艾瑞克森醫師會巧妙地改變說話的音調、速度、停頓、和方向，同時藉由細微的肢體動作，例如：緩慢地低下頭對著地板說話，達到更為精準的效果。礙於本書只能以文字的方式呈現，讀者無法完全體會艾瑞克森醫師親臨現場的感受。所幸本書作者羅森醫師深諳艾瑞克森醫師說話的「眉角」，適時地在文字中標記了粗體字與括號，建議讀者閱讀時能夠跟隨這些標記領略催眠的奧妙。

艾瑞克森醫師另一項令人津津樂道的技巧是「會談式催眠（conversational trance）」。艾瑞克森醫師與他的病人和學生互動時，使用正式催眠的機會只有百分之十五，但他的病人和學生總會在聽他談話時，不知不覺進入催眠。他會在社交的層面談論一件事，例如：第五章的「推鉛球金牌得主」，同時運用前面談到的間接語句、聲音表情與肢體語言，而在心理層面傳達不同的意義「進入催眠」，而讓聽他說故事的人進入催眠。當然，整個過程他也會仔細地觀察，聽故事的人有什麼反應，適時地調整說故事的方法，達到多層次的溝通（multi-level communication）。他也會重複說同樣的故事，但會依不同的情境與對象微調故事的內容。

艾瑞克森醫師的治療並不局限於治療室當中。第四章「仙人掌治酗酒」，他說：「……我建議你去做一件似乎不太對勁的事。請到植物園去看看那些仙人掌，讚歎那些可以在缺水情況下存活三年的仙人掌。然後，自己好好反省反省。」第六章「走路健身妙方」，他要求因病退休的警察，「走到城鎮的那一頭去購買這包菸……到半哩之外的雜貨店中購買每餐所需的食物……走到一哩外的酒吧喝第一杯酒。若想繼續喝第二杯酒，必須再度起身到間隔一哩外的另外一間酒吧去……」。艾瑞克森醫師相信聚焦在現在與未來，讓病人的生活有不同的**正面經驗**，將引發一連串的雪球效應。

過去這些年學習與分享艾瑞克森催眠，我終於能夠初步領略艾瑞克森醫師說故事的藝術與美感，這是我初次閱讀本書時做不到的。期許隨著時間與經驗的累積，在多年之後我能夠有更深層的體會。當然，更希望我的分享能幫助催眠與艾瑞克森治療的同好，對於艾瑞克森醫師的故事有不同角度的理解。

您是否已經發現這些故事的確是催眠，的確是心理治療，而且是精準高效率的心理治療呢？

蔡東杰

・精神科醫師
・高雄養全診所院長
・華人艾瑞克森催眠治療學會創會理事長
・催眠治療實務手冊作者

推薦序——

我的催眠學習體驗

陳瀅妃

我跟史德奈．羅森博士（Dr.Sidney Rosen）的認識是從二〇〇一年我在紐約跟他學習專業催眠心理治療的時候。我那時在紐約念婚姻家庭治療研究所及在兒童局家暴中心工作，因為對催眠極度的熱忱及興趣，便每週兩小時去上紐約艾瑞克森催眠心理治療學會（NYSEPH，The New York Milton H. Erickson Society for Psychotherapy and Hypnosis）的一百小時訓練。總時間其實遠遠多於一百小時，至少要花一年半以上（因為還要做個案並寫報告）。

第一次見面時，是在NYSEPH篩選學生的年度派對上。他就像一個從古式電影中冒出來的有趣老人（想得知有多古式及不尋常，可參考我在《遇見紐約色彩的心理治療督導》一書中的描述）。他當時滿頭白髮、白鬍，七十多歲，有點駝背，人不高，但眼神在睿智中顯得溫柔。雖然那時我不知他正是艾瑞克森極得意且極有成就的門生之一，也不知道他就是《催眠之聲伴隨你》一書的作者，但我很快地被他的神奇魅力所震撼。他很親切地過來打招呼，介紹什麼是艾瑞克森式的催眠心理治療，他說，基本上有太多「睜眼說瞎話」的方法，隨便用都有「一千零一種」（他曾發表在期刊上）。我提起希望他現場示範的要求，他沒說好不好，只是很輕易地跟我握手。只見一、兩秒鐘的時間，我的整隻右手臂便僵硬不能動彈。所有在場的學生候選人，皆眼睜睜地看我快速、自然地進入催眠狀態，大家都瞪大了眼睛哇哇叫！

我很清楚地記得，他後來跟大家微笑了一下，接著簡單示意要我看著我自己的手心，而他隨意地在我手心來回接觸握兩下，用手指朝手肘點，在手肘處，順勢彎了我的下手臂往我的上臂方向跑，貼上我的右臉頰，前後就幾秒鐘的時間，我的手竟然黏在頭上分不開來?!再一次地，大家都眼睜睜看著這一切的奇妙發生，內心全都還來不及用邏輯想：「怎麼了？」「發生什麼事？」只知所有的學生都搶著求他收做學徒！

我後來才知道，為何催眠大師艾瑞克森在眾多得意弟子中就挑史德奈．羅森來傳述他的故事，就因羅森最能抓得住艾瑞克森的精髓，艾瑞克森極欣賞羅森深入淺出的個人風格及實務技巧（換句話說，史德奈．羅森的思路、手法最像艾瑞克森）。

在上課的時候，他曾用像原子筆筆心那樣粗的醫用針往自己手臂刺，然後問我們五個學生說：「要看滴幾滴血？」基本上用那麼粗的針，絕對會鮮血狂流，但我們隨口說：「五滴。」他真的就在示範之下滴了五滴便自動止血。大家的眼睛都翻了一圈，嘴巴又楞開了。另一位德裔女學生想踢館，自願被針扎，但她也在催眠之下，隨著我們說：「滴三滴。」便也滴三滴而止血。

羅森也示範過「無限」的「一千零一種」催眠法——我們曾被他辦公室的冷氣聲音給催眠，另一次則是蠟燭，另一次是完全聽不懂的外文……催眠可以是好玩的即興創作，可以不設限，可以就地取材。

我本身是個極好奇前世回溯的人，我曾要求他帶領我進入我生平第一次的前世回溯，他慷慨地給了我一小時一百五十元的學生價（這是他十年前的標準，當時他收一般個案是兩百元。）我自己在深度催眠中，從法國跑到了土耳其，又跑到義大利，看見對我修習婚姻家庭治療影響最深的修女身分……當時在一個小時中，我共回溯四世，這經驗使我頓悟不少生命中的心結，我在我的第二本書中有詳細的經驗分享。羅森是個太會在旁深度陪伴的好老師了！

催眠在他的運用下，真的只是一種很自然的現象，催眠師只是個介於個案意識跟潛意識中間的橋樑。催眠師只是個誘發、陪伴者，真正做主去探索、理解的仍是個案。個案基本上是很有自主權的，也很清醒自己在做什麼。所以，史德奈．羅森要我們一定要記住：「所有的催眠都是自我催眠。」個案不願去做的事，催眠師也絕對勉強不了。像當時我能夠被羅森博士催眠，就因為我早沒有心防，我是百分之兩千地願意被催眠，是「我」催眠我自己的，而他說自己只是個媒介。

至今縱使我人在台灣，仍然在我耳邊指導的是他一直跟隨陪伴的聲音（如同這本書的書名：催眠之聲伴隨你，真的取得名符其實呀）。我有很多對個案溫和有趣的手法也跟他相似。

在跟隨他及NYSEPH老師們的過程中，我學到了很多超級實用而且好用的東西。比如說，在最基本的課程中，我們介紹什麼是催眠現象、什麼是催眠的迷思、如何巧妙地運用聲音及字彙，身體細微反應的現象觀察、放鬆技巧、「伴隨」（pacing）及「帶」（leading）個案進入催眠狀況、如何運用抗拒、直接及間接建議、運用隱喻、身體訊號溝通（ideomotor signaling）；之後才進入中階的困惑技巧、說故事、矛盾技巧、身體疼痛控制、戒癮、自我能力增強；最後才進入恐懼治療、性問題治療、自動書寫、時間扭曲、回溯等。

基本上，剛剛所陳述的內容我大致都會穿插應用在心理治療中，若要簡單地下個評語，就是：「催眠好用得不得了！」而且極度生活化！我常跟我學生開玩笑地說，我是個「睜眼說瞎話」的老師。因為我最愛的催眠老師史德奈．羅森也常讓我們睜著眼做催眠！

羅森在官網上的照片很嚇人，太嚴肅，不像他本人。在我《遇見紐約色彩的心理治療督導》書中提供的照片，可見到這溫和老人的本貌，那也才是我們對他更真確的印象。

目前羅森博士已經從紐約艾瑞克森催眠心理治療學會退休，他已八十多歲了，體力有限……只接受一些獨立約診，也做視訊督導。他很高興《催眠之聲伴隨你》的翻譯版在台灣銷售得很好，他很在乎中文「翻譯」有無失真，他問我的意見，因為他跟艾瑞克森一樣在乎那個feeling有無在字眼中傳達到讀者的心，他愛他的讀者！

陳瀅妃

．高雄市家慈診所婚姻家庭治療師
．高雄市家暴及性侵害防治中心兼任諮商心理師
．高雄市凱旋醫院自殺防治中心督導

推薦序——

啟動自療的過程

徐明

英國一位外科醫師布雷德．詹姆士（Braid James），於一八四一～一八四六年間研究動物本能在治療上之應用，發現了催眠這種治療心因性疾病所產生的神奇效果（動物自癒能力），非醫藥領域所能及，所以他把這種現象取名為 Hypnos（英文：Hypnosis），中文翻譯為什麼翻成催眠，已不可考。

希普諾斯（Hypnos）是古希臘第三代的神，主管快樂與自在之神，也代表最基本的元素之一——睡眠，所以也稱為睡神，這又是眾人對催眠的誤解原因之一，認為催眠等於是睡眠，其實催眠和睡眠除了腦波類似之外（相同機構相反作用），根本風馬牛不相干。

催眠現象的產生是訊息單位的超載。在日常生活當中，訊息單位是無所不在的，訊息單位的來源可以分為：語言、非語言以及接收者的心理三大類。語言的一句話，非語言的一個眼神、一個聲音、一首歌、一種氣味，甚至於天氣、時間的變化都會引發催眠現象。

環境中的訊息單位，只要被當事人接收並與腦中的已知連結，就會產生所謂的催眠現象，從出生到現在存入腦子的已知資料庫，無論是正面或負面的已知，其實即是訊息單位最大的來源，直接影響當事人的行為（接收者的心理）。

催眠師不是醫生，所以催眠治療不是醫療，催眠師不使用任何侵入性藥品或儀器，因為每一個人的腦子和身體本身就是一家最大、最好的製藥工廠，由催眠師的引導使當事人的精神放鬆、肌肉放鬆，脫離現實產生的愉快訊息符號給腦子，啟動自己偉大的製藥工廠，這些自身排放的賀爾蒙、生長激素等等，可以調適一切生理、增強免疫系統，而且是沒有副作用的。

由催眠師產生的催眠現象，完全在催眠師的控制範圍之內，催眠師針對當事人症狀背後的原因進行疏通、理解或修正，去除沒有價值的錯誤想法，以正面積極的模式取代，使當事人脫離焦慮、沮喪的痛苦，轉換成一個快樂與自在的想法。

依當事人的症狀情況判斷，如有必要情緒發洩，催眠師也會引導當事人做適當的發洩，甚至於讓當事人產生一個類似的夢境，在夢境裡發洩（年齡回溯或前世療法之應用），這都是催眠治療的一種技巧應用。

如果適當地稱呼催眠師，應該以再教育工作者形容比較恰當。

學習是條永無止盡的路，所謂活到老學到老，學習到臨終的那一刻仍然在學習當中，因為死亡的過程對每一個人來說，都是一項嶄新的學習經驗，更何況是日常生活中的點點滴滴。如果故步自封、自以為是而終止學習，那就是浪費了自己的腦袋，是一生中最遺憾的事了。

本書對治療個案所使用的各種潛移默化的建議，幫助當事人去除各種錯誤想法所帶來的症狀，提供了許多寶貴的學習經驗，值得與讀者們共同參考。

徐明

・催眠研究推廣工作者

・徐明催眠研究推廣工作室網站，網址如下：http: //www.hmi.com.tw

推薦序——

探索意識深海

王鏗昕

百年來科技文明快速發展，由於對物質世界投注太多關注，導致人類大部分的精神活動，侷促在表淺的意識層面上，相較之下對潛意識這個深邃廣闊的意識深海，卻忽視不見、少有認識。潛意識對我們的影響廣泛，遍及了思想、情緒、行為以及身體狀況。潛意識潛藏著過去經驗累積的病態信息，是造成大多數人生命局限而苦痛的主因。但潛意識亦隱含著龐大有力的生命潛能，亟待人們去探索發掘，以開闊生命的視野和格局。

催眠現象簡言之，為一種脫離表淺意識狀態而潛入深藏意識的精神活動，也是探索並處理潛意識的重要方法。古今有經驗的催眠治療師，及利用自我催眠去探索潛意識心靈真相的修行者，都曾驚訝地發現，潛意識中有那麼深厚的病態信息，但也潛藏著豐富的潛能，一些探索者更直指神性、佛性亦潛藏在人類的潛意識最深處，等待人們去探索發掘。

對潛意識的探索與處理，其目標可寬廣如佛陀的境界，也可只局限在處理個人的一些病態症狀。就一位精神科醫師的工作而言，快速改變個案病態的思想、行為，將之做正向的轉換，以解除病人的痛苦，是其臨床工作的目標。

艾瑞克森是位精神科醫師，美國百年來催眠治療領域的泰斗，他是利用催眠快速處理心靈問題的翹楚。他傑出的治療成效，來自對人類潛意識的深度了解，和對個案病態問題敏銳的直覺洞察力。他獨特的治療方式，曾在美國精神醫學界與心理學界引起很多討論，一些催眠的教科書裡都還另闢章節來討論他的治療方法，甚至有人認為這些令人驚異的療效，是因為他具有特異的「讀心術」所致，顯示了被治療者和其他治療師對他的肯定與讚賞。

這本《催眠之聲伴隨你》，收錄了數十篇艾瑞克森多年來對求診者及求教的學生所述的故事，記錄其對個案敏銳直覺而創造出來的策略療效。艾瑞克森精於催眠治療，臨床上大約只有百分之十的個案使用正統的催眠誘導技巧，但是在艾瑞克森的談話中往往能巧妙地融入一些技巧，使個案進入某種程度的催眠狀態，來處理他們的身心問題，並快速地解決他們的痛苦，這是其會談及教育故事之奧妙處。書中多數的故事及案例之後，有史奈德．羅森醫師的解說，讓讀者對艾瑞克森的思路有更清楚的了解。第一章也有其他學者對艾瑞克森的治療模式及其教育故事的一些解析討論，這些簡要的觀點也值得參考。

心理治療的相關工作者若仔細品嘗每個故事，除讚嘆其處理個案的巧妙外，在工作中對類似的個案，也可適當地參酌引用，並能觸類旁通增進對治療心靈問題的能力。而一般讀者，也能在此書精彩的例子中，看到潛意識心理癥結如何束縛人的思想、情緒、行為，也可見艾瑞克森如何逐步化解這些束縛，解除個案痛苦，不僅增廣對人類心理問題的了解，並可一窺催眠治療的奧妙。

個人以為本書若能引發讀者了解人類心靈的興趣，進一步希望藉著探索潛意識來開闊生命的視野，提升靈性層次，擷取新的生命力，則此書就不只是具引玉之效而已。生命潛能出版社譯作很多心靈或催眠相關書籍，對華人讀者了解催眠及開拓生命潛能頗多助益，我很樂意為此書寫序介紹，它是一本值得細細品味的好書。

王悟師

・現任署立澎湖醫院副院長、台大醫院精神部兼任主治醫師

推薦序——

認識人性的天才先鋒

近幾年來催眠在台灣引起了極大的好奇與學習熱潮，我常常在介紹催眠術的訓練研習會上告訴我的學生，催眠術再度興起，在助人專業領域中被作為一種心理治療的工具，主要是因為艾瑞克森這位著名的美國精神科醫師和催眠治療師，付出了窮其一生的努力。《催眠之聲伴隨你》這本書可讀性極高，可以引領你認識這個人及其工作。本書收納了他說的故事，按照主題謹慎地編排呈現給不同層面的讀者。他們可能只是一些短而動人的故事，但的確能夠使每一個人享受在其中。讀者可以不按次序地隨取一篇來讀，可以從中間開始而在起頭處結束。以這種方式，讀者可以認識艾瑞克森是一個單純、坦率的人，有著純樸的智慧。

或者你也可以有系統地讀本書，跟隨編輯史奈德．羅森醫師，用一種不同的眼光來了解艾瑞克森——用不可置信的洞悉力來看人性的天才先鋒；為了對傾聽者產生具有說服力的影響，它精準地衡量每一個字。或者，你也可以依隨目錄所示的標題——

王輔天

設計成以一種間接和謹慎的方式，啟發傾聽者的一系列故事，端視個人內在智慧的傾向，自由地接受或拒絕其中潛藏的信息。

每個人都喜愛好故事，好故事能夠吸引人、娛樂人，並且能提供一面鏡子，使我們更清楚地看見在人生中人與事件的意義。遠在人類尚未學會寫和讀之前，就已經學會了說故事——那些銘刻著不同部族傳統及社會意義與價值的故事。藉著一再轉述這些同樣的故事，這些便保留下來傳承給後代。事實上，我們對故事的喜愛已經成為人類經驗中極重要的部分，艾瑞克森也了解這一點，並且使之成為他此一獨特手法中的精隨。

本書中所陳述的故事，都是依據艾瑞克森個人及臨床的經驗，他可能講的是有某種問題的當事人，以及他幫助此人改變和克服難題的方式，或者他也會訴說自己的故事——也許是來自他早年的經驗，他以此方法恰當地描述他所要表達的重點。舉例來說，在他的「學會站立」的故事中，運用他驚人的敏銳觀察力觀察了他還是個嬰兒的小妹，他看見她努力地要站起來，試圖跨出她的第一步，他指出了要達成個人的改變時，決心和高度動機的必要性（在這個特別的故事中，更有意思的是，顯示出艾瑞克森在十七歲初次罹患小兒痲痺症時，如何在病床上發展出他那非凡的觀察力——見證了他不被此終身疾病斷絕其前途的決心）。

在這些教導的故事中，真正吸引人的是它們的新鮮性。艾瑞克森以不同的方法醫治他的當事人，他也承認每一個人的獨特性，針對每一個當事人的特殊需要給予個別的建議。我認為這對於從事助人事業的人是一個真正的挑戰。艾瑞克森似乎將每一個案子都當成是他的第一個，脫去了所有理論觀念，並且極為精妙，這在他的其他的書籍中也表露無遺。他堅持避免讓理論或心理概念橫阻在他和受助者之間，他全然地與當事人同在；這一點極為重要，要當事人認同它是一個成功的心理治療醫師，就只能用這種方法。

許多當事人會覺得很難接受治療師直接指出事實或是提出的建言，總認為這些治療師要求太高，也都具有威脅性，相反地，故事或比喻是一種圓融的說話方式，更能夠被接受，且其中的意思可以有若干種解釋，當事人可以自由地決定，哪一種意思在當時是比較具有幫助或是比較適當的。

對於嘗試治療的人來說，治療似乎也有著固有的矛盾，因為他們想要改變，同時，卻又想要逃避改變，因為改變總是有風險，也具有威脅性。當事人自然都會有內心的掙扎。早期的家庭治療醫師維琴尼．薩提爾（Viginia Satir）建立了一種說法：

「很奇怪，人們寧可選擇熟悉而不要舒適。」她貼切地指出每個人都抗拒改變所帶來的風險，即使改變能夠使我們脫離因為緊抓住過去的處理生活方式而造成的痛苦。比喻是一種特殊的方法，使我們能夠注意或觸及我們防衛習慣的背後因素，能看清我們用來擔當改變和發展的方式。本書中的故事和比喻一樣容易了解，它們也在治療上有著顯著的用處。

也許現在是適當的時候，在此提醒讀者，艾瑞克森希望我們發揮創意。如果能將他的精神放在我們心中，從這些故事中學習，然後為自己再重新創造它們，這樣我們所獲得的將更多，這絕對就是本書中「信任無意識」的中心思想。

至於本書的內容如何與催眠術及催眠治療發生關聯，在此必須澄清的是，艾瑞克森是第一個也是最先的催眠治療師；較不為人知的是，催眠術——這種獨特的治療工具，其內容是廣泛自由的，也可以自由使用。催眠術本身並不會產生治療上的變化，應該認為它能提供一種幫助人的方法，尤其是對一個抗拒的當事人，能夠放鬆有防衛習慣的意識心智，使人有更新和更有建樹性的思想方式和行為。然而還有許多種工具和技術能夠產生個人的改變，而治療性的比喻只是其中之一，它很容易融合在催眠程序中，提供一個能夠據以發展並深入催眠狀態的焦點。艾瑞克森擅長將催眠狀態和好故事編織在一起，下列的軼事就是他的天賦的一個明證。

史蒂芬．吉利根博士（Stephen Gilligan）是這位大師傑出的學生之一，曾身為一個窮困的大學生，艾瑞克森這位了不起的治療師完全免費地給予他及一個團體長期的訓練，這就是他的慷慨寬大之處。對於他們所學到的，他唯一的要求只是「傳承下去」。艾瑞克森這些單純的故事不僅在台灣的書架上找到出路，吉利根博士也定期受邀訪台教學，將傳承自艾瑞克森的催眠技巧發揚光大。

王輔天神父

・高雄四維文教院院長

・天主教新竹社服中心諮詢師，NLP、家族治療講師，催眠團體帶領者

前言

諮商大師米爾頓・艾瑞克森的教育故事（他對求診的個案以及慕名遠道而來的追隨者所講述的故事）非但匠心獨具而且引人入勝，堪稱說服藝術的絕佳例證。有人認為這些故事精采美妙，僅典藏在精神醫學的領域中未免可惜。雖說目的在於治療，但本質卻隸屬更廣大的領域——即以馬克・吐溫為代表人物的美國式機智與幽默。初識艾瑞克森的彪炳功績，是一九六三年我開始在加州帕羅阿圖市的心理研究學會擔任編務工作時。當時我與傑・哈雷正攜手合作編輯《家族治療策略》（*Techniques of Family Therapy*）一書。哈雷曾錄下他與艾瑞克森長達數小時的對談過程。共事過程中哈雷接二連三地告訴我有關艾瑞克森的故事，我往往聽得出神，不知不覺掉入彷若被催眠的恍惚狀態。此番際遇是我進入家族治療的啟蒙經驗，對我影響甚鉅。沒想到事隔十八年後，我竟受邀在此替史奈德・羅森（Sidney Rosen）所編纂的艾瑞克森教育故事集作序，心中感受遠非「榮幸」兩字所能盡述。

艾瑞克森的奇特風格是介於治療者、詩人以及科學家之間，因而很難精確地將其貢獻予以定位。一些研討會的紀錄雖然精彩，卻失之簡略。文字既難以捕捉艾瑞克森在強調重點時所做的停頓、微笑，以及洞察一切的眼神，又無法傳達他那深具支配力量的聲音與腔調。簡言之艾瑞克森自嘲暗諷的道行，實非筆墨所能形容。

本書編輯羅森卻充分克服了此一難題，我實在不知道他是怎麼辦到的。艾瑞克森會選擇身為門生、同事、朋友的羅森編輯此書，有其眼光獨到之處。艾瑞克森的直覺向來正確無誤。羅森竟有辦法引領讀者進入艾瑞克森的真妙天地，寫作功力不得不令人折服。記得曾觀賞過一場水底的表演節目，觀眾坐在地下圓形劇場中隔著玻璃窗觀看演出。由於水流清澈透明，游近玻璃窗的魚群好似在空中滑翔一般。

精彩的個人秀

閱讀此書讓人產生與觀賞水底秀類似的體驗。也許因為羅森提供了十分豐富的相關資料，我們才能輕鬆汲取箇中精隨。第一章開宗明義即是艾瑞克森向羅森述及潛意識的本質。一如艾瑞克森善於將回憶、個人傳記、光怪陸離的想法，或是不平常的事件穿插在他的故事中，羅森也在評論內交織了許多他與艾瑞克森私下接觸的經驗、個人針對某些特殊故事的相關聯想，以及他在治療工作中具體運用這些故事的方式。此外，他也不斷就故事內容牽涉的各項技巧提出概略的解說。羅森的評論堪稱穿梭在故事之間的重要訊息。

羅森彷如與艾瑞克森同步以口語進行描述。他的風格友善平實，並且相當直接。不論刻意與否，羅森中立持平的評論，足以凸顯艾瑞克森故事本身的光輝與色彩。就整體而言，羅森對每一則故事都知之甚詳，他的評論畫龍點睛。

我以第三章的部分內容為例，具體說明羅森的評論如何在故事間穿針引線。文中提及艾瑞克森在偶然機會中必須上台演說的小插曲，但他表示並不需要有所準備，因為他對自己多年來累積的知識與經驗深具信心。羅森非但在文後再次強調信任個人潛意識的主題，並且立即附上另一則簡短作品：「一場輕柔細雪」。字裡行間寥寥數語，卻令人難以忘懷，它是有關兒時記憶以及何時埋下記憶種子的描述。在這則小品文之後，羅森又先後呈現另兩則主題相同的故事。後者正是艾瑞克森直到四歲仍不開口說話的事蹟。艾瑞克森的母親對那些不以為然的人說：「等時候到了，它自然會開始說話。」羅森在之後再度插入簡短的附帶說明，表示這故事十分適用於正在學習如何進入催眠狀態的求助者。

接下來的故事更是精彩絕倫，稱之為「搔刷豬背」的故事。一度憑藉兜售書籍賺取大學學費的年輕艾瑞克森，曾向一位脾氣又臭又硬的老農推銷手邊的叢書。老農起初完全不感興趣，只希望艾瑞克森別妨礙他工作。當老農忙著餵食豬群時，艾瑞克森則不經意地從地上撿起一對木瓦，開始順手搔刷豬背。老農因此一改初衷，答應向艾瑞克森承購書籍，並且表達對艾瑞克森的欣賞：「我喜歡你搔刷豬背的方式。」

以上片段足以讓我們一窺全書的炫麗風貌，其間每一則故事均有如收藏家所珍視的寶貝，充滿著各種回憶——羅森則毫無保留地與讀者分享，這些故事對他個人以及專業方面的不同意義。如果我也是一介敏於觀察的老農，必定毫不遲疑地購買此書！史奈德・羅森確實知道該如何搔刷豬背。

——黎恩・霍夫曼（Lynn Hoffman）

亞克曼家族治療協會

第一章　改變潛意識心智

「你尚未覺悟到自己絕大部分的生活深受潛意識的掌控。」當艾瑞克森對我說這句話時，我的反應與那些稍後聽我傳達相同訊息的求診個案如出一轍。我當時以為艾瑞克森式的生活取決於早已定型的潛意識，我所能施力的空間充其量只是對潛意識的既定模式進行了解而已，後來我才明白潛意識內容未必無法加以改變。我們每日的生活經歷非但足以變更意識層面，屬於潛意識的領域也將深受影響。如果讀到一些深具啟發性的文章，我的潛意識必定立刻有所改變。如果我與某位重要人物（對我而言意義重大的人士）會面，潛意識也會隨之產生變化。事實上，任何心理治療的正面價值在於當事人深層的改變——多半來自他與另一個人或另一群人相遇所產生的結果。

我認為當心理治療師著力的焦點，在於影響求診個案的潛意識心理模式（包括其價值觀與行事法則）時，勢必較容易促成對方有效而恆久的改變。艾瑞克森十分認可此一觀點。他在晚年甚至發展出一套藉以達成具體目標的有效方式——他的教學研討會。

後一次與艾瑞克森會晤時，他曾向我解釋何以會發展這種獨樹一格的治療模式。

「我往往得在單一個案身上花下大把時間，而我情願轉而教育眾多人士該如何思考、如何應付難題。無數來信曾指出：『你徹底改變了我對求診個案的方式。』如今，我擁有為數甚多的個案，但我會見他們的時間卻相當有限。換言之，我現在的個案遠較先前為多，但我花在他們身上的時間卻遠較從前短少。」

我問道：「這是因為……」

他回答：「他們來此聆聽故事，然後回家改變作為，如此而已。」

顯而易見地，「來此聆聽故事」並不單純，其間蘊含著各種期待與多層次的溝通。舉例來說，每位有機會與艾瑞克森會晤的人，總會經驗到不同層次的催眠狀態（hypnotic trance）。帶著正面的期待，我們往往會在催眠狀態中開放地迎接艾瑞克森經由故事傳遞的訊息與影響力。他認為如果聽眾竟「遺忘」了某個故事（對故事情節有健忘反應），這故事的功效可能更為深遠。

至於「講故事」的過程中，艾瑞克森總毫無異議地遵循古老的傳統方式。遠自太古以來，故事一直是傳統文化價值、倫理與道德規範的有效途徑。裹上糖衣的良藥一向較容易入口，單刀直入的道德訓誨很難深入人心，但當忠言以吸引人的有趣故事呈現時，眾人則樂於全盤接受。為達此目的，艾瑞克森的故事常運用各式有效的技巧——諸如幽默以及鮮為人知的醫學、心理學，與人類學珍聞之類的有趣資訊。然而，在這些遠超出求診個案與心理治療師關注焦點的故事內容，倒也處處散見意義非凡的治療暗示。

在催眠狀態中學習

根據艾瑞克森的說法，催眠狀態正是最有利於學習與改變的意識狀態，它並非那種被強迫促成的入睡狀態。接受催眠的個案並未受到治療者的「壓制」，他們也不至於失去自制能力而任由人擺佈。事實上，催眠狀態可說是每個人均曾經經歷過的自然狀態，而最常體驗的恍惚狀態應屬於做白日夢的時刻。此外，當我們進行冥想、祈禱或運動（例如偶爾被人稱之為「動態冥想」的慢跑活動）時，也容易產生某些形態的催眠狀態。凡身處此狀態的人士，總相當敏感於內在心智與知覺體驗的運作歷程，至於那些聲音、動作之類的外在刺激，相對變得不甚重要。

催眠狀態中，當事人往往能夠依直覺判斷，立即領悟各式夢境、象徵，以及其它潛意識表現形式所蘊含的意義，他們的處境十分接近艾瑞克森所謂的「潛意識學習狀態」（unconscions learning）——甚少涉及理性思考與各種思慮。將十分容易接受治療者所提供的暗示，不至於以強烈批判的防禦態度予以排拒。不過，若是治療者提供的暗示與當事人的價值體系相衝突時，這些暗示將難以發揮效用。另一方面，當事人也很可能會遺忘部分或全數的催眠體驗，但如此的健忘現象卻絕非催眠的特性。

引導當事人進入催眠狀態的過程中，治療者得設法吸引對方的注意力，並將其關注的焦點轉向內在世界——引領他探索內在領域以及作出催眠回應（hypnotic response）。這類催眠回應（要符合心理治療者的引導方向，而且與當事人的需求與期待息息相關）乃源自於當事人的「浩瀚諮詢寶庫」。為了獲取如此回應，治療暗示（therapeutic suggestions）很可能以間接的方式加以傳遞——穿插在稀鬆平常的對話中或是有趣的故事內。

催眠過程中，治療者尚必須敏於察覺個案的微妙改變，個案在全神貫注時的各種生理變化。這些反應包括了面無表情、雙眼直視、停止眨眼，以及整個人幾乎全然僵住等等。當這一連串反應瞬間出現時，治療者多半能夠確定眼前的個案已進入了輕度的催眠狀態。此際，治療者可以乘機提出暗示，或是很簡單地表示：「這就是了，且安心停留在這個狀態。」治療者明確掌握個案很可能正在處理由潛意識釋出的資訊。

出自艾瑞克森口中的故事，也常遵循一些在童話故事、聖經故事以及民間傳說中屢屢出現的原型模式。民間傳說中不斷出現的探索主題即是故事的重要特色。完成艾瑞克森暗示的任務過程也許缺乏希臘神話故事《金羊毛》（*Golden Fleece*）中曲折離奇的情節，但當事人內心經歷的高潮起伏與成就感卻毫不遜色。此外，許多艾瑞克森的故事往往別具特殊的美國風味（尤其是有關他的家族故事），他因而一直被視為美國的民族英雄。

儘管如此，有人也許仍舊會質疑聆聽故事（即身處於催眠狀態）如何能夠有效協助求診個案與受教學生。殊不知聆聽故事的效應，在許多方面類似看完一場好電影後心中所產生的「火熱」（Glow）感受。觀賞電影的過程中，許多人常會陷入意識轉換的狀態。我們往往不自覺地與戲中某位或多位角色產生認同，並在電影散場之後神思恍惚地起身離去。

這類有若置身催眠狀態的體驗為時短暫——最多不超過十或十五分鐘。相反地，聆聽艾瑞克森故事的人卻極可能在多年以後，發現自己依然籠罩在故事的氣氛中，他們的行為與態度就此永遠改觀。

艾瑞克森解釋這些恆久的改變一向發生在催眠的境界中，他界定催眠是一種喚醒與運作潛意識資訊的過程。當心理治療師能夠協助個案（不論是否利用故事做為媒介）觸及內在未使用的知識寶庫時，個案便有機會將這些久經遺忘的知識訊息具體納入他的行為表現中，充滿建設性與自我增強的行為模式於焉產生。

這個過程與「洗腦」（brain washing）有何不同呢？兩者間最主要的差異在於，缺乏文化方面的增強作用，「洗腦」的效果不多久便會煙消雲散。舉例來說，韓戰（抗美援朝戰爭）期間許多歷經洗腦的美國戰俘曾被強迫灌輸反美情結。事實上，數以千計的美國士兵當時竟渴望滯留共產黨國家而拒絕返回家鄉。然而，一旦被遣返美國後，絕大部分（就算不是全部）的士兵均逐漸恢復原先的信念與想法。

艾瑞克森的治療策略較能促成自我增強式的改變過程，進而導致更深遠的變化。也許正因為這類改變通向成長與「開放」，效果才會如此恢宏。當然，最能助長有效與恆久改變的環境，莫過於充分支持艾瑞克森哲學理念的文化背景——尊重個人的重要性，而且深信人能夠不斷進步，以及每一個人都擁有獨特的成長可能性。

輸入正向訊息

一如先前所示，潛意識心智將受正向資訊輸入的影響。與艾瑞克森這樣一位心理治療師（樂觀又支持成長）互動的經驗本身，即構成相當正面的收穫。艾瑞克森的「教育故事」有助於增強正向訊息的輸入過程。傳述故事的過程中，艾瑞克森添加了新的資料，會激起各項新的感受，並提供新的經驗。凡是在內疚與狹隘的生命觀中掙扎受苦多年的個案，得透過這些故事汲取艾瑞克森自由自在、歡慶生命的生活哲學。艾瑞克森積極的觀點將會觸及這些人內在許多不同的層面，訊息會在個案清醒之際或處於催眠狀態中時加以呈現。當事人隨即發現自己不必依賴個人陳舊的思考模式行事，也不必再受限於自身狹窄的心智系統與人生哲學。透過這些故事，他會意識到新的可能性——可以在意識與潛意識層面自由選擇接受或排拒。

某些時候，個案傾向與故事中的人物或艾瑞克森本人認同；個案於是有機會體驗發自內心的成就感，令他日後在面對困境時越發有自信。治療早洩之類性問題的過程即足以說明以上所言不虛，當個案能夠在催眠狀態中成功地享受性活動時，心理治療師在其記憶系統中烙印了成功感受以及對進一步成功的期待。

當然，故事的內容不僅限於針對潛意識輸入正向訊息。有些故事旨在刻意攪局，令人充分體驗了無生氣、動彈不得，以及缺乏真實性的感受。如此情況下，聽者必須轉向個人的潛意識領域求救，藉以改善處境。或者，在艾瑞克森的其它故事中尋獲情緒與知性方面的支持力量。

出自艾瑞克森故事的單純語句，可能足以改變當事人一整天的內心感受。某一回，當我行經綠草地時，艾瑞克森說過的一句話驀然閃過腦際：「你知道每一葉小草的顏色都不一樣嗎？」於是我湊近觀察身邊綠地，事實果真如此！接下來的一整天，我帶著較平日更加敏銳的眼光看待周遭一切。

此外，本書許多故事明顯牽涉各種人際互動甚至包含著人與人之間的操縱活動。然而，這可完全不是這些故事的原始意圖或造成的結果——故事的影響力其實多半在彰顯當事人的內在改變。許多人聽過這些故事後，發現自己變得更加自由以及更具創造力，這顯然是經由內在改變造成的結果。如果能以內在心靈結構的角度，看待這些故事與其間人物的話，勢必更加瞭解內在改變的個中原委。舉例而言，故事中的父母可以代表行事指導方針、愛與支持的來源，或是非理性的輔助，絕大多數時候，他們代表非理性的高壓勢力。至於故事當中的孩童角色，足以象徵我們內在的孩童——缺乏經驗、渴望學習又無所適從、自然天成卻又魯莽無知，以及行事不知變通。當讀者與故事中的孩童有所認同時，一旦聽聞這孩童克服苦難、迎向成長與自由的事蹟時，他將對個人生命充滿希望。

某些內在改變常會在「重塑父母」（reparenting）的過程中發生。艾瑞克森運用觀念的方式遠較賈桂．史庫夫（Jacqui Schiff）在《精神病的溝通分析治療》（*Transactional* **Analysis Treatment of Psychosis**）一書中所闡述的原則更為廣泛。艾瑞克森將此專門術語應用在以新概念取代先前「父母式」（parental）命令的治療方法中——藉著催眠暗示，他漸次灌輸個案這類新思想。

在誘導催眠過程中，這些暗示深受艾瑞克森的慣用語「我的聲音將會如影隨形般與你同在」的催化而有所增強。他習慣利用這句話與被催眠的個案保持密切接觸，而這句話本身也可被視為催眠暗示的前兆。另有一句頗具類似功能的是「你將見到一閃而過的色彩訊號。」即使在治療結束多年之後，每當個案眼見一閃而過的色彩訊號時，依舊會對當時與「色彩訊號」同時提出的相關後催眠暗示產生回應。

有關內化心理治療師聲音的現象，雖也可能出現在其它形式的心理治療中，但催眠治療卻是最容易產生這種現象的溫床。勞倫斯．古柏（Lawrence Kubie）曾在美國精神分析協會的會議中指出：在催眠狀態中，催眠者與被催眠者的人際分界遭到了廢除。因此，當被催眠者聆聽催眠者的聲音時，那些話語彷若來自腦海深處——像他自己的內在聲音一般。這確實符合艾瑞克森式的治療過程。艾瑞克森的聲音將會轉化成你自己的聲音，他的聲音將會如影隨形般與你同在，不論你身在何處。

顯而易見地，最能鉅細靡遺傳達這些故事內涵與衝動性的方式，莫過於藉助錄影帶或錄音帶加以呈現。如此一來，聽眾才有機會深入體驗艾瑞克森的聲音變化、停頓、身體姿勢，以及非語言資訊在治療過程中的功能與效用。遺憾的是，截至目前為止，幾乎沒有錄影帶的存在，而絕大多數的錄音帶又含糊不清。本書以文字形態呈現這些故事，有助於反覆研究故事內容。

治療模式解析

艾瑞克森的案例報告呈現出戲劇化的治療效果，某些人士因而感到難以置信，另一些人認為這些案例純屬虛構——內容精彩有餘，真實性不足。就我個人實際觀察艾瑞克森進行治療的經驗而言，我可以保證：至少部分案例絕非虛構。事實上，我相信全數案例均確有憑據，只不過為求易於閱讀的緣故，被編寫得遠較其他臨床報告戲劇化而已。一些相信艾瑞克森確實會對其求診個案、受教學生，以及其他心理治療師造成戲劇化影響與改變的人士，往往又將這些治療成效歸功於艾瑞克森本人的特殊魅力——其他心理治療師非但望塵莫及，也很難加以學習的獨特風格。然而近年來，已有多方人士嘗試以較理性的分析方式針對他的溝通風格展開具體研究。

在《不尋常的心理治療》（*Uncommon Therapy*）一書中，傑．哈雷再三強調艾瑞克森的策略特色。哈雷將「策略式治療」（Strategic Therapy）界定為「治療過程中，治療者主動引導，針對每一項難題設定獨特的治療方式。」哈雷指出艾瑞克森不僅藉各式隱喻與個案溝通，而且「在隱喻中進行運作，引發改變」。他註明艾瑞克森一向避免進行任何解析，因他認為：典型「深具洞察力的」潛意識溝通解析，往往過於理論得令人感到可笑——好似強行將莎士比亞筆下的整部戲劇，以一句話簡單扼要地說明一般。他同時指出艾瑞克森式治療的主要特色包括：「鼓勵抗拒」、「提供次等的選擇機會」、「利用令其受挫的方式促使個案產生回應」、「植入各式觀念、想法」、「擴大偏差」，以及「指出症狀所在」等等。

班德勒與葛瑞德（Bandler and Grinder）遵照其神經語言學（NLP）的處理方法，以微視途徑解析艾瑞克森的溝通模式。舉例而言，他們指出艾瑞克森常會「標示」散見在故事中的各項暗示，其標示方法則多半經由停頓、改變姿勢或是變化語調等。此外，艾瑞克森也可能刻意將個案的名字安插在所遇強調的暗示之前，藉以達成標示的目的。

俄尼斯特．羅西（Ernest Rossi）則在《催眠的實際狀態》（*Hypnotic Realities*）與《催眠療法》等書中，將艾瑞克森的催眠誘導程式與間接的暗示形式區分為五個階段：（一）凝聚注意力；（二）前習慣性框架與舊有信念系統的影響力；（三）潛意識的搜尋過程；（四）潛意識的處理過程；（五）催眠的回應。這五階段相互牽連，其間每一階段都是通向下一階段的準備工作。這個研究方法稱之為「通向催眠療法的具體途徑」。華茲勒威克（Watzlawick）的著作《改變的語言》（*The Language of Change*）以及《改變》（*Change*）當中，也曾針對艾瑞克森傾向於右腦溝通的主題加以探討——右腦主要的功能在於處理原始的語言、情緒、空間與形式（諸如各類比喻、意象）。

傑弗瑞．西格（Jeffrey Zeig）則在《與密爾頓．艾瑞克森共同進行一場教育研討會》（*A Teaching Seminar with Milton Erickson*）內容中，列舉了一些在心理治療過程中運用奇聞軼事的價值：(1)奇聞軼事不具威脅性；(2)奇聞軼事吸引注意力；(3)奇聞軼事助長獨立性：當事人必須設法理解其間訊息，並且自行主動獲取結論或展開行動；(4)奇聞軼事可以用來引開面對改變的抗拒心理；(5)奇聞軼事可以用來掌控關係；(6)奇聞軼事足以表現彈性；(7)奇聞軼事可以營造困惑情緒，進而激發催眠回應；以及(8)奇聞軼事增強記憶，使得所呈現的概念令人印象深刻。

如何應用教育故事

艾瑞克森最重要及有效的一項治療方式，可被稱之為「讀心術」（mind reading）。

藉著仔細觀察求診個案的舉止以及充分回應，艾瑞克森往往令個案感到自己的心意已經被探知，並感到艾瑞克森瞭解他的心靈世界。此番「瞭解」勢必促進非常親密的人際關係。在所有形式的心理治療過程中均不可或缺的「信賴關係」（Rapport），顯然能在催眠治療中快速成形（有趣的是，催眠術的創用者——十八世紀末的奧國醫生安唐．梅斯美［Anton Mesmer］即是頭一位將信賴關係此一術語與心理治療扯上關係的人）。絕大部分的心理治療師（不論其學派為何），均會同意醫生與病人之間的信賴關係至關重要；充滿信賴的治療關係令個案感到安全與被瞭解，伴隨著此番心理支持，他會益發自信地迎向內外在的世界，而且隨時可以冒險。

此處所指稱的「瞭解」形式，與一般分析學派的心理治療師所謂的瞭解「有關」個案一切相當不同。事實上，艾瑞克森不見得非要獲知個案的詳細背景資料或是症狀細節。若就此研判艾瑞克森對個案的瞭解多半出於「直覺」，倒也不無道理，但我們必須明白他的直覺並非空穴來風，而是在觀察方面歷經多年嚴謹訓練的結果。他的觀察範圍不僅限於身體動作、呼吸、脈搏速率（由頭部振動得知）這類單純的表徵，也十分注意個案聆聽故事時的各種反應。舉例來說，如果個案在故事進行到某一段落時出現全身緊繃的情形，足以顯示某些相關的問題已被觸及。此際，艾瑞克森可能利用另一故事，或進一步發揮原本的故事情節以激發個案的反應。由此可見，這些故事非但深具療效，而且擁有診斷的功能。

這些教育故事必須與艾瑞克森式心理治療的其他原則合併使用，相關原則包括了哈雷與其他人士一再描繪的重點——諸如：指出症狀所在、運用抗拒反應，以及重新建構對方的概念、想法。此外，艾瑞克森也經常下達各項活動（甚至嚴酷考驗）的指令。多項改變即發生在以充滿信賴的醫生——病人關係為基礎的各項活動，與內在心靈變化交互運作的過程中。

一如他在《催眠療法》一書中所陳述的治療原則，艾瑞克森一向在故事中大量使用言外之意、問題、雙關語以及幽默技巧，並且刻意透過個案的驚奇、訝異、懷疑與困惑等反應，吸引其注意力。其間故事均高潮迭起，而且往往擁有出乎意料的結局。故事情節經常不斷推升至頂點，緊接著伴隨結局而來的是徹底鬆懈或成功的感受。教育故事的運用足以印證艾瑞克森在《催眠的實際狀態》一書中所概述的治療原則：「面對難題時，不妨從中設計出有趣的情節構想。如此一來，你便可以沉浸在有趣的構思中而忽略那些相關的費神工作。」首先，你不妨認可由個案回應與症狀中所顯露出的有趣情節。其次，你選擇某個（或某些）最初情節與個案構思雷同，而稍後卻彰顯出改善之道的故事。換句話說，誠如艾瑞克森對他的媳婦所做的指示：「首先你倣效個案的世界，隨後你示範個案的世界。」

下面這則故事是個絕佳例證。

故事：邪惡的愉快

一位三十多歲的婦女前來求助：「我推測你並不想見我。」我回答：「那是你個人的揣測，願意聆聽我的看法嗎？」

「老實說，」她表示，「我實在不值得你關心。當我才六歲大時，父親便對我展開性侵犯。從六歲一直到十七歲，他持續不斷地把我當成發洩性慾的物件，每星期總要非禮我多次。每當他採取行動時，我總是充滿恐懼。我往往因害怕而動彈不得。我深覺自己骯髒、低劣、行為不當，而且非常羞恥。

熬到了十七歲時，我認為自己已擁有足夠的力量擺脫他的陰影。我開始努力向學、渴望藉此贏回自尊，未料事與願違。我隨即猜想學士學位或可重建我的自尊，於是我發憤圖強，努力爭取學位。到頭來，我卻依舊感到羞恥、低劣及下流。我著實失望透頂，繼而想到也許碩士學位能替我扳回劣勢，但希望依然落空。而就讀大學與研究所期間，我始終難以抗拒男人的引誘，這足以證明我實在一無可取。我原本準備繼續攻讀博士學位，但眾多男友依舊不放過我。我隨即把心一橫，乾脆放棄攻讀博士的念頭，專職扮演起娼妓的角色來。然而，心中感受實在不是滋味。某個男人進而邀我與他同居，我想身為女人總是需要食宿與保障，於是二話不說地答應了他。

性愛對我而言恐怖極了。陰莖如此堅硬而嚇人。我往往有如驚弓之鳥般地處於被動地位，那實在是椿痛苦而可怕的體驗。先前那個男人最後拋棄了我，我轉而投入另一個男人的懷抱。如此情況不斷重演，於是我前來見你，我覺得自己污穢至極。勃起的陰莖一再令我膽顫心驚，而我就是無能為力、脆弱又被動。每當男人完事後，我都會感到鬆了口氣的由衷心喜。

只不過，我依舊得面對現實生活。我需要衣服與住處；除了仰仗男人的鼻息之外，我不具其他任何價值。」

我說道：「這確實是個悲哀的故事——其中最悲哀的部分莫過於：你愚蠢至極！你告訴我你害怕粗大、勃起、堅挺的陰莖——這未免太過愚蠢！你知道自己擁有陰道；我可對它知之甚詳。陰道非但是足以容納最大、最粗以及最堅挺的陰莖，並有能力將它轉變成吊兒郎當、軟弱無力的可憐傢伙。

你的陰道甚至**可以在將對方變成軟弱無力的可憐蟲之際，同時享有邪惡的愉快。」**

她的表情有了美妙的變化。她說道：「我即將返回洛杉磯，我可以在一個月後再來見你嗎？」我回答：「當然可以了。」一個月左右之後，她回來對我說：「你是對的！我開始在床第之間充分享受令對方棄甲投降的邪惡愉快。我發現費時不了多久，對方便無能為力了，而我十分滿意其間的過程。我讓一個又一個的男人感到筋疲力竭，此事真是快樂無比！現在，我準備繼續攻讀博士學位，並進入心理諮商領域工作。此外，我會耐心等待，直到遇上真正心儀的男人才獻上自己。」

我說她愚蠢，我**確實**吸引了她的注意。我隨即指出「邪惡的愉快」，而她**確實**怨恨男人。我同時刻意表達了「愉快」二字。

故事評論

當艾瑞克森告訴我以上的故事時，我評論道：「你描述堅硬陰莖的方式，使得它聽起來非常吸引人；而且——充滿誘惑力。由於字裡行間帶有某種挑逗意味，你有若以言語與想像力穿透了她的內在深處。」

故事的第一部分結語：「我一無可取」足以顯示個案的世界真相。如果這故事說給另一位企圖努力藉由外在改變（獲取大學學位或讓自己被人利用）以克服自我憎恨，卻無法如願的個案聽時，如果這位聆聽故事的個案也同樣深受某種恐懼威脅（以堅硬、嚇人的陰莖為代表），這故事便很可能（至少在潛意識層次）與聽者所處的世界相呼應。

至於故事的第二階段（亦即「示範個案世界」的階段），則在艾瑞克森獲得個案充分注意力時發展完成。當然，當這故事說給第三者聽時，戲劇化又嚇人的開場白勢必早已扣人心弦，而當「陰道」、「粗大、勃起、堅硬的陰莖」以及「愚蠢」等字句出現時，保證更足以攫取聽眾的注意力。

真正的示範作用並非僅限於艾瑞克森的暗示內容而已。艾瑞克森不著痕跡的幽默態度往往更具示範功效——他以不同的觀點重述問題，並且以重新建構觀點的角度看待個案求「生存」的行為。個案心結所在（畏懼男人與憎恨自我）被重述成：「你告訴我你害怕粗大、勃起、堅硬的陰莖。」其間「害怕」字眼強調出個案的畏懼心態——不只害怕男人，也害怕生存本身。她隨即被堅定地告知這種畏懼心理「愚蠢至極」（而她早已習慣將自己視為愚蠢之人）。至於那句「引導足以容納粗大、堅硬的陰莖」（艾瑞克森利用一再重複描述的方式，藉以嘲弄這個令個案害怕的威脅之物）。

最後一步重新建構個案所處情況的絕妙奇招，則在這句話中表露無遺：「你的陰道甚至可以在將對方轉變成軟綿無力的可憐蟲之際，同時享有**邪惡的愉快**。」

對讀者來說，示範過程的最後階段不外乎獲得治癒；而在此案例中，艾瑞克森讓個案自行交代結局。當艾瑞克森本人或其他人轉述這一故事時，我們常衷心渴望此類問題能獲得圓滿解決。「這類問題」將並不僅限於因亂倫而導致的性障礙而已，也可能囊括了各種恐懼症、引人焦慮的情景，或是自我肯定方面的難題。故事當中的各式隱喻，提供了許多足以懸吊各種自我肯定、憤怒以及無能為力等困擾的「掛鉤」。

「邪惡的愉快」正是使用重新建構技巧，將被動無助的感受轉變成主動掌控態勢的絕佳例證。它同時說明了如何利用重新建構技巧，協助個案登上「主控」地位的過程。即使文中個案不斷強調她的恐懼與無助，艾瑞克森卻注意到她對男人有著強烈的怨恨情緒。於是他將怨恨情緒與潛在的愉快感受相互連結，從而創造十分聳動的措辭——「邪惡的愉快」。

閱畢此一故事後，我們是否也傾向坦承內在的憤怒情緒並且主動擔負責任？我們是否也更有能力迎戰深具壓迫性的外在勢力，以及由反客為主（掌控它們並讓它們變得軟弱無助）的過程中獲得愉快的感受？

習慣運用艾瑞克森教育故事的心理治療師，極可能會發現在處理案情過程中的恐懼焦慮已不若往日那般嚴重，於是可以更加專注地應對眼前難題——協助個案變得更加開放，以及尋出合適的解決之道與新的行事標準。光是瀏覽故事大綱，就足以令心理治療師深感自主、掌控與充滿自信。而當他具體閱讀或傳述故事時，心理治療師甚至可能自行陷入催眠狀態（也許是因為他本身對艾瑞克森萌生的相關聯想，或是故事內容所具有的「催眠效應」所致）。處於如此的催眠狀態中，心理治療師不僅不再焦慮；也可能對自身潛意識的相關聯想更加開放。如此一來，勢必更有能力協助個案削除自身焦慮、探索內在潛力，以及發現應對情景的不同方式。

善用自由聯想

就心理治療師而言，我認為選取故事的最佳途徑，莫過於經由個人的自由聯想。此處所謂的自由聯想，不僅只是知性方面的自由聯想而已，舉凡生理反應、情緒、知覺以及想像層面的自由聯想均應包括在內。以下便是我運用艾瑞克森的故事，治療兩位不同個案的具體例證。

第一位個案是為三十歲的猶太人，他經由妻子的轉介前來見我。他的太太曾讀過有關艾瑞克森的治療技巧，因而認定我或許可以協助她的丈夫，克服長久以來無法按時起床的問題。遠自他就讀高中開始，就沒辦法在中午前自行起床。如此狀況導致他無法保住任何一份工作，卻頗適合在家族事業中一展長才。求診之際，他已新婚一年多，妻子發現每天清晨必須耗費一小時叫他起床實在令人懊惱。

首次進行會晤時，這位個案告訴我，他曾數次接受一位催眠治療師催眠。那位催眠師對於催眠成果頗感滿意，但他本人卻不以為然。於是我利用手臂懸浮以及眼神固著技巧，對他展開標準的催眠程序。過程中，他非但能夠不由自主地閉上雙眼，而且能感受到手臂的沉重反應。然而催眠結束後，他卻依舊堅稱並未被催眠，只不過設法當個合作的個案而已。我的觀察卻正相反，我注意到他其實試圖拒絕合作。頭次會晤後，他曾再次打電話與我聯絡。他在電話中表示，當他的妻子聆聽他所經歷的催眠過程時，頗為質疑如此的催眠過程是否真是「不平凡」得足以稱之為艾瑞克森式催眠。

在第二次會晤的過程中，我開門見山地告訴這位個案：「我們已確知你無法被催眠到令你自己滿意的境界——即使另一位催眠師與我都認為你已被引入催眠狀態，但你本身卻不認同。因此，我們不需要再浪費任何時間迫使你承認自己能夠被徹底催眠了。」

這位個案於是轉而描述他與妻子曾閱讀過的一則案例報告：艾瑞克森治療一對尿床夫

婦的方式，竟是要求他倆每晚跪在床上刻意撒尿，並就此睡在尿濕的床單上。我這位個案以為，如此怪異的方式才是艾瑞克森式的治療方法。

接著我開始亂無章法地與他討論潛意識心智的非凡價值。冗長的討論過程中，他逐漸鬆懈，並緩緩閉上雙眼，狀似進入了催眠狀態中。我並未盤問他催眠狀態的深度如何。然而，當我與他交談時，腦海卻始終縈繞著那個有關尿床的案例，我隨即想起艾瑞克森在另一個故事的尾聲所做的結語：「你想得知延年益壽的法寶嗎？你得每天早晨醒過來才行，為了確保每天早晨你一定清醒過來，不妨在睡前喝大量流質，使得自己非得醒來不可——因為必須上廁所。」

我對個案描述了這個故事，指示他於每晚睡前一小時喝下一加侖的液體。此外，我還令他在兩星期的時限內嘗試每晚提前入睡半小時。過去這些年來，他總是清晨三點上床就寢，直到接近正午時才悠悠醒轉。我建議他提前就寢，先嘗試清晨兩點上床，接著則是一點半、一點，最後不妨在午後十二點時與妻子一同就寢，同時告訴他應該避免在清醒時躺在床上。床必須與睡眠或性愛活動有關，如果他了無睡意，便該立即起身去客廳讀書報或看電視。此外，正式就寢前他至少得喝上一加侖的液體。如此一來，我敢保證他的膀胱將在六至八小時後逐漸漲滿，他因而必須起床上廁所。

上過廁所後，他就得進行淋浴，如果可能的話必須使用冷水。淋浴過後，他應立即穿戴整齊、吃早餐，就此展開一天的工作而不再回到床上去。

這位個案聞言頗有異議，因他並不喜歡在清晨進行淋浴。我則堅持他必須照我的話去做——直到克服起床難題之後才恢復晚間沐浴的習慣。於是他承諾依計畫行事，並且答應在兩、三星期後來電告知此一解決方案是否管用。事隔兩星期後，他果真依言來電向我報告成果——他已不再難以入睡或無法起床了。

生命沒有終點站

次月，我會晤了另一位因膀胱以及睡眠困擾而求診的個案。這位個案是個聰明世故的女士。晤談之初，我完全未曾意識到她的膀胱問題，只知道她在一星期前才剛辦完離婚手續，但她出現在我辦公室時，卻顯得神采奕奕而且相當平靜。我知道她對艾瑞克森的治療方式一向深感興趣，於是主動告知她我先前處理那位個案的經驗。

我告訴她我依樣畫葫蘆地倣效艾瑞克森策略——指示個案在睡前大量喝水，也連帶述及艾瑞克森描寫原版故事之際所作的結論：「打從出生那時刻開始，我們就在面對死亡。只不過，有些人的死亡來得比他人快些而已。我們唯一能做的就是儘量享受有限的生命。」

這位個案聽完故事即開始流淚不止，我問她是否願意告訴我引她哭泣的原因（我懷疑這故事以及我描述的方式，令她聯想到了自身的膀胱問題）。她意外地表示，觸及死亡的話題，使她感到自己的生命似乎已到了盡頭。這念頭在她心中其實早已醞釀多時，她覺得即使自己的事業一向成功，又順利帶大了兩個孩子，卻實在找不出繼續活下去的理由。

她認為如此感受必然與她的成長背景有關。她的父母從她十一歲起便協議分居，但兩人卻並未離婚。她的母親堅持不准她與父親有所聯絡，任何與父親接觸的行為均會被視為對母親的不忠。她覺得被迫切斷了與父親之間的關係。她認為若是當初父母毅然決然離了婚，她便可以了無牽掛地與父親來往。她的父親也將擁有法定的探視權。如此一來，他們父女倆至少可以維繫最基本的親子關係。基於往日的經驗，她將一週前的離婚視為令子女重獲自由之舉。然而，她卻同時感到了自己的人生自此畫上了句點——她已完成了任務。

她的情景令我想到另一則故事。在我首次造訪艾瑞克森之後曾經做過一個奇特的夢。夢中，我看見了一行醒目的字句：「你永遠不會完成任何事。」七年後，當我在鳳凰城聆聽艾瑞克森的治療錄音帶時，突然有所領悟：「誰說你必須完成任何事來著？只要我們依舊活著，就不可能有任何事真正得以完成。」

我告訴她這則故事，建議她不妨將她的生命視為其父母生命的延續，而她子女的生命視為她生命的延續。只要這世上有人類存在，如此薪火相傳的程序便將永不終止，她發現這想法對她而言頗具安撫作用。

以上針對兩位不同個案的敘述，旨在說明我對故事的選擇往往出於自由聯想，也深受我個人的生命經歷及三十多年臨床經驗影響，值得一提的是，如此順暢的治療程序必須以良好的治療關係為基礎，才可能有些成效。

聆聽故事的過程中，個案往往選擇與自身情景相呼應的片段有所回應，這些片段不見得是我認為他們會選擇的部分。但無論如何，期間所透露的訊息深具治療價值。

利用這些故事（一如利用想像力）的危機在於，想像的經驗很可能會轉而取代真實的生命經驗。如果某人認為自己已經滿足了生命中的各種需要時，便不再有起床過日子的需要了。當然，對一個有若艾瑞克森般信奉行動哲學的心理治療師來說，絕不會支持「無所事事」的生存形態。那些聆聽故事的受教者，因而絕不至於在生活中採取退縮的策略。

我的個案偶爾表示：即使他在心理治療師的辦公室內擁有精彩絕倫的晤談體驗，並從中構想出抒解衝突的有效方案，但在現實生活中卻缺乏實踐的力量。他們抱怨：「我並無多大改變。出了這間辦公室後，我的行徑依舊與往日一樣。」某些時候，在處理這些案例的過程中，當我刻意敘述艾瑞克森式教育故事時，凝神聆聽的個案最好保持緘默被動的態度。我所選擇的故事很可能是一則冗長沉悶的幼年時代故事。個案很可能在晤談結束時宣稱，這回晤談的經驗不似往昔晤談那般「美好」。他也可能從而表示自己情願較主動積極地參與治療過程。他或許會抱怨晤談的內容枯燥乏味。我則會提醒他，我們努力的目標在於影響潛意識層面，他的意識層面作何感想其實無關緊要。奇妙的是，此類晤談之後，他反而會在現實生活中產生重大改變。舉例來說，他可能在社交方面更具自信，並且建立新的人際關係，或是轉換原有的職業。換句話說，他的行動力在晤談之外發揮了功能；至於晤談過程中，我則承擔了一切行動責任。

當然，某些個案可能並不樂意聆聽那些不屬於自己心理治療師原創的故事，他們喜歡個人化的治療取向。諸如大衛•高登（David Gordon）所著《心理治療的隱喻探討》（*Therapeutic Metaphors*）之類的著作（多半根據艾瑞克森使用隱喻的模式撰寫而成），對於那些渴望依循艾瑞克森的治療取向，以創造屬於個人獨特暗喻風格的的心理治療師來說，應大有助益。

必須說明的是，僅僅閱讀或陳述這些教育故事並不會造成任何轉變，唯有當接收者與轉達者（正是我所謂的心理治療師）處在一種善於接納的狀態中時，轉變才可能發生。一如先前所指出的，催眠過程最容易快速營造出善於接納的心理狀態。最理想的治療關係其實並非所謂的「正向情感轉移」（positive transference），而是一種在心理治療者與個案之間深具「信賴關係」的情境。在如此充滿信賴的治療氣氛中，個案的潛意識心智將能充分與心理治療者的潛意識心智相呼應。如果某人在所謂神智清明的狀態中閱讀這些故事時，他可能會漫不經心地將它們視為「陳腔濫調」、「迂腐」或是「雖有趣但缺乏啟發性的老生常談」。然而，若是處於催眠狀態中（心理治療師的每一句話均會在過程中被賦予深刻的意義），任何故事，或僅僅是其中的一句話，便極可能引發禪學中所說的啟蒙或頓悟。

第二章　個人勵志故事

艾瑞克森經常運用早期兒童發展的歷程（學習辨識自己的手、學習站立、行走與說話等發展階段），建立當事人對成長過程的認知。當他述說足以令我回顧幼年學習經驗的故事時，我曾（在恍惚意境中）重溫昔日學習新事物與技巧的過程，備嘗艱辛與挫折的感覺屢屢出現。此時，我倒也充分意識到自己早已成功克服障礙，習得了必備技巧。我隨即愈發肯定自己必有能力應付眼前生活中的各種挑戰。

一如傑・哈雷在《不尋常的心理治療》一書中強調的重點：艾瑞克森對正常發展所持的看法既深刻又明確。然而，這並不表示他企圖利用相同的模式解釋所有人的發展經驗。他只是深信每個人都擁有健康正常的發展核心，類似賀尼（Horney）所宣稱的「真實自我」。他同時明白成長與發展過程很可能遭受各種扭曲與誤導，他認為心理治療者的工作正是：引導當事人回歸屬於個人的「真正成長之路」。

關於此點，他曾提及幼年時眼見一匹馬流浪至他家後院的故事。那匹馬身上並無任何烙印，艾瑞克森自告奮勇將這匹來路不明的馬物歸原主。為了完成任務，他騎上了馬，設法領它回到大路上，並讓這匹馬自由決定該朝哪個方向前進。過程中，只有當馬轉頭至路邊吃草或是在歸途中間毫無目標地閒蕩時，艾瑞克森才會插手干涉。最後，當那匹馬終於到達幾英里之外的鄰莊時，莊園主人問艾瑞克森：「你怎麼知道這匹馬是從我們這兒跑出去的呢？」

艾瑞克森回答：「我並不清楚──但這匹馬可明白得很。我所做的只不過是讓它上路而已。」

在展開心理治療或是教學課程時，若能先行協助對方回到真正成長之路的起點，成效必定事半功倍。艾瑞克森的教學故事「學會站立」的作用即在於此。

故事1：學會站立

我們在意識層面上曾學會許多事物；爾後卻忘了所學的內容，只是單純享用箇中技巧而已。你們瞧，與別人相較，我占盡了「優勢」──我曾罹患小兒痲痺，一度全身癱瘓；由於當時發炎的情況很嚴重，有段時間連身體都失去了知覺，唯一不受病毒侵擾的是我的視線與聽覺。病發之際，我孤獨地躺在床上，除了眼球可以轉動之外，毫無行動力可言。

拜這令人聞之色變的疾病所賜，我必須與七個姊妹、一位兄弟、父母，以及一位老練的護士，在一個被隔離的農莊中接受觀護。我能如何娛樂自己呢？我開始觀察四周人群與所處環境。我立即察覺到我的姊妹在口中說「是」的同時，意思卻可能是否定的。她們往往伸手給對方一個蘋果，卻又同時扣住蘋果不放。我隨即展開有關非口語訊息與身體語言方面的研究。

當時我的小妹正值學步年齡，**我自己**也恰巧必須重新學習站立與行走。你應不難想像我眼中所見給予我的震撼。你絕不會知道你當初是如何學會站立的，甚至不明白自己到底如何學會行走。你可能始終**認為**自己可以直線走過六條街口——只要沒有喧嚷行人或車輛的干擾，你卻並不知道自己其實**無法**以穩健不變的步伐循直線行走。

你完全不明白你在行走之際，自身的運作過程。你想不通自己當初如何學會了站立，不記得自己曾伸直手臂將身體立了起來。當時，你曾將壓力置於雙手，你意外地發現自己其實可以將全身重量放在**雙腳上**。此舉說來容易，過程卻複雜無比，因為你的雙膝可能不聽使喚——而當你的雙膝能保持挺立時，你的臀部卻又可能扯你後腿。此外，你也可能將雙腳交叉而無法施力，這時，你的雙膝與臀部又會同時下跌而站不起來。你的雙腳交叉——但你立刻學會了將它們分開，藉以支撐身軀。你終於將自己拉了起來，卻必須懂得如何保持雙膝挺直——一旦逐步學會此招後，接著便該注意保持臀部挺直。隨後，你發現你還必須在留意保持臀部、雙膝挺直的同時，設法將雙腳加以分開。最後你終於可以藉著雙手的扶助將雙腳分開著站立。

接下來的工作可分為三個階段。你先試著將全身重量分佈在一隻手與兩條腿上，另隻手不再對你有所協助。這確實是椿困難的工作——你得挺直站著，臀部打直、雙膝打直、兩腳張開，而利用一隻手努力支撐。順著此一站姿，你開始學習如何改變身體的平衡姿勢。你藉著轉頭、轉身以轉移身體的平衡支點。當你試著移動手部、頭部、肩膀與身軀時，必須學會協調軀體的各種平衡狀態——待熟練一隻手的協調動作後，即換手進行另一番適應。緊接著則是難如登天的一步，你得學著鬆開兩隻手，讓雙手自由活動，僅僅仰仗穩健的雙腳支撐全身重量。此時，你必須保持臀部挺直——膝部也得維持挺直，同時注意維持雙膝、臀部、左臂、右臂、頭部與身軀之間的平衡。最後，當你技巧純熟時，將會開始嘗試以單腳保持平衡。這可是件驚天動地的費勁事兒。

你**如何**能夠撐住自己的全身重量而又同時保持臀部挺直、雙膝挺直，以及警覺到手部、頭部與身軀的一舉一動呢？接著你大膽嘗試將一腳向前跨並隨之轉移身體的重心。未料，你的雙膝一彎——整個人竟又跌坐在地。你立即起身重新出發，一試再試後，你終於學會了如何向前跨步——這跨出的感覺真好。於是你重複相同舉動——感覺真是好極了。隨後，你開始跨出第三步——還是抬起同一隻腳，結果摔了個四腳朝天。你著實費了好長一段時間才懂得輪流左右、左右、左右跨步向前，現在的你大可以搖晃雙臂、轉動頭部、左顧右盼，以及行走自如，完全不必費神注意雙膝與臀部是否始終維持挺直。

※ ※ ※

艾瑞克森指出，「殘障」也許能提供當事人某種利益，令他與別人相較「占盡優勢」。他同時暗示大家，「學習」應是最佳的娛樂方式。當他全身癱瘓時，曾自問：「我能如何娛樂自己？」他隨即描寫自己如何藉機發展敏銳的觀察能力，並且進一步表達在深入學習後的喜悅——獲知原屬於潛意識領域的訊息著實令人快慰無比，但也以行走為例，詳述了儲存於潛意識範圍內的行動步驟。

當他談及學習站立的具體過程時，曾刻意強調肌肉運動知覺。聽者很可能將注意力轉向個人體內肌肉運動知覺。至於文中所描述的站立過程中種種的笨拙舉動（雙腳交叉以及其他失措狀況），與所有人在嘗試學習新事物過程中體驗的笨拙應如出一轍。

藉著描述嬰兒時期學習站立與行走之際可能遭遇的逼真經歷，艾瑞克森漸次引導聆聽者退化至嬰兒階段。事實證明，幾乎每位聆聽此故事的人，都不由自主地置身催眠幻境、體驗退化成嬰兒的反應。這故事強調的重點在於，學習基本技巧的過程——先在意識層面努力，接著轉向潛意識層面的運作。當這故事用作催眠的誘導語句時，它將有助於誘發求診個案的退化歷程以及自動現象。有趣的是，艾瑞克森一律選用英文過去式的文法句型，表達文中的負面陳述（例「結果摔了個四腳朝天」）。當傳達正面暗示時（「你藉著轉頭、轉身以轉移身體的平衡支點」），他則刻意使用現在式文法句型。

這篇有關「早期學習歷程」的故事，在心理治療初期相當管用，因為它會將求診個案帶回精神症狀產生之前的歲月，從而瓦解對方僵化的心智結構。也有助於提醒個案學習雖非易事，但他終將克服困難——只要他堅持不懈。無論如何，他確知自己如今已能不費吹灰之力地行走自如。

艾瑞克森同時指出我們早已隨著成長經驗奠定了人生基礎，而我們終將帶著此一基礎邁向未來。身為農家子弟的艾瑞克森曾經努力播種，期待有朝一日得享豐收。在這篇文章中，艾瑞克森則替心理治療鋪設了基石——他談論眾人的基本學習歷程，並將此歷程描述得饒富興味而不帶任何威脅性。他也連帶觸及本書其他故事一再涉及的重點：他觀察事物一向鉅細靡遺。他藉著觀察他人而有所學習，暗示眾人「你是來學習的」，並且試圖激發「學習功能」——開放的學習心態。生理方面的癱瘓是殘障，而備受心理困擾的求診個案同樣具有某種殘障，艾瑞克森卻樂於將自身殘障轉變成有利的工具。孤獨的他只能仰賴自己，進而選擇以觀察周遭人事自娛。

當他說到他的姊妹可以伸手拿給另位姊妹一個蘋果卻又扣住蘋果不放時，他是否同時暗示他其實可以貢獻一個蘋果（學習歷程）卻又有所保留?或者身為聽眾的你雖可以有所貢獻卻也始終不放手?此處，艾瑞克森提供的並非只是一、兩項單純的訊息，而是多重層次的訊息。文中的蘋果難免令我們聯想到伊甸園——世界的最初、一切的源起。

「你不難想像我自眼中所得的震撼。」他在此句中特別強調「想像」兩字。當然，這正是他進行催眠工作的主要途徑——利用想像以及各種意象引導對方進入恍惚狀態。他隨即乘著聽者的想像之翼展開誘導，並且設法集中聽者的注意力。

傑弗瑞・西格對這故事的評語是：「艾瑞克森相當懂得如何與你的注意力以及他自己的注意力玩耍。描述所有故事的過程中，他均笑得很開心。他自己玩得愉快並急於邀請你與他共同嬉戲。如果你毫無玩耍的興致，那將是你個人的問題。他依舊會提出邀請，卻不至於因你的拒絕而惱火。只可惜，我們不論如何用心，常只能略懂這些故事的表面含意。我個人以為我已頗瞭解艾瑞克森的作風，但若有機會與他坐下討論其間用意，我們將發現自己不過觸及皮毛而已。他的心思往往至少深入表象以下的兩三層意義。當他提出蘋果此一象徵語詞時，他同時賦加兩三層含意。例如：「小孩子會如何看待一個蘋果?」或是：「身為稚齡孩童的你，將如何處置一個蘋果？」你很可能會將蘋果帶給老師，而此舉意味著渴望取悅他人。艾瑞克森對眾人的潛意識狀態知之甚詳，一旦你表現出某類語句或象徵時，他往往對你即將產生的相關聯想瞭若指掌。事實上，當你仔細觀察某人時，你確實不難獲知對方心中的各式聯想，你因而可以針對這些聯想追根究柢。這類內在訊息的深度，卻很難令當事人具體加以掌握。因此，你無法確知自己當初如何學會站立，雖然你擁有一切相關資訊。」

這正是艾瑞克森的一項重大治療原則——眾人在屬於個人的生命歷程中，早已擁有解決困境的豐富資源。在前文故事中，他即提醒眾人正視他們不曾意識的重要內在訊息。

當他運用「你將壓力置於雙手——而意外地，你發現自己其實可以將全身重量放在雙腳上」這類語句時，他傳達出在心理治療過程中使用「設定式意外」（programmed accidents）的觀念。你不妨將求診個案置於注定有所發現的情境中——只要對方能夠用心加以體會，必定收穫豐富。

「此舉說來容易，過程卻複雜無比，因為你的雙膝可能不聽使喚，而當你的雙膝終能保持挺直時，你的臀部又可能扯你後腿。」在以上這番敘述中，艾瑞克森藉由諸如「挺直」與「站立」等字眼，針對聽者的潛意識進行重要暗示。稍後，當這些字句在治療過程中加以引用時，對方的學習功能與態度將自動受到啟發。

故事2：這男孩活不到明天早晨

一九一九年六月，我甫自高中畢業，到了八月份的某一天，我聽到三位醫生在隔壁房間對母親說：「這男孩活不到明天早晨。」（艾瑞克森在十七歲那天首次受到小兒痲痺病毒嚴重侵襲）。

一向健康的我，對罹患小兒痲痺一事感到憤怒異常。

我們的鄉村醫師與兩位芝加哥的專業大夫進行會診。爾後，他們對我母親說：「這男孩活不到明天早晨。」

我怒火中燒。他們膽敢告訴一位母親她的兒子活不到明天早晨！此舉實在可惡至極！

接著，我的母親走進了我的房間，面容溫和平靜。她以為我已病得神智不清，因為我堅持要她將房間中的大櫃子換個位置。它遂依言將它安置在床邊，而我仍不斷敦促她來回移動櫃子，直到我感到滿意為止，因為那個櫃子擋住了我望向窗外的視線——若在死前無法看到夕陽美景，我會嘔死，只可惜，日落的過程我只觀賞到一半而已。我足足昏迷了三天三夜。

我始終不會告訴母親我堅持移動櫃子的原因，她老人家也從來未向我提起醫生的死亡宣判。

※ ※ ※

一九七〇年時，我曾向艾瑞克森尋求協助，一心一意期待改善記取人名的本事以及想起一些兒時的片段。艾瑞克森遂告訴我以上這個感人的故事。我立即憶起了某些兒時經驗——感染猩紅熱、高燒不退的情景。然而，有關增強記憶的期待（尤其是記取人名的本事）卻始終未被滿足。直到後來，我才明白艾瑞克森已藉著另一個故事間接暗示我接受自身的有限。他曾對我說起其父親在母親葬禮上發表的感言。這段感言充分說明了他的看法。

※ ※ ※

在我母親的葬禮上，我的父親表示：「能與同一個人攜手共度七十四次結婚紀念日，實在是件美好的事。當然，如果能與她共度七十五回結婚紀念將更令人感到欣慰。不過，人不可能擁有一切。」

透過這個故事以及先前所說的故事，他間接地告訴我們只要能夠活著就已經幸運無比了。

※　※　※

在描寫櫃子與日落的段落中，艾瑞克森傳達了他所偏愛的享受生命（或可說是延長生命）的方式。「總應將眼光放在不久的將來某項具體目標上。」以前文的故事為例，艾瑞克森的目標正是觀賞日落美景。理所當然地，欲達成此目標，必須先行移走障礙物。由於病重的艾瑞克森無法自行克服阻礙，只好仰仗母親的協助。深具意義的是，他並未告訴母親堅持移動櫃子的原因。由此可知，我們不見得總是需要解釋自身所採取的每項行動。但無論如何，我們必須擁有努力的方向——擁有立即性而且能夠達成的具體目標。

故事3：游泳也能減輕痛苦

艾瑞克森從未宣稱催眠具有神奇療效。不過，他依舊再三強調所有人均深藏不自知的能力——天生的神奇力量。若經由恰當有力的暗示與指引，這些內在的原始力量將能被加以利用。每當有人問及：「催眠對於治療癌症有效嗎？」艾瑞克森總會藉著以下故事澄清催眠主要的價值在於減輕痛苦。此外，文中也暗示若能伴隨著諸如手術之類的保守療法，催眠應有助於提高患者的存活機率。

※　※　※

我認為還有許多可以施力的地方。身兼外科醫師的州立醫師公會會長介紹一位女士來見我。他曾經先後替這位女士進行子宮癌與結腸癌手術治療。

手術後的這位女士產生了後段結腸的緊縮反應，排便過程變得異常疼痛，主治醫師遂轉而向我求助：「你能利用催眠療法協助她嗎？我實在不願意替她進行第三次手術。」

我立即採取行動，告訴這位女士她曾罹患兩種不同的癌症，現在的她則身受結腸收縮之苦。結腸的收縮令她如此痛苦，擴張結腸便是唯一的解困之道。我告訴她，如果她能每天都換上泳裝，將汽車輪胎扔進游泳池中充當座椅，就此盡情享受泳池與水流所提供的舒適感受，擴張結腸的療程必定輕鬆許多。

她果真奉命行事，所屬的主治醫師驚訝地表示擴張療程進展得出奇順利，遠比先前迅速許多。他告訴我這位女士依然不時抱怨疼痛難當，但口氣已與往日大不相同。他不認為這位女士至今還在忍受相同程度的痛楚。

一年之後，這位女士順道來訪。她對我又擁又親，大聲宣告生命何其美妙。她的結腸問題已獲得治癒，醫師表示一切已恢復正常，他徹底清除了她體內的癌細胞，而且絲毫沒有復發的現象。

※　※　※

艾瑞克森在文中暗示「擴張療程」將不再那般痛苦，只要當事人採取行動——找個輪胎當座椅，舒適地徜徉在泳池中。以此故事為例，他為往後的心理治療預設了放鬆的心情——暗示當事人可以在相關的舒適心境中，接受必須的療程。他同時指出療程將進行得「出奇順利，遠比先前迅速許多」。至於最後一項暗示，則透露心理治療終將成功——一如文中那位女士的例子，無論先前處境多麼痛苦以及充滿致命危機，她終能恢復健康、享受美好人生。雖說故事中安撫疼痛的引導語句施用於催眠狀態，但它們的威力卻遠比用於清醒狀態時強大許多。

艾瑞克森也可能選用這類故事，向團體內被他認為患有情緒或心智「便秘」的人傳達重要訊息。他很可能以某些特殊方式暗示心中屬意的物件。他也許會朝某方向發言，眼神卻飄向目標所在；或是當他面對意有所指的當事人時，會改變說話的聲調語氣；又或者，他會刻意避免與對方正面接觸。

故事4：停止爭吵

一位來自費城的男士（正是被我治好頭疼問題的那一位）曾介紹他的阿姨與姨丈來見我。他表示：「這對夫妻自結婚以來，每天都吵得天翻地覆。他倆結婚將近三十年了，竟沒有一天享受過太平日子。」

這對怨偶依言前來見我，我直言無諱：「你倆難道還沒吵夠嗎？何不鳴金收兵，開始享受神仙眷侶的生活？」他們果真就此握手言和，搖身一變為恩愛夫妻。爾後，這位已和丈夫重修舊好的太太，進而說服她的姐姐前來求助，因為那位男士的母親多年來始終鬱鬱寡歡。

※　　※　　※

在這故事中，艾瑞克森利用他一貫的間接態度，回覆那些詢問他有關過往個案追蹤結果的批判者。他以告訴我們「來自費城的男士」曾介紹他的阿姨與姨丈去見他的方式，簡介說明男士的頭疼問題已被有效治癒。至於這對經由外甥介紹而來的怨偶，彼此婚姻狀況也已明顯獲得改善，因為女方隨後認為艾瑞克森將對她的姊姊有所幫助。艾瑞克森慣常藉著敘述某一診斷療程，連帶提及先前被成功治癒的個案。

針對團體中暗自與他爭論或內心充滿自我矛盾的人，艾瑞克森也可能利用這些故事直指關鍵所在。他曾強調：「你們難道還沒吵夠嗎？」

這簡短的故事可能稍嫌缺乏說服力。但無論如何，我願意將它呈現在眾人面前，因它簡潔、單純的特性相當吸引人。

我曾要求艾瑞克森補充說明有關此一案例的狀況。他到底花了多少時間與這對夫妻建立互信的治療關係？他是否曾將這對夫妻引入催眠狀態？

他回答：「我只不過運用了喚醒人心的方式，將他倆帶入輕微恍惚的反省意境。我質問他們：『為何不好好享受生命；你們足足吵了三十年了。我以為婚姻生活應是快樂之源。更何況，你們已經沒有多少年可以享受彼此相伴的日子了。』他們就此大徹大悟。

許多心理治療師總認為，他們必須引導求助者改變以及協助個案改變。在我看來，「心理治療就像在山頂上開展滾雪球的遊戲。一旦雪球滾下山坡，必將愈滾愈大，終至變成一場符合山脈形狀的雪崩。」

第三章　信任你的潛意識

當我前往紐約市奧斯偉克學院會見精神醫學教授艾斯塔布魯克斯（Estabrooks）時，他竟臨時指派任務：「今晚，我準備安排你針對教師進行評鑒演說。」毋庸置疑地，眾多市民將會參與該會。不巧的是，我在上台之前尚有許多與講題無關的事物急待處理。面對如此迫切的窘境，我卻絲毫不以為意。我心知肚明自己勝任有餘，絕對可以暢所欲言以及冷靜思考。這些年來，我對相關議題早已知之甚詳。

※　※　※

在以上這段小插曲以及稍後的兩篇故事中，艾瑞克森現身說法，充分表露出對個人內在長期記憶以及潛存知識的信任態度。他強調潛意識是儲存各類回憶與技能的寶庫，即使經歷數十寒暑，年代久遠的知識訊息也能呼之即出。他曾偏好引用威爾．羅傑斯（Will Rogers）的名句：「替我們招惹麻煩的並不是我們不知道的事物，而是我們自以為知道的事物。」艾瑞克森不忘再多加上一句：「那些我們明明早有認知，卻自以為一無所知的事物為患更大。」

故事1：一場輕柔細雪

那年秋天，十一月十二日下午將居四點整時，威斯康辛州的洛維爾村中降下了當季的第一場瑞雪。教室內最後一排的第三個座位上，臨窗而坐的男孩忍不住好奇：「此情此景，我將記取多久？」

我始終心存質疑……

至今，此番記憶依舊鮮明……我確切知道那天是一九一二年的十一月十二日，天空飄下了一場非常輕柔的細雪。

故事2：獨角鯨

當年的農莊上，我們只有兩本書——《美國歷史》以及未經刪減的《英語辭典》。我曾一再翻閱那本辭典，由A到Z，鉅細靡遺，從而獲得了相當驚人的字彙能力。多年之後，當我在加拿大州進行演講期間，一位醫生曾邀我至其家中作客。當晚，他拿出了一個非常獨特的螺旋狀物體向我問道：「你知道這是什麼嗎？」

我回答：「當然知道，它是獨角鯨的牙齒。」

他訝異萬分地說道：「你是首位一見到這東西便認出它是何物的人。我的祖父是位捕鯨者，他確實是由獨角鯨口中取得了這枚牙齒。它始終被我們家族收藏著，我卻對它的出處三緘其口，總是任由眾人在反覆檢視它的過程中再三尋思、質疑，而你又是怎麼知道它是獨角鯨的牙齒呢？」

我緩緩答道：「當我大約五、六歲大時，曾在一本未經刪減的辭典中見過它的圖片。」

故事3：不說話的男孩

曾經有許多人十分擔心我到了四歲卻仍不會說話，小我兩歲的妹妹早已嘰哩咕嚕說個不停——她至今依舊口若懸河，只是從未說出個所以然來。家人對於四歲大的男孩竟不會開口說話一事感到頗為苦惱，我的母親卻氣定神閒地表示：「等時候到了，他自然會開口說話。」

※　※　※

以上這段故事尤其彰顯出艾瑞克森對潛意識的信任態度，他相信潛意識必定能夠在正確的時機中產生恰當的回應。這故事若是說給初次體驗催眠狀態的求助者聽，足以鼓勵當事人耐心等待渴望說話的衝動來臨，或是願意耐心等待潛意識訊息以非語言的方式揭露。

故事4：搔刷豬背

某年夏天，我靠著兜售書藉賺取大學學費。某日，大約傍晚五點鐘時，我走進一間農舍，欲向農舍主人推銷手邊叢書。對方直言不諱：「小夥子，我從不閱讀任何東西，我也不需要閱讀什麼，我只對我的豬感興趣。」

「當你忙著餵食豬群時，是否介意我就站在這兒和你聊聊呢？」我問道。

他表示：「這倒無所謂，你就隨便閒扯吧！不過，小夥子，這絕不會對你有什麼好處的。我不可能注意聽你說話，我正忙著餵食這些豬寶貝。」

於是我自顧自地論及叢書內容。身為農家子弟的我，邊說邊不經意地撿起了閒置在地上的一對木瓦，開始順手搔刷豬背，農舍主人眼見此景，停下手邊工作說道：「任何知道如何以豬喜歡的方式搔刷豬背的人，便是我願意結識的朋友。今晚留下來用個便餐好嗎？

你還可以在這裡免費住上一宿，而我將會購買你的書。你是個愛豬人，你知道如何以豬喜歡的方式替它們刷背。」

※　※　※

艾瑞克森在這個故事中敘述自己如何在潛意識的運作下，以最佳方式達成目標——順利售出手邊叢書。他強調自己在與農舍主人談話時，純屬「不經意」地撿起木瓦搔刷豬背。那位農舍主人同時不自覺地在潛意識的引領下，對這位氣味相投的年輕人做出了正面回應。

當然，艾瑞克森絕非藉由此例教導大眾如何銷售書籍或是操縱他人。他確實能夠與農舍主人產生共鳴，因為他是農家子弟。至於有效行動（搔刷豬背）所以有機會彰顯，多因艾瑞克森在自我表達方面一向自由自在。他藉此故事鼓吹所有聽眾充分信任內在的潛意識，一如他自己以及曾對年輕的他熱誠相待的農舍主人那般對潛意識充滿信賴。這個故事也具體說明了「與個案同步」（join the patient）的原則。

艾瑞克森是在一九七九年的八月間告知以上故事。當時，我正追問他為何會選我替他的著作《催眠療法》作序。在他尚未開始說起搔刷豬背的故事之前，他曾信口解釋道：「我喜歡你，因為你給我太太一隻金青蛙。」（一九七〇年間，當我首度造訪艾瑞克森時，我剛遠從洛杉磯搜集了一些活生生的蛇、壁虎與青蛙返回紐約。於是我贈送他們夫婦一隻漂亮的金青蛙作見面禮。）

他進一步表示：「我對你的印象良好。我喜歡你這個人。你純真、誠實、善體人意、從前我對這個房間的印象是——這傢伙想必熱愛雕刻品。你對我的印象應該也如出一轍。那傢伙必定熱愛雕刻品。他的生活絕不限於坐在椅子上從事心理分析賺錢而已，他另有所好。關於青蛙一事，顯然與心理分析、精神醫療、文學以及各類心智活動相距甚遠。在生活方面，你是個興趣廣泛的人。」

結束搔刷豬背的故事之際，他以清亮發光的眼神定睛注視著我，並且以評斷的口吻強調他的重點：「我喜歡你搔刷豬背的方式。」他直截了當地說明了他挑選共事者的模式，與他過去所做的其它抉擇別無軒輊，總十分信賴潛意識的反應。

故事5：預知考題

一位曾經多次接受我實驗性催眠療法的個案，是位相當傑出的人物。他原本是位心理學者，獲得碩士學位後，一度對未來感到十分茫然。我於是針對他的情境進行實驗性的催眠治療，他遂有機會直接體驗內在潛意識的活動。事後，我借給他一批醫學書藉，他隨即決定再進入醫學院就讀。在他就讀醫學院的最後一年期間，一位相當欣賞他的教授向他問道：「亞瑟，你認為你會通過我的期末測驗嗎？」亞瑟胸有成竹地回答：「我不會被你考倒的。你只不過會出十道題目而已，它們是……」他接著即向教授一一指出十道考題的內容為何。

教授深感驚訝地說：「沒想到你竟對我預備提出的考題瞭若指掌，甚至還能按照出題順序一一說明。你難道乘人不備偷偷闖入我的辦公室，影印了一份期末考題不成？」

亞瑟表示：「當然不是。我只不過對你即將在期末考試時提出的測驗題目有先見之明罷了。」教授頗不以為然地說道：「這番解釋不足以服人心。我得把你帶到系主任那兒去問個清楚。」系主任聽完整件事的來龍去脈後追問道：「亞瑟，事情真是這樣嗎？你真的完全知道考題的內容？」亞瑟心平氣和地說道：「我當然知道考題的內容。我選了他的課又聆聽了他每一堂課的授課內容。」

系主任依然質疑問道：「你必定憑藉著某種管道拿到了考題的複本。除非你有辦法證明自己的清白，否則我只能禁止你參加考試。你將會因為這次作弊的事情而畢不了業。」

亞瑟辯白道：「你若需要具體的事物證明我確實在教授尚未構思出考題之前，便事先知道他會出什麼題目的話，不妨差人到我的房間取出我在這堂課上所做的筆記。你會發現我習慣用星號表示課程重點所在，教授將提出的考題均被我標上了七個星號。除此之外，你還會見到這些『七星標記的考題』逐一被列下了『1』、『2』、『3』之類的數位記號。由於教授一向習慣出十個問題，我遂擅自以七星標記選出了十項筆記內容，這些內容都是他在這一年的課程當中，甚至在暑期課程內一再強調的重點。」

系主任與教授於是依言請人取來了亞瑟口中所說的筆記本。他們發現亞瑟確實習慣用星號標示重點所在。部分筆記內容他只標了一個星號，有些內容卻標上了兩個星號，有些則是三個星號，另些則是四個、五個或六個星號——而在這些筆記內容中，僅有十處地方被標上了七星記號。這些擁有七星標記的重點，不按順序從一到十地加以強調。居中的一項七星重點被冠上了號碼一，而最前面的一項七星重點被冠上了號碼九，以此類推。

最後，系主任開了口：「你不必參加考試了。你非但認真聽課，而且還注意到了授課者在表達重點時所做的特殊提示。」

當你認真聽講並且能夠留意講者對講授內容所做的各種強調時，實不難預測考題所在。亞瑟正是箇中翹楚，他不但擅長聆聽，又十分懂得如何就所聽的內容進行評估選擇。難怪他總是事先知道哪些重點會在考題中出現。授課老師其實是洩露天機的始作俑者，他們習慣不厭其煩地告訴你重點為何，而且一向期待學生能明辨重要資訊所在。偶爾，他們會認為一項看似不甚重要的課程內容自有其重要性可言。此時，學生便該特別留意此項重點，因為它必然會出現在試題之中。人際溝通可說是項非常複雜的活動，我們的面部表情、眼神流轉、身形姿態、移動軀體與四肢的方式、頭部轉動以及肌肉運作的方式等等——凡此種種均一再洩露大量非口語的訊息。

※　　※　　※

在這故事當中，年輕的醫學院學生非但學會了信任自己內在的潛意識，更將個人的感知技巧發展到了極致。一如艾瑞克森所言：「亞瑟正是箇中翹楚。」想當然耳，大部分人未將天賦的感知能力發展至如此驚人的地步。不過，如果我們明白此事確有可能的話，必會深受鼓舞而朝相似的方向邁進。尤其當我們在夢中或於自由聯想之際接收到明確的訊息時，勢必愈發信賴潛意識的引領。

先前故事中的教授其實早已在潛意識的運作下，將他期待學生謹記的知識重點加以透露。艾瑞克森則利用此例告訴我們，應設法聆聽這些屬於潛意識的暗示訊號。故事當中，身為學生的亞瑟十分精於將個人潛意識層面的領悟轉換至意識層面的認知。艾瑞克森的聽眾與讀者在聆聽他的故事時，即使在個人意識層面上感到不解，卻依舊能針對艾瑞克森的種種潛意識訊息產生回應。事實上，艾瑞克森也一直刻意引導人們朝此方向努力。

在催眠療法的運用方面，艾瑞克森同樣鼓勵我們努力達到這種境界——充分信任我們的潛意識。在以下針對心理治療的一席話當中，他具體陳述了重點所在。

※　※　※

催眠是在不該是椿費勁的工作。成功的關鍵在於，你對自己引人進入出神狀態的能力有所肯定，並且對個人的聲音充滿信心。如果你謹慎從事的話，任何人都會在你的引領下進入催眠狀態，即使是那些偏執傾向嚴重的病人也不例外，我不鼓勵對那些偏執病人進行催眠，因為這些人在催眠狀態下也會變得相當偏執狂妄。不過，就實務經驗來說，我始終認為所有心理病患都能被引入催眠狀態——**任何人**均不例外。

至於當事人是否非得知道自己已身處出神狀態呢？答案是否定的。催眠的深度又當如何呢？不論任何一種催眠狀態，只要足以令你的潛意識心智能夠對發生的事情進行心靈層面的巡禮便已足夠。在這些屬於內在心靈的認知過程中，你將會收穫豐盛，遠遠超過意識層面竭盡心力所欲獲致的成果。你應該努力設法在潛意識層面上運用內在心智，即使你是有意識地這麼做。

故事6：美麗的疤痕

一位大學女生習慣以左手掩住口唇。她在課堂上朗誦文章時，必定將左手擱在鼻子下方，設法掩住她的口。至餐廳用餐時也依然如故，嘴巴總是藏在左手之後。總之，不論是身處課堂、置身大街或是至餐廳用餐，她始終高抬左手護著口唇，完全不容他人有機會目睹芳顏。

我對此現象極感興趣，下決心非得對她進一步有所瞭解才行。經過再三試探後，她這才將十歲那年所發生的可怕事故向我據實以告。在一場車禍中，她整個人曾越過擋風玻璃被摔出車外。對年僅十歲的小女孩而言，這實在是個恐怖無比的經驗。她的嘴部被擋風玻璃深深割傷，汽車引擎蓋上血跡斑斑。對十歲的孩童而言，可能不見得有嚇人的大片鮮血，但在她的記憶中卻正好相反。她一直認定自己當時血流如注，嘴部也深受重創。正因為這個緣故，她習慣以手掩唇，不願讓任何人見到唇部嚇人的疤痕。

我要求她閱讀化妝術的歷史，她讀到有關美人痣（新月形、圓形、星形以及其它各式形狀斑紋）的作用，以及女人會如何將美人痣點在自認最出色的五官附近以引人注意。在催眠過程中，我先領她畫出一些美人痣，接著再引導她在隱秘的臥室內畫出唇上疤痕的確實模樣——結果是一個有如美人痣大小的五星斑紋。只可惜，她依舊將如此一點小疤痕看得比整張臉還大。

我極力說服她與其他男生約會。約會過程中，她必須攜帶兩個沉重的手提袋，好迫使雙手下垂而遠離臉龐。在初次約會與接下來的幾次約會中，她驚訝地發現如果她允許對方吻別，對方必定親吻她帶有疤痕的嘴角。頭一回約會時，她尚不敢接受吻別。第二次的約會對象則不偏不倚地親吻她的嘴唇右側，接下來第三次、第四次、第五次、第六次的情況均是如此。她其實並不知道這純然是因為她的好奇心所致。她從未察覺每當自己充滿好奇時，總會把頭傾向左邊，對方於是毫無選擇地必須親吻她的嘴唇右側。

每當我敘述此一案例時，總會刻意環顧聽眾的表情。你們雖對下意識的表達方式知之甚詳，卻不知尚有下意識的聆聽反應這回事。當我敘述此一案例時，每位在場的女士都會不自覺地噘起嘴來——而我心知肚明她們正在想些什麼。你們不妨利用機會注意一下街坊鄰居到家中探視新生兒的情景。只需留心來訪者的嘴唇動靜，便不難事先預知這位鄰居何時會向新生兒獻上一吻。

※　※　※

藉由注意文中女孩每當心生好奇時便會將頭傾向一邊的特色，艾瑞克森預測她勢必會在接受親吻之際，同樣有這些舉動。他援用此例以闡述運用個案不自覺流露的訊息，對心理治療至關重要。艾瑞克森引導文中女孩去發現早已獲知的訊息——亦即每當她萌生好奇心時，便會將頭傾向左邊。為了讓她有機會發現此項特色，他設法阻止她利用一貫的自我防禦機制（老是用左手遮掩口唇），於是她有機會在經過數位男士親吻口唇疤痕的一側後斷定那疤痕其實並非那麼醜陋。

艾瑞克森在此運用了一項魔術師常用的把戲。他將我們的注意力引向一處，而真正的關鍵重點卻正發生在另一邊。舉例而言，他誘使我們思索：「她為什麼老是以左手遮掩口唇？」殊不知，這並不重要。他觀察的重點在於她偏頭的方式，那才是關鍵所在。

故事7：難纏的角色

在進行心理治療的過程中，我偶爾會讓自己進入神思恍惚的催眠狀態，好能更敏銳地察覺對方說話的聲調語氣與抑揚頓挫。我因而有機會聽得更仔細、看得更真切。日常生活中，我也往往不自覺地掉入如此神思恍惚的境地，忘了周遭人群的存在。人們經常眼睜睜地看見我進入出神狀態。

一位來自秘魯的精神醫院教授羅德格瑞斯（Rodriguez）曾一度成為我的個案。他親自寫信告訴我，他願意來我這裡接受心理治療。在此之前，我早已久聞他的大名，知道他的專業學識在我之上。除此之外，他也比我更為機靈敏銳。我實在難以相信如此一位道行比我高深的人士，竟主動要求接受我的治療。

我不禁自忖：「我該如何應付一位比我聰明、有學識，又極為敏銳的個案呢？」這位學有專精的教授是西班牙皇族的後裔，為人十分高傲無禮——既傲慢又無情，是個相當難纏的人物。我排定他於下午兩點整約診。我在晤談時，於神思恍惚中寫下他的姓名、住址、婚姻狀況以及其他各項資料。我接著抬頭問他：「你對自己的處境有何看法？」對面的椅子竟然空蕩蕩地，不見他的蹤影。

我望了望牆上的鐘，時間並非下午兩點而是四點整。我同時注意到桌上的檔案夾中已有數張資料置於其間。我才恍然大悟自己竟在一種催眠的狀態下完成了初次晤談。

大約經過了十二或十四小時的心理治療後，某天，羅德瑞格斯突然從後座椅上跳了起來：「艾瑞克森博士，你進入催眠狀態了！」

我回過神來說道：「我知道你非但比我聰明、機靈、敏銳，專業學識更遠在我之上。除此之外，你還相當傲慢無禮。我實在不覺得自己有能力應付像你這樣的個案，因而不斷苦思應當如何對付你。直到初次會晤後，我才瞭解自己的潛意識竟已決定伸出援手，出面承接這項挑戰。在屬於你的檔案夾中，我已從你那兒搜集了諸多資料，只是尚未著手研究這些訊息罷了。等你待會離開後，我就會展讀這些書面內容。」

羅德瑞格斯聞言後火冒三丈地望著我問道（手指向我桌上的照片）：「他們是你的父母嗎？」

我回答：「是的。」

他又追問：「你父親是從事哪一行的？」

我據實以告：「他是位退休的農民。」

羅德瑞格斯立即嗤之以鼻地說道：「原來是無知的鄉下人！」

我知道他對歷史知之甚詳，於是反唇相譏：「是的，他們確實是無知的鄉下人。然而，就我所知，屬於我祖先的低賤血液也同樣留在你的血管當中。」他瞬間啞口無言，因他知道維京人在歷史上曾經統治過全歐洲。經過此次交鋒失利後，這位大教授轉而變得相當乖巧合作。只不過，對我來說會冒出這句話可還真不容易，它需要那種福至心靈的機緣。

我由側面得知羅德瑞格斯在離開英國時，並未償付俄尼斯特．瓊斯（Ernest Jones）對他進行精神分析的診療費用。當他離開杜克大學時更是負債累累。因此之故，當我們展開最後一星期的心理治療時，我刻意請他說出所有與他熟稔的知名人士資料。我並且逐一寫下他們的地址。羅德瑞克斯十分高興能有機會炫耀他的身份與地位。當我將資料全數記下後，卻開口問他：「你準備如何支付此次心理治療的費用？付支票還是現金？」

他愣了一下：「你要我。」

我心平氣和地表示：「我認為這是必要的措施，我憑能力賺取我的酬勞。」

於是我拿到了我的酬勞。除此之外，我還會有什麼其他的理由，需要知道他那些知名朋友的住址呢？聰明的他一聽下文便察覺出言談之外的恐嚇意圖。

※　　※　　※

這是一個艾瑞克森津津樂道的有趣故事。它充分證明催眠意境對心理治療師本人的價值：是協助他發現有效回應個案的最佳方式。此外，具體強調出心理治療師在面對傲慢個案時「占上風」的重要性。文中，艾瑞克森開門見山地指出，他在羅德瑞格斯面前自歎弗如的真實心境，接著則逐步切入重點。如此一來，他稍後的結論更加擲地有聲。此故事具體傳達出一項潛在的訊息：雖說我們可能在某人面前感到「矮了半截」，或深覺自己一無是處，但若懂得白潛意識的領域中探尋，往往不難找出與對方匹敵的方式，或是發掘出一些令自己占盡優勢的資源。我們也很可能必須如艾瑞克森般，非得將祖先搬上檯面才有機會穩住局面：但那又有什麼關係？艾瑞克森絕不至於放棄享用祖先遺產的權利。相反地，他認為我們應盡其所能地運用自身各項有用的知識訊息。

故事8：唐老鴨與三隻小鴨

我曾面對一段相當難以下筆的文章段落，不知如何是好。我一試再試，紙上依舊一片空白。稍後的某一天，我突發奇想：「嗯，在下一位求診的個案來之前，我還有兩個小時的空檔，不妨試著進入催眠狀態，深入瞭解一下潛意識對這件事的看法。」

我一直靜待到必須會見個案的前十五分鐘，才驚訝地瞥見自己膝上放了一盒寫給兒童閱讀的漫畫書，在我的書桌上共有兩大疊這類漫畫書。由於個案早已到來，我遂立即將漫畫歸回原位，轉入另一房間內會見個案。

兩星期後我回想到：「我還沒獲得有關那個文章段落的解決之道呢！」趁著空檔，我順手拿起鉛筆準備再做嘗試，突然間靈光一閃：「唐老鴨於是對尤義小鴨、唐威小鴨與路易小鴨說：……」頓時我滿心喜悅地領悟到，唐老鴨漫畫不僅會吸引小孩，也容易引起成人共鳴。動人的描述必須簡潔、清晰，而且意有所指，我就此突破了寫作的障礙。毫無疑問地，我的潛意識非常懂得該去何處尋獲適合的範例。

※　　※　　※

這又是另一個強調潛意識在解決難題方面深具價值的故事。在我向艾瑞克森求教如何安排個案的就診時間，及如何突破寫作方面的瓶頸時，他即向我述說了以上的故事。顯而易見地，他試圖告訴我應該進入催眠意境中尋找答案，如他那般騰出時間聆聽潛意識的反應。我隨後決定採納忠言，並因此尋獲好幾項解決之道。有一回，當我經驗到寫作瓶頸時，在自問「到底該如何克服此項困難？」後，我進入了自我催眠的狀態。我遂注意到右手大拇指內側、中指的橫側面以及食指的中間地帶，有些刺痛的感覺，警覺這些刺痛的部位正是自己握筆的所在。內在潛意識透露的訊息，竟是我應該改變手寫文稿的方式，轉為口述。當我循此建議行事後，原有的寫作障礙立即煙消雲散。

故事9：觀察大街行人

你走在大街上，試圖以穩健的步伐向前直行，而你湊巧感到饑腸轆轆，於是在經過一家餐廳時自動放慢腳步。如果你是位女士的話，可能還會下意識地轉頭瀏覽珠寶店的櫥窗。若你是位運動員的話，則會自然而然地朝運動器材用品店的櫥窗望去。而若你一味忽視自己牙齒的狀況，即使知道早該找牙醫接受診治，卻遲遲未採取行動的話，一旦經過牙醫診所時，必會自動加快腳步。

我曾刻意站在一個能夠看見年輕婦女行經醫院大樓的位置仔細觀察。一旦眼見某位女士走出婦產科時，以特定方式減緩行進的速度，手部的擺動也漸趨緩和，臉上浮現出一股溫柔的神情時，便會趨身向前問道：「檢驗結果是懷孕了嗎？」她們往往不假思索地回答：「是的，至少我也這麼希望。」

一位年輕女孩同樣在經過醫院大樓時，改變了她原有的步伐、手臂擺動的方式，以及臉部表情。這回你看到了屬於懼怕的反應。此際，你可得千萬小心，別說錯話——她多半依舊小姑獨處。

不論男女老少，每一個人不論男女老少，都會在行經某處時，自動地放慢腳步，好似周遭空氣突然變得濃郁而難以穿透似的。你知道這是什麼地方嗎？麵包店是也！那股強烈的麵包香，令你不由得自動自發地減緩行進速度，並且再三流連，不忍離去。

※　※　※

又一次，艾瑞克森試圖向我們說明，人類的絕大部分舉動均深受潛意識的操控。艾瑞克森在文中指出「自動自發」的行為取向。因此，這故事十分適合用來鼓勵接受心理治療的個案，放手讓自己自動自發地在催眠狀態中有所反應。故事內容的重複特性，相當容易誘使聽者進入催眠狀態。尤其當陳述者可以運用迴圈節奏的方式訴說時，效果尤其顯著。

這故事也可以用於問題診斷方面。當心理治療師述及故事中的不同場景（珠寶店、體育器材用品店、牙醫診所）時，不難在就診個案的聆聽反應上窺出端倪。當論及年輕婦女面對懷孕的態度時，既容易引發個案對懷孕一事的顧慮與看法。至於文內對麵包店的陳述，則可能將接受催眠的物件帶回兒時的記憶，令其回想起許多與麵包或餅乾香有所關聯的事件。

我曾經百思不解艾瑞克森為何非要強調，在行經麵包店時「每一個人……自動放慢腳步」，稍後才明白他企圖向我傳達另項訊息：「慢下來，羅森。」他暗示所有聽者應該放慢生活步調，好讓自己有時間沉溺在知覺聯想中所獲得的一切頓悟……

故事10：書寫洩露天機

每一個小動作都不該放過。許多時候，藉著寫下「是」，問題常會迎刃而解。某位女孩可能問道：「我真的戀愛了嗎？」而我會反問：「你認為你與誰墜入了愛河了呢？」

「嗯，我也弄不清楚，到底是比爾、吉姆、彼得還是喬治。」

我隨即追問道：「是比爾嗎？」

她在紙上寫下：「是。」

「是喬治嗎？」

「是。」

「是吉姆嗎？」

「是。」

「是彼得嗎？」

「是。」

然而，若是她的「是」落筆極重甚至在紙上穿出洞時，那個男孩「必定」就是她的意中人。只不過，她很可能並不準備獲知真相。

有回，安德森博士受邀至密西根州立大學，針對全心理系的學生進行一場有關催眠的演講——整個心理系的師生均在場。安德森博士遂問我是否願意提供具體示範。我表示缺乏催眠的對象，並當場徵求自願受試者，徵詢數位學生的意願，其中好幾個人表示首肯。我稍後選中了一位名叫佩姬的女孩。安德森博士要求示範的項目之一即是，催眠式自動書寫（automatic writing）。我遂請佩姬坐在長桌的一端，其他人則全部聚集在長桌的另一端。

我逐步將佩姬引入催眠狀態。在神思恍惚中，她依舊知道自己身處長桌的一端，其餘人士均位於長桌的另一端，與她遙遙相望。她先自動在紙片上寫下某項訊息，接著即將紙片自動折起、再折起，最後自動將紙片快速塞入手提包中。她對這些自動自發的舉動毫無所覺，其他人卻將一切看在眼裡。接著，我又再度領她回到催眠狀態，告訴她在醒來之後會在紙上自動寫下：「今天是六月裡美好的一天。」事實上，當時才是四月份而已。

她依言寫下了此句。稍後，當我向她展示此句話時，她矢口否認自己曾寫下如此荒謬的句子，認定根本不是出自她的手筆。說得沒錯，訊息當然不是靠她的手寫出來的。

到了九月份時，她從印第安那州打長途電話找我，說道：「今天發生了件很荒謬的事，我認為必定與你脫不了干係。讓我告訴你是怎麼回事。今天，我在清理手提袋時發現了一小張紙片。當我打開仔細瞧時，發現其中一面竟以陌生的字跡寫著：「我會嫁給赫洛德嗎？」那並不是我的筆記。我不知道那張紙片怎麼會跑進我的手提袋裡，直覺告訴我，你與此事有關。我僅有一次與你接觸的經驗，是你在四月份時至密西根州立大學進行演講之際。你對那張紙片做何解釋？」

我答道：「沒錯，我確實曾在四月份至密西根州立大學進行演講。那時，你是否曾與某人訂有婚約呢？」

「是的，當時我與比爾訂了婚。」我接著表示：「那時，你對這樁婚事是否有所疑慮呢？」

「完全沒有。」

「之後，你曾開始質疑自己與比爾的婚約關係嗎？」

「到了六月時，我與比爾分手了。」

「接著發生了什麼事？」

「到了七月份時，我嫁給了赫洛德。」

「你認識赫洛德多久了？」

「我雖曾在學期當中見過他幾次，但從未有機會與他攀談。直到七月份時，才在機緣巧合的情況下與他相遇。」

我說道：「那字跡『我會嫁給赫洛德嗎？』確實出自你的手中。那是你在催眠狀態中自動寫下的訊息。你的潛意識早已知道你會與比爾分手，赫洛德才是真正吸引你的人。」這位女孩的潛意識，早在數月前便已知道會解除婚約。她所以會將訊息折疊藏起，實在是因為在四月份時，她的意識層面尚未準備好面對此一現實。

當你首次促請個案進行自動書寫時，除非你具體地讓他們感到有安全感，否則對方很難放心大膽地自由書寫。因為一些屬於私人的訊息將會洩漏，而個案本人可能尚未準備好坦然面對那些隱密的資訊。因此，如果你想嘗試使用自動書寫，請允許你的個案表示：「我實在沒辦法這麼做。」隨即逐步引導他放鬆，讓其手部以胡亂塗鴉的方式運作。逐漸地，經過幾回塗鴉後，對方多半會將秘密訊息以令人無法辨認的潦草方式寫出。然後，他會寫下諸如「今天是六月裡美好的一天」這類的語句，緊接著便會逐漸釋出個人的秘密訊息。我曾連續花了十六個小時緩緩解讀一些難以辨認的字跡。那些潦草無比的字跡竟洩露出整體真相，我認定這些訊息原是寫在「潛意識的紙張」中。

※　※　※

來自書寫的壓力往往足以傳達某項重要訊息，艾瑞克森建議佩姬寫下：「今天是六月裡美好的一天。」實在出自於機緣湊巧的意外運氣。六月正是她與未婚夫比爾分手的月份。當然，六月也正是個人聯想到婚禮的月份。

故事11：峇里島上的催眠狀態

當瑪格麗特・米德（Margaret Mead）、珍・貝羅（Jane Belo）與桂格瑞・貝特森（Gregory Boteson）在一九三七年前往峇里島時，目的在於研究峇里島文化中的自我催眠傾向。在峇里島文化中，居民可能在前往市場的途中，便進入深度催眠的出神狀態。他們會在神思恍惚的情況下購物，然後在抵達家門口後回過神來。有時，他們甚至會停留在此催眠狀態中，順道拜訪不在催眠狀態中的鄰居。自我催眠是他們日常生活中的一部分。米德、貝特森與貝羅在研究過當地居民的行為後，曾帶回許多影片供我檢視。米德博士渴望知道峇里島式的催眠狀態，與歐美各地的催眠狀態是否相同。現在，露西向各位所展示的身體姿勢，正是峇里島居民習以為常的舉動——握起雙手、用腳尖站立，並將意識集中在身體的反應上，此動作的確就是處於催眠狀態的表徵。

※　※　※

這故事說明即使處於催眠狀態中，當事人依舊可以從事諸如購物與訪友之類的日常活動。在催眠狀態下，不見得非得表現出一些反常的行為不可。故事結尾，艾瑞克森藉著一位心理治療師（露西）在他辦公室內進行的示範動作，具體陳述峇里島居民的催眠體驗與西方人士的經驗相似。利用如此遙遠的異國例證，艾瑞克森傳達出兩項訊息。其一是催眠意境其實是所有人或多或少均曾體驗過的恍惚狀態，並無特殊之處。其二則是催眠意境充滿了屬於異國的迷人魅力。

第四章　間接暗示法

本章中的故事旨在具體說明艾瑞克森如何運用「傳統」式催眠情景（例如：受限於字面含義 [literalness]、回溯經驗 [age regression]，以及時空轉移 [distortions of time and space]）進行治療。這些故事同時勾繪出艾瑞克森對催眠療法所做的特殊貢獻——採用「間接暗示法」進行催眠。他的間接方式就應付所謂的「抗拒」態度（不論是針對催眠或心理治療本身的排斥行為）而言，功效卓著。舉例來說，在「繞抗拒而行」的故事中，充滿質疑又十分苛求的醫師所接受的催眠指引，竟來自另一位已被催眠的對象，其抗拒行為因而毫無用武之地。讀者若有興趣進一步瞭解有關間接暗示的多方討論，不妨參看由艾瑞克森與羅西合著的《催眠療法》。

故事1：被催眠者受限於字面含義

我曾商請一位女孩為俄尼斯特．羅西博士示範深度催眠以及一些催眠的現象。我指示她進入深度的催眠狀態，並在不屬於任何地方的中途與我相遇。她立即睜開雙眼，整個人處於恍惚迷離的狀態中，一本正經地表示：「事情很不對勁！」

羅西博士一頭霧水，完全不明白出了什麼差錯，但這位受試者卻知道問題所在。關於與我在不屬於任何地方的中途相遇，這到底有何不對勁？

事實上，根本沒有所謂不屬於任何地方的中途！它根本是虛空一片。

我遂令她再度閉上雙眼，並由催眠的出神狀態中喚醒她，對她說道：「我要你去做另一件事，我要你進入出神狀態後在外太空與我碰面。」

她再次在催眠狀態下睜開雙眼，一副無法適應整個房間、地板與四周物品的模樣。我接著對她說：「請看著我手中的紙鎮，現在，請將紙鎮換個位置。」

你們猜，她做何反應？她竟表示：「艾瑞克森博士，這裡只有三個位置。我占著一個，你占著另一個，而紙鎮處於第三個位置。這些是僅有的位置，沒有其他位置了。」

這位接受催眠的對象，顯然非常執著於字面上的含意。

我再度從催眠的狀態中將她喚醒，刻意告訴她一則極荒謬的笑話：「某位牛仔外出騎馬時到了一座山，這座山高聳得讓他必須抬頭望兩次才看得到山頂。他儘可能地抬頭望，一次望不完，第二次再由第一次眼中所見的盡頭繼續向上望。」隨後，我重新將她引入催眠狀態，同時告訴她：「當你睜開雙眼時，我要你注視我的雙手，別去看雙手以外的地方。現在就請俯身觀看。」

她邊看邊說：「粉紅色中帶著灰色，那就是你雙手的模樣。可是，艾瑞克森博士，你人在哪兒呢！我只看見你的雙手，卻見不到你的手腕。此外，艾瑞克森博士，我眼中所見的景象一定出了問題。你的手竟然是平面的，而我確信它們應該是立體的才對。」

各位請牢記，當我們進行催眠療法時，潛意識賦予文字的意義非常精確。各位終其一生都在學習，不斷將所學的知識轉入潛意識中儲存；而且習慣自動取用這些學習成果。當你尚在牙牙學語的過程中，有段時間你一直認為「喝水水」（drink-a-wa-wa）就是一杯水（a drink of water）的意思。你足足花了好長一段時間才發現「喝水水」其實並非一杯水。同樣道理，即使你詳加解釋，接受催眠的成人也總得在好長一段時間後，才會逐漸領悟「某種語言你並不了解——雖然你曾經對其耳熟能詳。」

※　※　※

當艾瑞克森指出文中被催眠的對象十分拘泥於催眠暗示的表面字意時，他也同時強調潛意識的學習絕不故步自封。潛意識將不斷累積新的訊息。「各位終其一生都在學習，不斷將所學的知識轉入潛意識中儲存，而且習慣自動取用這些學習成果。」藉著這番話，艾瑞克森暗示讀者會將得自這些故事的各種訊息轉入潛意識，並開始自動取用這些學習成果。

故事2：柳橙過敏事件

一位病人拿著處方去藥店購買一定劑量的蓖麻油。當她將處方遞給藥劑師時，順口表示蓖麻油令她感到噁心。無奈的是，她回到家後卻不得不忍受反胃的副作用來服用蓖麻油。

藥劑師於是問她：「當我準備你的蓖麻油時，你願不願意喝杯新鮮的柳橙汁呢？」她注意到那杯柳橙汁的味道有些不同。一飲而盡後，她問道：「我的藥準備好了嗎？」

隨後幾天，她不但見到香吉士的廣告看板便反胃不止，連到餐廳用餐無意間瞥見柳橙時也會感到噁心。她甚至無法替母親到有售柳橙的店中購物。此外，她還必須扔掉許多橘色的衣服。最後，她在聽到「柳橙」這個字眼時都難以忍受，不僅噁心嘔吐，而且頭疼欲裂。

因為她恰巧是本院一位醫師的朋友，於是我安排她受邀參加醫院的派對。我與她那位醫師朋友事先做了些安排。派對中，那位醫師朋友刻意請我示範催眠療法，我便輪流為不同的人催眠。終於，她也鼓起勇氣充當催眠的對象。

在催眠的出神狀態中，我引她返回三歲的時光——與蓖麻油事件相隔遙遠的年代。她遂進入深度夢遊的催眠狀態，擁有許多正面與負面的幻覺。此時，舉行派對的主人進來問大家是否願意喝點柳橙汁。全體人士毫無異義。主人便拿來一籃柳橙，當場擠壓新鮮的柳橙汁，並且選擇坐在這位女孩的身旁。大夥繼續天南地北閒聊，我藉機指引她注視這位主人並試著與他攀談。當時我們全都喝了柳橙汁。稍後，我指示她口中正帶著一種說不出的甜美味道回過神來。當晚，她在返家途中經過香吉士的廣告看板時，對自己無動於衷的反應難以置信：「真奇妙，那廣告看板竟不再令我噁心了。」

經過此事件後，她又開始喝柳橙汁以及穿橙色的服裝。稍後，她回想起先前的處境時表示：「我完全不記得到底什麼時候柳橙曾令我感到噁心，但它現在已不復如此。我很難想像它竟使我那樣反胃，我實在記不起這是什麼時候的事情了。」

這正是利用時間轉移的方式，將當事人重新定位所造成的效果了。如果你患有懼高症而無法攀爬山峰，我又會採取何種措施呢？我多半選擇在時間的洪流中重新將你定位，即意味著我必須讓時光回溯十年或十二年以上。屆時，你將有如十八歲般外出散步。當時的你可能尚不懂得攫高是什麼滋味，因而興致勃勃地爬上山峰，渴望欣賞山頭另一端的風景。

如果此招不管用的話，我便會轉而設法迷惑你對事物的知覺，讓山脈在催眠狀態的感官中猶如平地——一塊平坦而你會展開耕種活動的新綠地。此番步行路程雖依舊崎嶇不平，但你終究會毫無懼意地爬上山峰，並將其間辛勞歸咎於開墾不易。待你在催眠狀態中翻越山巔，我再逐漸恢復你對事物的正常認知與定位。

雖是炎炎夏日裡的豔陽天，夢中的你可能在天寒地凍的雪地裡溜冰。明明在床上睡得香甜，你卻可能同時置身在紐奧良、舊金山或是檀香山享用大餐。此外，你也可能在鼾睡之際駕機翱翔、開車兜風或與各類朋友歡聚一堂。

相信身為心理治療師的你不難瞭解，每位求診的個案都會擁有這類生活體驗。在催眠狀態中，你可以暗示接受催眠的物件，夢境將可以在催眠狀態中被轉化成現實的感受。催眠狀態足以使人充分運用過往獲取的學習成果，我們卻習慣輕忽這些早已瞭然於心的知識訊息。

故事3：繞抗拒而行

以下故事中，艾瑞克森具體示範出應付抗拒心理的有效方法。

※　※　※

當我在鳳凰城首次進行催眠療法時，某位醫師來電要求接受治療。他的語氣令我心生警惕：「這下可麻煩了。他竟強行要求我將他引入催眠狀態。」我排定他次日前來就診。當日，他一進辦公室即迫不及待地表示：「現在就請著手將我催眠吧！」

可想而知，我失敗了，無論用盡各種方式均不奏效。我於是說道：「對不起，我得先離開一會兒。」我轉而進入廚房，向協助我工作的一位亞利桑那州立大學女生求援：「艾兒絲，在我辦公室內有位對催眠極為抗拒的個案。我亟需你的協助。不過，我得先將你引入催眠狀態——夢遊式的催眠狀態。」

隨後，我與被催眠的艾兒絲一同回到了辦公室。在那位口口聲聲請求被催眠卻滿心抗拒的求助對象面前，我將艾兒絲的手臂高高舉起，示範被催眠者全身僵硬的情形。接著，我對艾兒絲說道：「艾兒絲，請走到那位男士身邊。我要你一直保持如此站姿，直到將他催眠為止。我會先出去一會兒，過十五分鐘後，我再回來。」

他的抗拒原本只針對我而來。此外，誰又能對一個早被催眠的人傳送出的催眠訊號心生抗拒呢？

當我再度回到辦公室時，果不其然，他早已進入了深度的催眠狀態。

無論如何，你應設法繞抗拒而行。你儘可能在個案坐在**那張**椅子上時引發各種抗拒，然後再請他坐另一張椅子上。他因此有機會將各種抗拒留在**原處**。一旦轉身坐到**這張**椅子上時，他已不再擁有任何抗拒。

※　※　※

當艾瑞克森在最後談到「引導抗拒」（directing resistance）時，他運用的原則與他將某種症狀「引導」或「安置」在某一地理位置如出一轍。例如，他會讓求助的個案坐在某張椅子上，充分體驗面對飛機的恐懼心態。他設法引導個案「在那張椅子上具體經驗內在恐懼的感受」，接著再請求個案「將恐懼留在那張椅子上」。此舉暗示個案將不會在任何其他地方經驗此類恐懼，除了那張椅子之外。

至於前文中的醫師早已將個人針對催眠的抗拒指向艾瑞克森，因而他不會對其他人加以抗拒——當然更不至於去防備一位處於全身僵硬狀態下的被催眠者。

故事4：仙人掌治酗酒

我習慣將酗酒的求助者送往匿名戒酒協會接受診治，因為匿名戒酒協會在這方面經驗豐富，遠比我有辦法對付酗酒成性的個案。某位酗酒者的情況卻例外。

當事人在我面前引述其與酒精的淵源：「不論是我父系或母系兩方面的父母均嗜酒如命。我的父母與岳父、岳母也都是離不開酒瓶的酒鬼。我的妻子酗酒，我自己更曾經驗過十一次酒精中毒的精神錯亂現象。我實在厭倦了與酒為伍的日子。對了，我弟弟也是個不折不扣的酒鬼。對你而言，這八成稱得上是祖傳的酗酒案例，但不知你有什麼解決之道？」

我問起他的職業。

「當我清醒時，我在報社工作。酒精則是從事這份工作的危機所在。」

我表示：「這樣吧！既然你希望我針對這麼歷史悠久的問題想個辦法，我建議你去做一件似乎不太對勁的事。請到植物園去看看那些仙人掌，讚美那些可以在缺水缺雨的情況下存活三年的仙人掌。然後，自己好好反省反省。」

許多年後，一位年輕女孩突然來訪：「艾瑞克森博士，當你初識我時，我年僅三歲。

三歲那年，我就隨父母搬到加州去了。如今，我住在鳳凰城，想藉機來看看你到底是何方神聖，長相如何。」

我不禁莞爾：「那你可得仔細瞧清楚，不過我很想知道你何以專程跑來對我品頭論足。」

她解釋道：「會將酗酒者送往植物園觀察植物，以藉機引導他們不仰賴酒精生活的人，即是我渴望親眼目睹的偉人。自從你將我父親送往植物園後，我的父母就再也沒碰過酒了。」

「你的父親現在從事何種職業呢？」

「他目前在雜誌社工作，他終於離開了報社。他說報紙這行容易令他產生酒精中毒的危險。」

你瞧，治療酗酒問題的妙方不過如此。遣送當事人去景仰那些缺水三年卻依舊存活的仙人掌即可。你也許一向熱衷討論教科書上的種種策略。今天，你擁護這派學說，到了明天，你又會認為那個方法必定更為奏效。教科書總是叫你該去做這做那。然而真正的重點是注意上門求助的個案到底是什麼樣的人，設法以適合他的方式處理他的問題——他個人獨一無二的問題。

這故事正是間接暗示（以象徵性的方式提議）的絕妙例證。

※　※　※

故事5：競爭

曾有位來自費城的求診者令我印象深刻。當時，一位醫師伴隨他前來。我一與他照面便知道遇上了前所未見的生性好強者。他會在任何事上與你一較長短。除了從事的行業競爭激烈外，他本人更是不會放過任何與人爭強好勝的機會。

我開門見山地對他說：「據我所知，你深受頭疼所苦。日復一日惱人的偏頭疼幾乎令你難以忍受。如此的苦日子，你已經熬了九年之久。為了頭疼的毛病，你甚至連續三年每天接受這位醫師的診治，但情況始終不見好轉。這位醫師於是帶你來此，希望我有辦法與你一同對抗這個毛病。其實我並不準備這麼做，我只希望你能先將雙手平放在膝上，設法注意最後是你的左手先抬起，還是右手會先抬起觸碰臉頰。」

他的雙手就此陷入了令人難以置信的激烈競爭，足足耗了半小時才分出勝負。

正當他一隻手終於搶先觸碰臉頰時，我說道：「當你的雙手相互較勁時，你延續了肌肉的緊張度。」他其實並不喜歡經驗這種內在張力。「現在，如果你仍然願意保持頭疼的習慣，為何不試著單純地享受頭疼，全然擺脫肩部與頸部肌肉競爭的影響呢？我實在不認為你會把頭疼看得比肩頸部的肌肉較勁更重要。讓我教你如何藉由雙手比賽放鬆的方式體驗肌肉鬆弛，這也許才是問題的關鍵。」

於是我替他上了一課，令他親身體驗到何為肌肉緊張與放鬆。自從那回經驗之後，他再也不曾為頭疼所苦，而此事距今至少有六年或八年之久了。

※　※　※

艾瑞克森於此充分說明了就個案本身的價值體系進行治療的原則。他先利用個案的競爭傾向指出問題所在，接著將此競爭轉向建設性的用途。當然，這位個案原本對艾瑞克森的競爭心理，也在過程中被巧妙轉成他個人內在的張力。此人隨即不再對催眠或艾瑞克森所提出的各項治療產生任何抗拒。

故事6：擺脫性冷感

某位婦人注定走上離婚之途，因為她在性生活方面始終麻木不仁，使得丈夫深感苦惱。最後，丈夫再也無法忍受她的性冷感而與她仳離。

離婚後的她結交過好幾位男友。向我求診之際，她正與一位和妻子分居的男人同居——過著不入流的生活。他要她當情婦，但在他心目中，兒女永遠列居首位、妻子其次、情婦殿后。即使身為情婦，她卻依舊是一個對性毫無反應的女人。

與她同居的這位男人相當富有。為了討她歡心，送了許多令她愛不釋手的禮物，但她依舊擠不出絲毫的激情，她說：「我就是沒辦法有任何感覺。對我而言，性生活有如機械化的例行公事。」

在催眠狀態中，我向她解說男孩如何學會辨識陰莖的不同反應——鬆弛疲軟、四分之一勃起、半勃起，以及充分勃起等不同狀態，與當激情逐漸褪去及射精的剎那，陰莖的感覺又將如何。除此之外，我還對她詳述了男孩的夢遺情形。

我接著又說：「每個男孩所承繼的基因血統一半來自女性。因此，凡是男孩可以做到的事，女孩也同樣能不落人後。只要你願意，你可以在任何時間、情況下出現夢遺反應。當你在大白天裡眼見某位英俊男士時，何不讓自己有所反應。對方並不需要知道你的秘密，但你本人卻可充分感受其間快感。」

她回答：「這想法倒是有趣。」

我注意到她突然變得異常沉靜，整個臉頰泛起紅暈。

她接著表示：「艾瑞克森博士，你剛才讓我經驗到這輩子第一次的性高潮。非常謝謝你。」

事後，我陸續接到她的幾封來信。信中提及她已擺脫了那位與妻子分居卻仍想腳踏兩條船的男人。目前，她與一位和她年齡相仿又渴望婚姻生活的年輕男子在一起，兩人的性愛關係美妙無比。每回魚水之歡的過程中，她總能享有一次或兩次甚至三次以上的性高潮。

所有男孩都會經驗夢遺一事，這原本是性發展的必經過程。人總是先行學會用手進行自慰，然而，為了邁向成熟，卻必須能夠在不使用雙手的情況下進行性活動。他的潛意識於是設法在夢中提供他各種性對象。

我為何向她描述男孩而非女孩的手淫情形呢？因為當我談論男孩的狀況時，不必牽扯到她的處境，於是她可以客觀地瞭解事實真相。當她有所瞭解後，我再接著表示：「女孩也可以夢遺，每個男孩所承繼的基因血統一半來自女性。」

※　※　※

艾瑞克森竟在此提出與話題毫不相干的訊息：「每個男孩所承繼的基因血統一半來自

女性。」他的用意無非是告訴這位求診的女士，可以從他描述男孩的性體驗中加以學習。我們注意到，非但這位女士的性冷感因此獲得治癒，她的生活也連帶受到影響——由她轉而選擇較合適的伴侶便可見一斑。催眠的功效看來並不僅限於「治療症狀」而已。

這個故事可說是另一個使用間接暗示，導致治癒的最佳例證。

故事7：假裝進入催眠狀態

設法將達莉引入催眠狀態，實在是樁頗不容易的苦差事。她就是無法深入催眠狀態，於是我建議她可以「一步步學著走入神思恍惚的境界」。

我接著告訴她在阿布科格一位催眠實驗者的經驗。當時，一位教授企圖在這位受試對象件身上進行催眠實驗，卻始終無法成功。他轉而向我求救：「我們再三嘗試引她進入催眠狀態，但她就是無法被催眠。」

於是我設法讓這位受試者相信，她終將進入神思恍惚的境地。我請她睜開眼睛，**僅限於注視我的手**。我告訴她，她的視野將逐漸關閉，直到**僅限於看見我的手**為止。然而，除了視覺之外，她仍將保有其他四種知覺領域。不久之後，她即確信自己**只能見到我的手**，而絲毫看不見桌子、我或是椅子的存在。隨後，我命她自此意境中抽身，並設法進入輕度的恍惚狀態；接下來，則請她不斷嘗試進入**深度催眠狀態**。她依言一再模擬深度催眠狀態，直到真正深入其中。

※　　※　　※

達莉凝神靜聽故事，隨之逐步模擬深度出神狀態，也成功了。

有時候，聆聽艾瑞克森口述這些故事的某些聽眾，竟會當場掉進深度催眠狀態。我在文中強調的某些字句，正是艾瑞克森在述說之際改變聲調與速度的關鍵處。這些語句的效果，往往一如催眠過程中面對個案所使用的直接暗示指令——聽來有如「你將只能見到我的手」。

對於那些難以進入催眠狀態的個案，我習慣引用新近的研究，指出假裝進入催眠狀態的效果，與「確實」進入催眠狀態相同。一如故事描述的重點，當事人的確能自行模擬輕度或深度催眠。前文中，艾瑞克森描述了深度催眠的數種現象——例如「否定式幻覺」（negative hallucinations）（無法看見桌子、身體的其餘部分或是椅子）。

故事8：你聽見了嗎。

某次催眠研習會中，一位女士自願擔任接受催眠的對象。她表示過去曾有許多人耗費數小時企圖將她引入催眠狀態，但那些催眠暗示語句對她絲毫起不了任何作用。

於是我問她個人的背景資料。她是法國人，最喜歡法國食物，並向我大力推薦紐奧良市內她最中意的法國餐館。她也告訴我她多麼熱愛音樂，隨即談起了音樂。

當她注意我似乎正在凝神靜聽某種聲音時，便也轉頭側耳聆聽。我發現她習慣使用左耳，我因此遮住了自己的右耳。

接著我對她說：「你也聽到了嗎？聲音很微弱模糊，對不對？不曉得那管弦樂團離這兒有多遠。音樂似乎愈來愈近了。」

不一會，她竟忍不住隨著音樂打起拍子來。

於是我提出問題：「那管弦樂團中到底有一位還是兩位提琴手。」她肯定有兩位，並且辨認出薩克斯風的聲音。我們就此享受了一段美好的音樂之旅。

我並不曉得那管弦樂團是否已奏完了那首曲子，及他們是否又重新揚起音符，開始演奏起另一類型的音樂，但她倒是聽見了所有令她心情愉悅的曲調。

專注於某種現象往往令人容易進入最佳催眠狀態。當你聆聽口吃者說話時，會不由自主地替他補充語句。你會自行填詞，藉以協助他脫困。

※　※　※

此處艾瑞克森運用的聽覺狀態暗示法，遠比一般的暗示法高超絕妙（一般的催眠師多半只是直接指示：「你會聽到……」而已）。文中，艾瑞克森再次強調出人類渴望協助他人的原始天性。當他表現得似乎聽不清楚管弦樂團的演奏時，他的個案立即伸出援手，用心聆聽。

故事9：皮膚反映心理

一位女醫師由東部來電表示：「我兒子正在哈佛大學就讀。他的粉刺一發不可收拾，你能否利用催眠替他解決此一問題呢。」

我表示：「當然可以。但你何必非帶得他來親自見我呢？你打算如何過今年的聖誕假期。」

她回答：「我多半會去太陽谷滑雪。」

我說道：「這回聖誕假期不妨邀你兒子與你同去滑雪。屆時，請租個小木屋並且搬走室內所有的鏡子。你們甚至可以一日三餐都在小木屋中進食。此外，還得確實藏好你在手提包內的小化妝鏡才是。」

他們母子二人果真一同滑雪度假。兒子在兩星期內見不到任何鏡子的情況下，臉上粉刺盡消。由此可見，粉刺可藉著移去鏡子而獲得治癒，臉部的濕疹多半也能以同樣方式加以治療。

另位雙手長滿疣的女士也曾向我求助。這位女士的臉上遍布著疣的痕跡，希望能藉由催眠徹底消除這些醜陋的疣。如果各位對醫學常識有所瞭解的話，不難明白疣是病毒引起的，而且容易因血壓改變而發生變化。

我告訴這位女士每日應定時按照既定步驟浸泡她的腳——先以冰水浸泡，接著泡熱水，最後再使用冷水。如此程序每天必須進行三回，直到她無法忍受、情願付出任何代價，以期不需要再重複如此惱人的泡腳過程為止。一旦她的疣完全消失後，就可以忘記泡腳這回事了。

每日得在緊湊的時間表中，抽空按時泡腳誠非易事．她心中的厭煩可想而知。

大約三年後，這位女士帶她的兒子來接受診療。我乘機問起她長疣的狀況是否已經好轉，她竟反問我：「什麼疣？」

我解釋道：「大約三年以前，你曾因為臉上與手上的疣前來見我。」

她回答：「你一定認錯人了。」

她的丈夫卻證實她的確遵從我的指示——每日泡腳長達數月之久。逐漸地，她對泡腳一事開始極為厭煩，直到終於不再記得按時浸泡雙腳，而贅疣的煩惱也就連帶被拋到九霄雲外去了。身上的贅疣因供給贅疣養分的血液大量流向腳部以及她的不在意而自行消失，自此她不再為此所困。

※　※　※

藉著轉移個案關注焦點來進行皮膚診療的過程中，艾瑞克森充分說明了十五世紀名人帕若瑟舒斯（Paracelsus）闡述的格言：「人想像自己將成為何等模樣，就果真會變成那般模樣；他正是他想像中的人物。」事實證明，許多生理方面的反應確實與心理意象關係密切。雖說這方面的影響很可能深入五臟六腑，但仍屬皮膚的反應最為直接明顯。例如，每當我們想到令人發窘的情境時，總會不由自主地面紅耳赤；又或者，當我們性幻想時，性器官往往有所反應。一般說來，當人認定自己深具價值時，他必定昂首闊步，舉止果斷又自信。難怪他的骨架結構、肌肉狀態與面部表情的發展，與那些「想像」或認定自己一文不值的人南轅北轍。

故事10：自我催眠

一位求診的個案曾對我說：「我非常神經質，且苦於無法與任何人談及問題所在。透過一些曾經接受你診治的朋友，我獲知了你的專業能力。截至目前為止，我仍無法鼓起勇氣向你述說我的困擾。但不知你願不願意在這種情況下，充當我的心理治療師。」

我回答：「只要我可以幫得上忙，有何不可。」

她接著說道：「我打算這麼辦。每當晚間十一點左右，我會開車過來，停在你的專用車道上，然後想像你坐在我車上聽我陳述問題所在。」

她先後僅支付了兩回諮詢費用。我卻毫不知情到底有多少個晚上，她曾置身在我的專用車道中，處理個人問題直到淩晨四點。總之，她終於解決了內心的困境，卻僅僅付了頭兩回的諮詢費用。

事後她告訴我：「我的問題終於迎刃而解。現在，如果你願意的話，我倒是可以充當你實驗性診療的對象。」林．古柏（Linn Cooper）（與艾瑞克森合著《催眠中的時間錯置》一書的作者）和我開始與她進行時間錯置的催眠實驗。就她所提供的服務時間換算，她其實早已充分支付了先前的診療費用。我建議她不妨多加利用林．古柏與我在她身上實驗的各項催眠成果。林．古柏與我對這次實驗非常滿意。我們獲得了價值非凡的資訊。我猜她一定也獲得了心中渴望的一切。

※　※　※

以上案例具體彰顯出艾瑞克森堅信的治療格言：「個案本人才是真正進行心理治療的人。」即使如此，文中個案依舊需要邀請艾瑞克森成為她的心理治療師。她顯然無法在毫無心理治療師存在的情況下進行自我治療。或許，這種需要另一個人或一位心理治療師加以陪伴（即使是想像中的陪伴）的渴望，足以印證馬丁．布伯（Martin Buber）的理論：「只有在與他人的關係中，我們才可能獲得滿足並成長茁壯．」

故事11：直腸檢測

當我的女兒尚在醫學院就讀時，曾閱讀由俄尼斯特．羅西與我合寫的一篇有關雙重約束（double binds）的研究論文。她隨後跑來向我們表示：「那正是我一向採取的措施。」

羅西問她：「你一向採取什麼措施？」

她回答：「所有的病人都有權拒絕由實習生進行直腸、脫腸，以及陰道方面的檢測工作。其他的女學生因而全都鎩羽而返，沒人有機會進行這類探測。我卻對我負責的每位病患順利進行了直腸、脫腸，與陰道方面的全套檢測，而從未遭受任何異議。」

我問她如何在病人有權拒絕的情況下完成任務。

她說道：「每當我即將展開這類檢測時，一定面露微笑並以充滿同情的口吻向對方表示：『我知道你一定很受不了我一會兒凝視你的眼睛、一會兒窺探你的耳朵、一會兒往上談談你的鼻子、一會兒又往下挖挖你的喉嚨。除此之外，我還不時戳戳你這裡，又捶捶你那裡，令你簡直厭煩透頂。現在可好，我只要再做完直腸與脫腸方面的檢測後，你就可以向我揮手告別了。』」

這些病人於是全都耐著性子等著與她告別。

※　　※　　※

如此方法確實是採取「雙重約束」的最佳例證。早已不耐煩的病患為了促使克莉斯蒂及早放過他們，不得不允許她進行直腸、脫腸與陰道方面的檢測工作。只不過，克莉絲蒂實施約束的第一步卻是站在病患的立場，先行說出他們的厭倦情緒以及渴望不受干擾的心理。

當我初次聽到這個故事時，其中所蘊含的間接暗示深深地觸動了我的內心，令我想要對艾瑞克森說：「請放手去做，進行直腸檢測吧！」換句話說，我感到他藉著故事徵詢，是否同意讓他進一步深入探究我的潛意識領域。我立即憶起了早已經遺忘的幼年時代灌腸經驗。我發現當求診個案感到自己經由協助（或是被迫）挖掘出深藏的「內心感受」與記憶時，他們多半會夢見或幻想有關灌腸或直腸檢測方面的事情。就某些人來說，若心神專注在陰道與直腸的檢測工作，常容易引發許多性感受與性經驗方面的聯想。

故事12：恐懼症的治療

藉著以下詳實的記錄，我們有幸觀摩充滿間接暗示的催眠治療全程。我們將得見艾瑞克森如何利用不同方式灑下各類狀態種子，之後再回頭將它們逐一加以培育。我們同時也將見識到艾瑞克森運用深具長久療效的「後催眠暗示」（post-hypnotic suggestion）以及「重新詮釋」（reframing）的奧妙之處。

被治療對象凱薩琳是艾瑞克森催眠教育研討會裡的學生。我們無法確定艾瑞克森到底從何得知她患有懼怕嘔吐的症狀。在凱薩琳的追問下，他只不過輕描淡寫地表示：「這世上總會有些愛說閒話的人。」也許是另位學生主動向他提及此一情況，又或者是他本人推斷的結果。無論如何，他毫不遲疑地提供治療機會，凱薩琳也欣然接受專業協助。

※　※　※

艾瑞克森（以下簡稱「艾」）：「你意識到自己正處於催眠狀態，是不是？如果你再閉上雙眼的話，必將更真切地體驗這番恍惚狀態。

現在，在此催眠狀態中，我要你感到無比舒適，我要你進入深度催眠狀態，設法讓自己有如脫離軀體的心靈意識，在時空中自由漂浮來去。

接著，請你選擇一段往日時光——當你還是個稚齡小女孩的時候，我的聲音將會如影隨形般與你同在。我的聲音將會幻化成你的父母、鄰居、朋友、同學、玩伴，以及你的老師。我要你發現自己正端坐在學校教室內，而這個坐在教室內的小女孩，正為某件事情感到雀躍不已。那是一件發生在許久以前的事，一件早已被遺忘的陳年往事。

除此之外，我還要你擁有另一番體驗。當我待會兒將你喚醒後，你只會在頸部以上醒過來，你的身體仍將保持熟睡狀態，僅僅維持頸部以上的清醒並非易事，但你絕對做得到。

現在，你馬上會由頸部以上醒轉過來，可別因為你的身體仍處於熟睡狀態而感到驚訝害怕。不用心急，試著慢慢讓頸部以上逐漸清醒，不論花多久時間都沒關係。這件事實在不簡單，但你一定做得到。

（長時間的停頓）

此刻，你的頸部已逐漸清醒，你的雙眼即將睜開。（停頓）你可以做得到的。儘管那仍處於熟睡中的軀體，依舊有如久遠記憶中的小女孩狀態，你卻已慢慢由頸部以上醒轉過來。你的雙眼已開始眨呀眨地即將睜開。當你終於抬起頭時，你的頭部將可以靈活運轉。

（停頓）

請抬起頭來看我。

你的頭部清醒了嗎？

你可知道，在這世上有許多不同的生活適應方式。我會恨死了在北極海中游泳，但海象反倒非常樂於此道；相信鯨魚的反應也雷同。我認定南極是個天寒地凍的地方，我絕對無法忍受搖身一變成為企鵝——非但必須在零下六十度的鬼天氣中孵蛋，還得利用雙腳抱住蛋捱餓長達六星期之久，直到肥胖的伴侶由海中回來換班為止。

此外，你可知道，鯨魚此一巨大的哺乳類動物，竟靠著海水中微小的浮游生物維生。

我很好奇，每天到底需要多少噸海水流經鯨魚口，才可能令這龐然大物獲得足以飽腹的浮游生物。你知道嗎？我很高興鯨魚能夠單靠這些浮游生物而長得如此巨大肥胖。至於那些著名的澳洲水鳥，則很喜歡騎乘在緩緩游於水面、憑著魚鰓吸取水中氧氣與浮游生物的巨鯊背上。

你會不會對這些鯨魚與鯊魚的求生方式感到不以為然呢？此外，我曾經觀賞過由一位鳥類觀察家實地拍攝的教育節目。節目內容描述的是黑森林中啄木鳥的生態。影片中的啄木鳥，足足花了三星期才在樹上啄出了一個大到足以安置全家大小的洞。這位鳥類觀察家趁著母鳥與伴侶雙雙外出覓食時，在鳥巢內側挖了個洞，並利用透明玻璃封住洞口以便進行觀察。如此一來，鳥巢依舊完整堅固。這位鳥類觀察家並在鳥巢內部安置照明設備，以便錄下雛鳥孵化與成長的過程。最後，他還替一隻巢中幼鳥套上頸環，並趁著母鳥不在之時，自幼鳥喉嚨內查驗其賴以維生的食物。他發現啄木鳥竟是維護森林生存的大功臣。幼鳥的食物中盡是各種嗜食樹葉與木質，極容易損傷植物根葉的甲蟲類昆蟲。

當然，負有哺育之職的成鳥於外出覓食過程中，會先行處理那些堅硬的甲蟲類食物。當牠們返回巢時，再將半消化過的甲蟲反芻給嗷嗷待哺的雛鳥。

就我個人的經驗來說，哺育可說是獲取食物的最佳途徑。如果我是啄木鳥的幼兒，我情願接受這類反芻過的甲蟲（半消化過的食物）。身為萬物之靈的人類，在發展上雖遠超過其他所有的動物，卻依然保有類似其他動物的獨特學習經驗。啄木鳥利用反芻作用維繫下一代的生存，人類也利用類似反芻的嘔吐反應維繫個人的生命。我們一向只顧著迅速吞下食物，讓胃部自行斟酌、加以反應：「你這可憐的笨蛋，現在趕快循捷徑將這不好的東西驅逐出境。」你說，事情是不是這樣呢？

我認為人類的胃在不經大腦的情況下，居然擁有足夠的智慧反應：「將這廢物儘快循捷徑驅逐出境。」實在是椿神奇美妙的事。

在人類的生活中，諸如此類的事情非常重要，而且也應該受到禮讚。現在，你認為你還會害怕嘔吐嗎？實在不需要害怕。生活中不必處處仰藉頭腦，實在值得慶幸，生理本能的反應經常比心智方面的反應更有智慧。

因此，你是不是願意告訴我們，到底是何原因使你害怕嘔吐呢！」

凱薩琳（以下簡稱「凱」）：「你是怎麼獲知此事的？」

艾：「在這世上總會有些愛說閒話的人。你記不記得自己大約在何時發展出此一嘔吐恐懼症呢？」

凱：「很久很久以前。」

艾：「你知道『個體生態重複群體生態』（ontogent repeats philogeny）這句話嗎？個體的成長過程總會重複物種的成長過程。雖說你向來經由鼻子呼吸，但站在解剖學的角度來說，鼻腔組織卻與魚鰓摺縫頗有雷同之處。現在可否告訴我，逐漸清醒的感覺如何？你的軀體在目前的眼中有多大呢？你竟絲毫無法使喚個人的軀體，實在是件很奇妙的事，對吧！是的，你無法站起來。」

凱：「我無法做什麼？」

艾：「你無法站起來。」

凱：「你確定嗎？」

艾：「當然。你以為呢？」

凱：「一分鐘之前我很肯定自己絕對可以站起來；現在卻不然。不過，我猜想我仍然可以這麼做。」

艾：「在場的每一位人士都**確知**自己可以辦到的事，你竟然只是猜想你可以做到。」

凱：「一分鐘之前，我也確知自己的能力所在，現在卻不盡然。我一直很害怕自己會喪失行動能力，或像我母親那樣成為殘廢。」

艾：「是什麼緣故讓她變成殘廢呢？」

凱：「多年以來，我始終以為是小兒麻痺病毒惹的禍，後來才發現其實是她的頹廢心理令自己變得如此不堪。她確實患有小兒麻痺，但真正摧殘她的兇手卻是她自暴自棄的心理。」

艾：「我的殘障倒確實出自小兒麻痺病毒，以及歲月的無情摧殘。終有一天，我將有如老朽的三輪馬車，勢必難逃解體的命運。不過，我準備堅持到底，不到最後關頭絕不輕言放棄。

你知道嗎？幼年的我曾去拜訪我的舅公與他的家人。當時，他們一行人正在剪羊毛。我一聽見綿羊哀鳴的聲音，即忍不住逃開。當時的我根本不懂得剪羊毛是怎麼回事，只記得事後瑪麗阿姨端出一盤炸過的肝請大夥品嘗。隨後好多年我始終拒絕吃肝，因為它們令我想起那些綿羊的耳朵。事到如今，因為痛風纏身的緣故，我再也無緣享用任何肝製品。

現在，請閉上雙眼，令全身逐漸甦醒。

請完全清醒過來，試著讓自己感到舒適自在。同時，別忘了繼續維持平和嚴肅的態度，不要展露笑容。

此時此刻，你對嘔吐有何看法？

那感覺是否就像是你喝了好多罐汽水：當你必須吐氣時，就非得讓氣出來？」

凱：「你是否擁有一群說人閒話的秘密隊伍？」

艾：「你某位朋友今早無意間提及你做了惡夢，表示當你醒來後竟只記得害怕的感覺，這事足以告訴我你患有恐懼症。某位告密者立即指出你的恐懼所在。你是否應該慶幸這世上總有說閒話的人存在？你相不相信生命輪迴的說法？」

凱：「下輩子我願以法國號的角色再現人間。」

艾：「若果真如此，我想你得先將自己倒立，設法排空內容物才行。」

凱：「你知道，這輩子我始終不自覺地以法國號自居，現在我終於瞭解整體狀況了。若不傾吐內在廢物，我將不可能重新發出美好的聲音。」

艾：「不妨記取以下教訓：『你的智慧並非僅局限在頭蓋骨之內而已。』此外，我想你大概知道莎士比亞的名句：『生命的階段始自嬰兒時期。』

現在，我認為你的生命應該有一個**好的**開始。

《聖經・哥林多前書》中曾經有這麼一段話：『我作孩子的時候，說話像孩子，心思像孩子，意念像孩子，既成了人，就該把孩子的事丟棄了。』其中也包括恐懼一事，對吧？別人多半怎麼稱呼你？」

凱：「凱西。」

艾：「我可以公開替你正名嗎？從現在開始，你只接受『凱薩琳』這個正式的名字，而不再像只小貓般的昵稱『凱西』。你覺得如何？」

凱：「有點陌生，但感到很平安。」

艾：「我很想引用一首古老的愛爾蘭民謠，但我並不想把我太太叫來當我的參謀。我這人一向無法正確引用他人的文句。瑪格麗特．米德即曾批評我無法正確引用詩句。不過，我倒是毫無困難能夠向人介紹瑪格麗特．米德博士。此外，我還一直很確定另一件事，我可以輕鬆引用傑特路德．艾波史坦（Gertrude Epstein）的名句：『玫瑰就是玫瑰就是玫瑰就是玫瑰。』美中不足的是，稍後我才從家人處得知傑特路德原姓史坦（Stein）而非艾波史坦，並且文句當中只接到三次玫瑰而已。

此時此刻，我腦海中突然浮現的字句是：『去吧，麥克琴迪（McGinty），沉到海底去。』如果海水是波濤洶湧的愛爾蘭威士忌，他發誓今生今世也不會浮上水面。如果海水酒味醇郁、不帶甜味，他甚至不會讓自己在酩酊大醉之際，產生嘔吐反應而浪費任何一滴人間珍品。

凱薩琳真是一個美麗的愛爾蘭名字！

現在，你已經見識了一場心理治療的示範過程。在場人士均可以作證，我絲毫不具任何威嚴。我大哭，我又開玩笑。我也說了些可能令你感到厭煩的鯨魚與浮游生物之類的事，還有啄木鳥與甲蟲的關係。」

※　※　※

以上記錄充滿了間接暗示與運用象徵文句的各項例證，相信讀者必定樂於自行發現一些意義非凡的重點。

療程中，艾瑞克森利用迂迴戰術（先行描述不同種類動物的生存適應方式）表明，嘔吐是人類用以挽救生命的適應途徑。他並且指出這種「本能反應」深具價值。此外，他以個人樂觀進取的生命哲學對應凱薩琳害怕變成殘廢（或像其母親那樣）的心態。他說道：「終有一天，我將有如老朽的三輪馬車，勢必難逃解體的命運。不過，我準備堅持到底，不到最後關頭，絕不輕言放棄。」為了確認凱薩琳的治癒情況，艾瑞克森甚至引用莎士比亞的「嬰兒」名句加以暗示。只不過，他點到為止，並未將話說完。凱薩琳於是有機會自行補全（最初，嬰兒總是在母親的臂彎中哭泣與嘔吐）。為了肯定對方果真接收到恰當訊息，他又引用了《聖經・哥林多前書》中的名句：「……既成了人，就把孩子的事丟棄了。」他並且進一步追問：「其中也包括恐懼一事，對吧？」為了轉變凱薩琳面對自我的態度，艾瑞克森進一步更正了她的名字，促使她將過往的幼稚心態完全拋諸腦後（其中包括她有如「小貓凱西」般的行為舉止）。最後，艾瑞克森在收尾時說道：「現在，你已見識了一場心理治療的示範過程。」好一場絕妙示範！

催眠治療過程中，艾瑞克森一向不放過個案發表的任何意見。他慣於利用對方的言論達成治療目的——以此項案例的目標而言，艾瑞克森即抓住各種機會嘗試改變凱薩琳面對嘔吐的態度。舉例來說，當凱薩琳說到她希望以法國號的角色重生時，艾瑞克森立刻回應：「我想你得先將自己倒立，設法排空內容物才行。」換句話說，她必須準備倒空內在累積的液體，她必須準備開始嘔吐。由凱薩琳隨後的言談中，我們確認她已充分領悟到艾瑞克森的暗示。她說道：「若不傾吐內在廢物，我將不可能重新發出美好的樂音。」此番話語意味著她的內在確實累積了一些可以被清除的東西。

當艾瑞克森引用莎士比亞與聖經上的文句時，他將凱薩琳視為渴望學習的年輕學子。他早在療程的最初即植下如此概念：「我要你發現自己正端坐在學校教室內。」就此案例來說，艾瑞克森採取的是發射散彈的做法。他並不確定到底哪些暗示、哪種重新建構問題的方式適用於凱薩琳，於是他試著由各個角度切入，以期命中她的議題。

艾瑞克森如此綿密的健康暗示，令凱薩琳無所遁逃。他甚至為她更名，提供她全新的自我認同，協助她自混亂情境中獲得提升。她的新名字將與她的自我改變相呼應。艾瑞克森運用如此策略（賦予當事人新名字，或是讓當事人賦予自己全新的名字）由來已久。此項做法遠在艾瑞克森於六〇年代廣泛在會心團體（Encounter Groups）內廣泛使用之前，他已習慣用這種方式進行療程。新名字變成了一項後催眠暗示。

就凱薩琳的案例來說，每當她使用新名字或聽到他人稱呼她新名字時，屬於自主或自尊自重的聯想將再次變得鮮活有力，這方式遠比生理回饋（biofeedback）（機械化地進行暗示）之類的治療具有美感、自然，而且容易令當事人適應。舉例來說，在利用生理回饋系統治療高血壓的案例中，當事人接受的是機械化的制約暗示——每當他們注視手錶上的紅點時，血壓便會下降。艾瑞克森的此類暗示（先前案例中的凱薩琳這名字）則巧妙穿插在其他的暗示中。傑弗瑞．西格對此項療程的評論則是：「他對這位女士進行強迫餵食。他提供她必須消化吸收而無法嘔出的全新物質。」這難道不是一場高雅又藝術的超水準演出嗎？

第五章　克服習以為常的極限

以下故事中，艾瑞克森在闡述克服極限的兩項重要因素。其一是建構較寬廣或較不會受局限的心智系統。其二是著眼工作本身而非個人極限，並以此態度面對考驗。就打高爾夫球為例：「將每個一洞都看成第一洞。換言之，當集中心神注意每一個揮杆動作之際，整體狀況（包括目前已打至第幾洞、先前得分如何，以及其他細節事項）早已被拋諸腦後，所謂極限的問題也就不在考量之列。待整場球結束，全盤計分時再行審核個人限度也不遲。」

如果你渴望變得更具創造性或是擁有創造性的思考能力，不妨勤加練習所謂的「分離式思考」（divergent thinking），而非一般人常採用的「凝聚式思考」（convergent thinking）。凝聚式思考模式令人在行為上愈發拘束而難有揮灑的空間，在思考過程中，不同的故事或不同的主題將被綜合歸納成同一個故事或主題。分離式思考卻恰相反，單一的想法可以延伸至許多不同的方向——一如成長中的大樹，枝葉伸向四方。我認為，瑞德·戴茲曼（Reid Daitzman）所著的《心靈慢跑》（Mental Jogging）是一本有助於刺激想像力以及增強創造力的書藉。書中涵蓋了三百六十五項心智活動，諸如「請指出七種開車時避免咖啡濺出的方法」之類的課題。

稍後列舉的故事則是艾瑞克森慣于用來延展眾人心智能力的典型故事。

故事1：石頭的迷思

我有些石頭，早在兩億年前便已被磨得晶亮不已，各位也可能見過。我那十五歲大的孫子看到後，相當好奇：「這些石頭在兩億年前便被磨得晶亮，必定不是人工所為。我猜想你應該不會找些經由海水沖刷成形的石頭來獻寶；而且你知道我從小在琉球長大，見多了由海水沖刷成形的石頭。由於住處臨近火山，我對火山石也頗有研究——它們不會是火山石。這些一定是來自兩億年前，出人意料的獨特石頭。我知道自己八成對你所展示的這些石頭略有瞭解，然而我必須不再朝沙、水、冰以及人類等方向尋思，才有可能解開這個謎團。」

※　　※　　※

艾瑞克森向孫子展示的石頭是來自恐龍砂囊胃中的產物，這些石頭在恐龍消化食物的過程中被磨得晶亮。艾瑞克森的孩子確實有先見之明，他瞭解自己必須在沙土、水流、冰或人類以外的領域找出磨石之道。他必須超越慣常的尋思方式來解決此一難題。艾瑞克森說此故事的目的，不外乎鼓勵讀者與聽眾設法超越個人一貫的思考模式。

故事2：從這房間到另一房間

我曾詢問某位學生：「你如何由這個房間到那個房間呢？」

他回答：「首先，你得站起身來。然後，你邁步向前……」

我立即打斷他的話：「請指出你可以由這房間到那房間的所有可能方式。」

他回答：「你可以用跑的或用走的；你也可以雙腳跳、單腳跳，甚至以翻筋斗的方式前去。你可以由這扇門出去、離開整幢房子，再由另一扇門回來，走入另一個房間。又或者，你可以爬窗，只要你願意……」

我再度插口說道：「你原本說你會鉅細靡遺地詳述各種可能的方式，但你卻遺漏了非常重要的一部分。我這個人一向喜歡以實例佐證，傳達重點。讓我這麼說：如果我要從這房間到那房間，我會由這個門走出去，搭計程車到機場，買張機票飛往芝加哥、紐約、倫敦、羅馬、雅典、香港、檀香山、舊金山、芝加哥、達拉斯，然後返回鳳凰城，再乘坐加長型的豪華轎車回到後院，並經由後門回到室內，走入那房間。你剛剛指出的全是向前進的方式！你並未想到以倒退的途徑達成目的，是不是？此外，你也完全沒有想到可以爬進去。」

那學生聞言又加了句：「或者可以靠我的肚子滑進去。」

我們確實在思考方面嚴重局限了自己。

故事3：我總是贏得奧林匹克冠軍

我曾向艾瑞克森請教該如何協助我的一位個案。這位個案是位鋼琴演奏家，他十分害怕雙手的關節炎將使得他在琴鍵前僵住，而無法順利演奏。艾瑞克森的回答如下：「鋼琴演奏家，不論他的雙手狀況如何糟糕，絕對熟知音樂。他也必定懂得該如何作曲，作曲是他永遠不會遺忘的事。雙手雖可能不再中用，但他依然能夠自由作曲，甚至表現得較以往更為出色。曾坐輪椅的我，**總是贏得奧林匹克冠軍**。」

故事4：推鉛球金牌得主

唐納·勞倫斯（Donald Lawrence）練習推鉛球已有一整年之久，所屬的高中教練整整耗費一年時間每晚義務指導他，且分文不取。唐納身長六呎六吋、體重兩百六十磅，全身沒有一丁點贅肉。教練一心一意訓練他締造全國高中學生推鉛球的新紀錄。令人氣餒的是，到了年底距離比賽僅剩兩星期時，唐納竟只能將鉛球推至五十八呎遠——離刷新記錄還有好長一段距離。

他的父親對此深感憂慮，於是帶唐納來見我。我指示唐納坐下來進入催眠狀態，引導他懸浮起手臂，感受每一塊肌肉，並告訴他下回再前來進入催眠狀態，聆聽我說話。我隨後問他是否知道四分鐘原本是一哩長滑雪路徑的計時紀錄，但羅傑·班尼斯特（Roger Bannister）卻打破了此項記錄——此項歷久不衰的記錄。我問他是否明白班尼斯特當初如何成就此一壯舉。

我告訴他：「這位以十項全能聞名於世的班尼斯特，十分瞭解自己能夠以十分之一秒甚至百分之一秒如此些微的差距贏得滑雪競賽；他同時意識到四分鐘的時間，若以秒為單位，可視為兩百四十秒。只要他能滑出兩百三十九又五分之一秒的成績，便足以打破長久以來四分鐘一哩路的記錄。」

我接著轉回話題：「唐納，你目前已達到五十八呎遠的推鉛球距離。請你誠實地告訴我，你能分辨五十八呎與五十八呎又十六分之一吋之間的些微差距嗎？」

他立即反應：「當然不可能。」

我再追問：「五十八呎與五十八呎又八分之一吋呢？」

他表示：「也不可能。」

我逐一加長距離，一直問到五十八尺與五十九尺之間的差距，而他依舊無法說出兩者之間的分別。在此之後，我又針對他進行了兩次療程。其間，我**緩緩延展可能性**。兩星期後，他刷新了全國高中推鉛球記錄。

那年暑假，他再次前來見我：「我即將參加奧運，我需要一些忠告。」

我表示：「奧運史上的推鉛球記錄尚不及六十二呎遠。不過，你還只是個十八歲大的小孩子。拿個銅牌回家就行了，可別奪回金牌或銀牌。否則，你將來只好和自己拼成績了。就讓派瑞與歐布萊恩去拿金牌與銀牌吧！」

派瑞與歐布萊恩果真不負眾望，分別摘下金銀牌。唐納則依言抱了個銅牌回家。

隨後一屆奧運在墨西哥市舉行。唐納第三度造訪：「我將前往墨西哥市參賽。」

我說道：「唐納，如今你已較從前年長四歲，到了可以摘金牌的時候了。」於是他抱回了金牌。

即將前往日本東京時，他又來見我：「我在東京該如何表現？」

我回答：「運動成就往往需要費時醞釀才能開花結果。再去拿面金牌吧！」

他果真再次獲得金牌。

唐納隨後進入大學攻讀牙科醫學。就讀大學期間，他發現自己擁有兩項競賽的參賽資格。抱著躍躍欲試的心情，他前來見我：「大學競賽迫在眉睫，它是場正式比賽。我該如何表現？」

我回答：「唐納，眾人總慣於自我設限。多年以來，奧運的推鉛球項目中，選手始終將自己的能力限制在六十二呎以下。坦白說，我並不清楚鉛球到底可以推多遠。但我確知它一定可以推得比六十二呎遠，我甚至懷疑七十呎的距離也不無可能。你為何不試著刷新紀錄，在六十二呎與七十呎之間締造佳績？」我認為他大約將目標設定在六十五呎六英寸的距離。

另場比賽前，他又循慣例前來造訪：「現在又當如何？」

我說道：「唐納，你已推出了六十五呎的距離，顯見長久以來不到六十二呎的奧運紀錄並非是運動選手的極限所在。對你而言，這只不過是初試啼聲而已。下回比賽中不妨再行嘗試，看自己是否能逼近七十呎的距離。」

唐納表示：「就這麼辦。」

他推出了六十八呎十吋的距離。

我將自己如何調教唐納．勞倫斯的過程說給一位德州的教練聽，這位教練聽得非常專注。隨後他告訴我：「我目前正在訓練麥斯特森（Masterson）推鉛球。」

當這位教練照本宣科地將我訓練唐納．勞倫斯的過程說給麥斯特森聽時，麥斯特森說道：「如果那就是艾瑞克森訓練唐納．勞倫斯的方式，我也來依樣畫葫蘆，看自己能超越唐納．勞倫斯多少。」

於是他創出了七十呎的新紀錄，至於目前應已達到了七十呎四吋的距離。

另外，在高爾夫球運動中，人們往往不難在面對第一洞與第二洞時打至標準桿數。接著，問題便來了：「第三洞還能維持如此水準嗎？」因此，不妨將每一洞都**想成**第一洞，放手讓桿弟去計算行經的洞數與流程。

某位高爾夫選手曾前來求教：「我一向可以打出七十出頭的桿數，希望能在進入職業高爾夫球領域前贏得州際比賽。目前，我則計畫先獲取亞利桑那州業餘公開賽的冠軍。令人氣餒的是，自己每回正式參賽的表現總是不盡理想，往往只能打出九十多桿的爛成績。獨自練球時反倒容易達到七十出頭的杆數水準。」

我遂引他進入催眠狀態，並趁機暗示他：「比賽中，你將只會專注心神打第一洞。你唯一記得的事就是不斷打第一洞。此外，你還會獨自一人置身高爾夫球場。」

隨後他參加了的州際錦標賽。打完十八洞的他繼續又朝另一洞走去，幸好有人及時阻止：「你已打完十八洞了。」他回答：「不對，我才剛打完第一洞而已。」接著，他又語帶驚訝地表示：「周遭這些人是從哪兒冒出來的？」

※　※　※

相信讀者不難注意到艾瑞克森利用老生常談進行暗示的特殊之舉。「唐納，如今你已較從前年長四歲，到了可以摘金牌的時候了。」這番話前段陳述的是具體事實，後端陳述的則是一種可能性。艾瑞克森刻意將它們並列，好讓兩者地位相等，增強說服力。當艾瑞克森暗示唐納爭取銅牌時，唐納果真依言行事，展示出超凡的自我控制力——一種定點的控制力。這樣的自我控制能力遠比獲取金牌更加難能可貴。四年之後，當艾瑞克森暗示唐納不難摘下金牌時，成果早在預料之中。唐納先前的自我控制表現，即足以肯定他稍後必能穩居冠軍寶座。

值得注意的是，這故事中所描述的唐納・勞倫斯真有其人，而且確實獲得過好幾次奧運冠軍。只不過，為了信守保護隱私原則，當事人的名字與細節均已經過適當的修飾與修改。其間治療效益既非純粹的理論，也並非出自艾瑞克森一廂情願的幻想。

唐納的確步步有所進展。打從一開始，艾瑞克森即提醒他眾所周知的事實：羅傑・班尼斯特打破了四分鐘一哩路的滑雪記錄。班尼斯特是如何辦到的呢？他改變了原有的思考方式。他將四分鐘改視為兩百四十秒。如此一來，挑戰變成了以秒計算而非以分鐘計算，應付起來自然得心應手。艾瑞克森的策略即是引導唐納以截然不同的方式進行思考。一旦思考方式有所改變，唐納便會猶如班尼斯特般，足以克服心理，超越個人極限。艾瑞克森刻意先將改變的範圍縮小——將差距界定在五十八呎與五十八呎又十六分之一吋之間。他先行將改變的範圍縮小，接著再逐漸增加改變的幅度。

每一項難題都自有其歷史與未來。艾瑞克森認為若能把焦點集中於改變未來，而不為過往歷史傷神，三分之二的問題必將迎刃而解。因此在高爾夫球賽中，你若視每一洞為第一洞，自然不至於背負來自先前表現的壓力。你既往不咎，必有能力改變未來，而未來應是唯一的冀望所在。

先前兩段故事著實令我獲益良多，它們使我知道該如何告知求診個案：依賴的解決之道在於擴展個人的能力與極限。如此觀點遠比告訴他們必須學習獨立（一如其他人對他們的耳提面命）更具實質上的意義。

故事5：訓練美國射擊隊戰勝蘇俄選手

陸軍高級射擊隊伍的教練開始閱讀有關催眠的書籍，並認定催眠必可協助他的隊伍擊敗蘇俄對手。這支隊伍預定在喬治亞州進行集訓。結束舊金山的一場比賽後，他們在回程途中路經鳳凰城。這位教練遂伺機來訪，詢問我是否能夠訓練他的隊伍在國際比賽中戰勝蘇俄對手。

我對他坦誠以告：「當我十幾歲時，曾經發射過兩回來福槍。我知道槍口與槍托的分別——這就是我對來福槍的全部認知了。這些來福槍射手熟知一切有關槍的必要知識。身為醫生的我則熟知一切有關人體的必要知識。我願盡力訓練你的隊伍。他們已擁有足夠的來福槍知識，而我也擁有足夠的醫學知識。」

軍隊司令官對於我這一介平民竟敢訓練射擊隊感到異常憤怒，於是他將兩名苦練兩年卻仍達不到入選槍隊標準的射手也派來接受調教。我並不確知入選來福槍隊的資格何在，但隱約明白大約是六十多分。那兩名被指派而來的槍手，曾經利用所有閒暇時間苦練，分數依舊在四十分左右徘徊。換句話說，他們根本毫無指望晉級國家代表隊。

當我發現在比賽過程中，參賽選手必須連續射擊四十回合後，我頭一項告訴參訓者的重點即是：「我知道第一槍命中靶心並不難。問題是：你可以重複命中兩次嗎？在十次連續命中靶心後，你可以命中第十一次嗎？……當你命中十九次靶心後，你會命中第二十次嗎？……隨著每一次的成功射擊，緊張程度便會逐漸升高，且說你已命中了二十九次靶心，你能命中第三十次嗎？……當你命中三十五次靶心後，再命中第三十六次如何？第三十七次如何？第三十八次呢（緊張得快令人透不過氣來了）？第三十九次呢？可不可能連續命中四十次？」

其次，我將一位正處於催眠狀態中的人叫到這些射手面前。我告訴這位被催眠者：「當你醒來後，有人將請你抽根煙。你的煙癮立刻蠢蠢欲動。你會很高興地接受這根煙，將它置於唇間進行吞吐，然後心不在焉地扔棄它……接著再伸手接下第二根煙……完全不記得你已抽過地一根煙了。」如此這般——這位被催眠者連續接受了一百六十九根香煙！

在場射手於是知道自己同樣擁有遺忘的本事。如果**那人**竟能忘記自己抽了一百六十九根煙，**他們**也不難忘記四十回合中的每一次射擊。

我接著告訴他們：「現在，設法讓腳跟舒適地接觸地面，然後確定腳踝、小腿、膝蓋、臀部、關節、軀幹與左手臂通體感到輕鬆舒適；你的手指隨即扣上扳機，來福槍托抵上肩膀。設法準確找到**適當的感受**。接下來，你可以開始上下移動來福槍的準星，並且來回瞄準目標。當你找到恰當時機的剎那，請立即按下扳機。」

史無前例地，這些射手在莫斯科擊敗了蘇俄的國家代表隊，那兩位被司令官硬塞入受訓隊伍的射手**也**名列其中。

※　※　※

先前故事旨在說明如何建立寬廣或不受局限的心智系統。本篇故事則指出專注於任務本身的重要性。為了達成目標，當事人不僅必須忘記過往的射擊成果，還必須將心神專注在當下身體的各種感受上。

故事6：一閃而過的彩色訊號

某位求診個案前來見我時曾無奈地說道：「我住在鳳凰城已有十五年之久，而我憎恨過去這十五年來的每一時每一刻。我的丈夫提議去旗竿城度假。我恨死了鳳凰城這鬼地方，但我又始終拒絕前往旗竿城。我情願選擇呆在鳳凰城卻又同時**憎恨**在這兒所過的日子。」

當她身處催眠狀態中時，我告訴她，她將對憎恨鳳凰城一事感到十分好奇，她會開始質疑自己為何如此自虐。這將是椿十分**重大**的好奇事件。「此外，還有件值得好奇的事——非常、非常引人注目。如果你至旗竿城度假一星期，將會在意想不到的情況下看見一閃而過的彩色訊號。」只要她開始對憎恨鳳凰城一事感到好奇，勢必發展出**同等**強度的好奇心——渴望發現旗竿城內的彩色訊號到底為何？

她原本只計畫去旗竿城度假一星期，卻沒想到足足滯留了一個月之久。她見到了什麼彩色訊號呢？我可不知道。我只是希望她自己變得充滿好奇心罷了。事實證明，當她果真見到彩色訊號時，整個人欣喜若狂，因而決定在旗竿城停留一整個月。她眼中初次見到的彩色訊號是只紅頭啄木鳥掠過常綠喬木的身影。如今，這位女士慣常選擇在旗竿城度過炎炎夏日。她同時也曾前往美國東岸追尋**當地**的彩色訊號。她會走訪杜克森、紐約、甚至遠赴歐洲，企圖得見彩色訊號。而我預知她對眼見彩色訊號的說法，純粹基於你必然會見識到許多平常關於被忽略的事物。我要她**繼續追尋**，相信她必將不斷**發現某些事物**足以印證我的話。

※　※　※

以上資訊旨在協助聆聽者克服習以為常的極限。字裡行間各項暗示的用意昭然若揭。我逐一利用粗體字標示的部分正是艾瑞克森改變聲調的重點所在。這些字眼（例如：「繼續追尋」）以一種隱藏的方式鼓勵接收訊息者向內探索個人的潛意識寶庫。通常，當艾瑞克森刻意強調某一字眼後，會稍事停頓（有時甚至長達三到四分鐘），好讓聽者有機會進行內在深處的運作。文中，他同時加入了一些催眠暗示——這些後催眠暗示很可能在一星期後引發某種夢境啟示。

班德勒與葛瑞德也許會一一指出艾瑞克森在這故事中變更個案「表達系統」之處。文中個案最初以身體覺察的方式表達她情願待在鳳凰城，卻又同時憎恨在鳳凰城度過的時光。艾瑞克森則利用她的好奇心為媒介，將她的表達系統轉向視覺管道。他令她由恨轉為好奇——憎恨的程度因而大為減低。接著，艾瑞克森又將她的好奇轉移至視覺方面的事物。如此這般，他逐步將個案的焦點從身體知覺轉向了視覺領域。

雖然艾瑞克森本身無法欣賞色彩的千變萬化（他是個色盲），但他依舊毫無顧忌地運用有關色彩方面的暗示，正如他勤於利用音樂與詩歌進行暗示一般（他也同樣無法欣賞音樂與詩歌，因為他不但是個音癡，且完全缺乏節奏感）。即使如此，他深信其他人士必懂得欣賞這些他個人無能為力的領域。傑弗瑞．西格曾針對此點指出：當艾瑞克森藉著協助個案超越他自身無法跨越的極限時，等於鼓勵個案「將他（艾瑞克森）棄置在受辱的情境中」這可說是強調個別差異的絕佳方式。此外，如果求診個案正是那種「占上風」類型的人，艾瑞克森的缺陷將令這類個案有機會更上層樓——愈發「占上風」。

他竟可以擁有艾瑞克森無法獲得的東西。

故事7：走在光滑如鏡的冰上

戰爭期間，我曾在底特律的軍營中工作。某日，當我走向軍營時，眼見一位一條腿裝著人工義肢的退伍老兵，神情不安地望著前面一片光滑如鏡的冰地裹足不前——因他知道自己八成會跌個四腳朝天。

「這冰非常平滑，」我告訴他，「請先留在原地，暫時別輕舉妄動。我這就過來教你如何走過這片滑冰。」

他眼見我跛腳而行，知道我的話必定屬於經驗之談。他看著我若無其事地走過光滑如鏡的冰地，忍不住開口詢問：「你是怎麼辦到的？」

我回答：「我不會告訴你，但我會親自指導你該怎麼做。現在，請你閉上雙眼。」我遂將他轉身，陪伴他來回走過毫無滑冰覆蓋的人行道。我領他來來回回地踱步，逐步縮短來回行走的距離，直到他顯出一臉大惑不解的神情。最後，我終於領他安然走過了那片滑冰地帶。

我告訴他：「請睜開雙眼。」

他簡直不敢相信眼前景象：「那片滑冰到哪兒去了？」

我回答：「在你身後。」

他驚訝萬分：「我是怎麼走過來的？」

我解釋：「現在，你可以獲知箇中道理了。你就像走在水泥地上一般，輕鬆越過了那片滑冰地。當你試圖走在冰上時，多半會不由自主地繃緊肌肉——像是隨時準備摔倒似的。你早已預設好後果，果真就會摔個四腳朝天。如果你毫不遲疑地將重量置於雙腳——就好似行走在乾硬水泥地上一樣，你絕不至於滑倒。你不敢將全身重量置於雙腳，且老是提心吊膽地繃緊全身肌肉，將是導致摔倒的真正原因。」

我足足花了好長一段時間才發現這番道理。你是否曾經在上樓時多次以一隻腳為重心，不斷踩著相同的步伐前進？其間過程一定顛簸不已。若以這種方式下樓——你八成逃不過跌斷腿的命運。只不過，你一向對個人心中的預設立場毫無所覺。

此處，艾瑞克森具體示範他協助當事人脫離既定心智狀態的典型模式。首先，他設法令對方感到疑惑。其次，他趁著當事人感到大惑不解之際，引導當事人克服障礙，獲得成功經驗。當然就文中例證而言，成功的體驗即發生在當事人不再以慣有的心智狀態與緊張反應做出回應之際。舊有的心智狀態已被認知所取代。當事人轉而相信自己有能力走過平滑如鏡的覆冰地帶。他開始以全新態度迎接新的「滑溜」情境，而不至於老是帶著先前「跌倒」的經驗引發的恐懼之情，面對新考驗。

※　※　※

避免運用慣常的認知與觀點至關重要，為達此目的，艾瑞克森遂促請故事中的老兵閉上雙眼。一旦當事人無法得見眼前情景，反而能無所顧忌地完成任務。眼見危險處境會使他的身體產生知覺方面的反應，從而令他採取錯誤的應對態度。

為了說明催眠方式的全神貫注，艾瑞克森會詢問眾人：「假如我在地上放置一塊一呎寬、五十呎長的木板，你們走在上面會有任何困難嗎？」想當然耳，答案是否定的。於是他又接著再問「如果我把相同的一塊木板架在兩棟高樓間——由其中一棟的五十樓跨向另一棟的五十樓，你們的反應又將如何？」在這例子當中，視覺再度與身體知覺連成一氣，進而令絕大多數的人喪失安全感。若欲完成此項挑戰（或是成功地走在拉緊的繩索上），你絕不能運用自身早已擁有的知識訊息——亦即你的視覺以及你的想像力。

故事8：暖身運動

美國西南部一個保留區的印第安人，往往能夠輕鬆跑上百哩路而面不改色——奔跑過程中，他們的血壓不會上升，心跳速率也不會改變。某位企業家曾突發奇想將幾位此類天生的長跑健將帶進奧運比賽（一九二八年在阿姆斯特丹舉行的奧運會）。未料，這些印第安人竟無法入選決賽。原因是他們習慣將二十五哩長的距離視為暖身過程！從未有人向他們解釋奧運賽程僅僅只有二十五哩而已。

※　※　※

每當我在工作上遭遇難題，在寫作或修理家庭用品過程中橫遭挫折而感到沮喪不已，以及在慢跑行徑中上氣不接下氣時，偶爾會想到這個故事。類似以下的話語立即浮上心頭——「我只不過正在進行暖身運動而已。」有了這些念頭後，我常發現自己變得更加精力充沛。

故事9：乾爽的床褥

一如蘇菲（Sufi）式故事或禪學啟示中所描述的重點，接收治癒訊息的人士必須處在一種開放的接收狀態。這類故事內容中一再描述當事人求助於大師而被拒的情況，直到「當事人準備好接收教誨中的豐富智慧」時，大師才會傾囊相授。艾瑞克森完成此類準備工作的途徑，則是讓聽者或個案進行長久等待，直到時機成熟後，他才漸次傳達出「當頭棒喝」的字句。舉例來說，當他對一群學生講述以下故事時，習慣花上半小時替聽者做好心理準備。他會細說從頭——詳加介紹個案的背景歷史。他會詢問聽眾如何處理此類個案。他會花時間東拉西扯、牽連其他的故事情節，而不直指問題所在。他會一再重複傳達類似以下的訊息：「有些知識訊息其實你早已瞭然於心，只是從不曾意識到自己竟擁有這番認知而已。當你終於體認到自己不曾意識到的內在智慧時，即可以永遠擁有乾爽的床褥了。」這類令人迷惑又深具魅力的陳述，當使聽眾立即展開俄尼斯特·羅西所謂的「內在搜尋」（inner search）工作。聽眾開始向內搜尋有利於治癒過程的資源。至於艾瑞克森的另項誘導技巧——「等待技巧」（waiting technique），也符合相同的原則。讓個案被置於愈發渴求資訊的情境中——等終於準備就緒，就可以全心接受大師的教誨了。

※　※　※

一位母親帶著十一歲大的女兒來見我。我一聽女孩的尿床歷史，便立即將母親請出會談室，好讓女孩能夠無所顧忌地告訴我事情的來龍去脈。由這位女孩口中得知，她曾在早期的嬰兒階段罹患膀胱炎。當時，她曾接受一位泌尿專科醫師的診治，但發炎情況始終不見好轉，足足拖了五、六年，甚至更長久的時間。在這段膀胱發炎的日子裡，她定期接受膀胱內部檢測，共計數百次之多。最後，醫師終於查出病灶所在——她有一個腎臟出了問題。當導致發炎的腎臟被切除後，她至今已度過了四年不受發炎之苦的美好日子。糟糕的是，由於歷經數百次膀胱內部檢測的緣故，她的膀胱括約肌早已被拉扯得相當鬆弛，因而她每晚都尿床——睡眠過程中，膀胱一經放鬆便立即導致小便失禁。在白天倒是可以掌控膀胱的反應，但是每當開懷大笑時，由於膀胱放鬆的緣故，她總會不由自主地尿濕褲子。

她的父母認為病根所在的腎臟既已切除，她也有多年不受發炎所苦，總該學著控制自己才對。她的三個妹妹則經常辱罵她、嘲笑她。方圓百里之內所有的母親，幾乎都知道她尿床的糗事。而她就讀的學校中所有的孩子（足足有兩、三千人之多），無人不知她是個連大笑都會尿濕褲子的尿床大王。她幾乎成為眾人的笑柄。

其實她是個高挑的金髮美少女——長髮及腰，渾身散發著迷人的魅力。如此貌美的妙齡少女卻一再橫遭奚落與排斥，接二連三的挫折令她疲於應付。她必須長年忍受鄰人的憐憫、三個妹妹以及學校孩子的百般嘲弄，既不能參與同輩團體舉辦的睡衣聚會，也無法至親戚家中過夜——而這一切都是尿床惹的禍。我問她是否曾因此而就醫，她回答早已不知見過多少醫生，吞下的藥丸幾乎以桶計算，但情況仍舊毫無起色。

我告訴她我與其他的醫生並無兩樣，也不可能對她有所幫助。「不過，你早已知道某些有助於解決困境的重要資訊，只是你並未意識到自己擁有這番認知罷了。當你一旦發現自己早已握有的知識訊息為何時，既可以開始享受乾爽的被褥了。」

我接著又對她說：「我現在問你一個非常簡單的問題，我要你也回我一個非常簡單的答案。這個問題是：如果你正在廁所中排尿，一位陌生男子卻在門外探頭探腦，你會做何反應？」

「我會當場僵住！」

「對了，你會僵住——並中斷排尿。現在，你已明白自己一向毫無所察的內在既有知識了。換句話說，你終於知道自己可以在受到特定刺激的時候，主動中斷排尿。你不見得非得需要一位陌生男子在浴室門外探頭探腦，才能達到中斷排尿的目的。只要腦中浮現這類**想法**，即足以達到相同的結果。停下來。你會當場僵住，當陌生男子離去後，才開始繼續排尿。

至於保持被褥乾爽一事就不那麼容易了。兩星期之內，你可能可以首次享受乾爽的被褥。這完全得憑藉多次的練習——一再開始與中斷。某些日子裡，你也許會忘記從事此番練習，那並沒有什麼關係。你的身體將會善待你，它會提供你更進一步的練習機會。另些日子裡，你也可能因為過於忙碌而疏於在排尿過程中進行收放的活動。然而，那也無可厚非，你的身體永遠讓你有機會練習開始與中斷。如果你能在三個月之內達到不再尿床的長久效果，我一定會深感訝異。不過，若是過了六個月，仍不能持續在夜間保持乾爽的床褥，我也會同樣感到相當吃驚。首次保持床褥乾爽可要比連續兩回保持床褥乾爽容易得多。至於連續三次保持床褥乾爽可就非常困難了，若能連續四天保持床褥乾爽更是難上加難。隨後，習慣成自然，事情反倒變得較為容易。你將可以一連五回、六回、七回——整整一個星期不尿床。於是你知道自己其實有能力一星期又一星期地保持如此良好的記錄。」

我不惜花時間與這位女孩慢慢攀談，足足與她談了一個半小時之久。事隔兩星期後，她帶來了這份禮物——她有史以來送人的第一份禮物（一雙針織的紫色母牛），以及她首次未曾尿床的好消息。我非常珍視這份禮物。六個月過後，她終於可以無所顧忌地在朋友與親戚家過夜，積極參與同輩團體的睡衣大會，以及夜宿旅館。由於這是一場由個案本人主導的心理治療過程，我並不認為整個家庭需要接受心理治療——雖然她的父母自始至終缺乏耐心，她的妹妹老是對她惡言相向，以及全校的孩子均視她為笑柄。我認為她的父母在面對她好轉的病情時，必須自行加以調適。她的妹妹、同學甚至周遭鄰居，也同樣必須設法改變個人的態度與看法。我並不認為該向她的父親、母親、妹妹，或任何其他人士提出任何解釋。我只不過告訴這女孩，她其實早已掌握卻毫不自覺的一些知識訊息罷了。

相信各位於成長過程中，始終認為進行排尿時勢必要排乾淨，你一向如此認定。重要的是，所有的人也都有過在排尿過程中，突然被干擾而中斷排尿的經驗。每個人或多或少都有過類似的經驗——這女孩卻將這類經驗忘得一乾二淨。我所做的只不過是提醒她，那些早已心知肚明卻從不自覺的經驗智慧而已。

換句話說，在進行心理治療的過程中，你得將個案視為獨立的個體。不論她的尿床行徑引發父母、妹妹、鄰人以及學校中其他同學多大的問題，這基本上還是她的問題。而她所需要知道的，也只不過是她早已瞭然於心的知識訊息——對於周遭的其他人來說，心理治療的方向則是讓他們各自進行應有的調適。

心理治療的焦點應放在個案本身與主要問題上，請千萬記得此項原則。此外，每個人都擁有獨特的語言表達方式，當你聆聽個案陳述心事時，應記得他所說的語言與你個人的語言不盡相同，你不該就自身語言的觀點衡量他企圖表達的訊息。請試著以**他的**語言瞭解他的處境。

※ ※ ※

這是我個人最喜歡的故事之一，或許因為艾瑞克森幾乎每回說到這故事時都不忘加上一句：「史德奈，你對這個故事一定特別感興趣。」只不過，我曾經困惑好長一段時間，卻始終找不出艾瑞克森想要傳達給我的特殊訊息。最後，我終於悟出了兩項重點。

第一項重點是，我可以學著掌控個人的思想、工作精力，甚至於如焦慮之類的情緒症狀。這種掌控能力並非來自意念力，而是應設法找出能夠促使我「開始與中斷」的刺激因素。接著，我還必須利用機會勤加練習「開始與中斷」的能力。

第二項訊息則是基於艾瑞克森在文中說出的關鍵語：「各位於成長過程中始終認為進行排尿時勢必要排乾淨。」在傑弗瑞．西格編纂的《與艾瑞克森進行一場教育研討會》（A Teaching Seminar with Milton Erickson）一書中，這故事的版本稍有不同——艾瑞克森額外附加了幾句話。「她所需要知道的只不過是她有能力在任何時候（只要找出正確的刺激因素）中斷排尿。」以及：「在成長過程中，我們總是認為自己必須完成任務。事實並非如此，我們不見得非要一鼓作氣地完成任務。」這幾句話充分闡述出第二項重點。我發現如此態度對於完成寫作之類的工作極有幫助。強行認定自己必須一氣呵成的不自由感受很容易阻礙突如其來的靈感與創造力。跟隨個人內在律動，一再「開始與中斷」才是完成任務更有效的方式。以我個人的經驗而言，這故事在協助個案克服障礙方面（例如寫作瓶頸）深具療效。

故事10：領結

終其一生，我們學會在許多事上強行設限，這令我想到老牌電視新聞記者比爾．佛賽（Bill Folsey）的故事。在前往芝加哥的途中，比爾路經一處餐廳，餐廳領班告知他必須正式打領帶（而非掛著領結）才能進入餐廳用餐。比爾轉而問這位領班：「你的領帶花了你多少錢？」

領班十分驕傲地回答：「二十五美元。」

比爾卻告訴他：「**我的**領結卻足足花了我兩百美金。」

領班一時之間不知所措。比爾．佛賽於是大大方方地走進餐廳，找了一處由他自己選擇的位子坐下，那位領班卻還在思索他的話——比爾．佛賽衣領上結的那個怪東西！那個耗資兩百美金的領結！**他自己**的正式領帶卻只值二十五美元。

因此，不妨放手讓自己任意做夢。此外，每回當你做夢時，別忘了你擁有特權重新夢見相同的夢境——只是換上另一批演員陣容而已。如此一來，你將有機會發現許多過往被禁止獲知的事。許久以前，你的師長們諄諄告誡：「當你對我說話時請看著我，當我對你說話時也請看著我。」你不斷學會了：「**不要**做這事，以及**不要**做那事。請穿著**正確**的服飾、合宜的鞋子，請用對的方法繫鞋帶。」許多我們所學習的知識內容，均以設限的指令為根基，從而阻礙了我們個人獨特的認知發展過程——你我就此進入了處處受限的生活模式。

我會教導兒子們如何掘出一塊種植馬鈴薯的耕地——我教他們以勾畫圖案的方式整地。於是他們一再掘出各種圖案的耕地，並且不斷構思最後一個圖案應當如何，也因此學會了以挖掘三角形的方式建構馬鈴薯耕地，他們鋤出了愈來愈多的三角形。隨後，他們又自行發現其實也可以掘出圓形以及數位與字母形狀的耕地。

若能好好睡上一覺（睡得香甜又深沉）——直到一星期之後才突然想起夜裡所做的夢境，確實是件頗為美妙的事。你一直不記得那個夢境——整整一星期後才回想起夢中情境。

※　　※　　※

艾瑞克森在領結故事之後所做的評論，似乎與領結故事毫不相關。事實上，這正是他重複以及強調重點的方式。首先，他強調我們在理解事物與行為舉止方面，一向深受限制（「請穿著正確的服飾……許多我們所學的知識內容均以設限的指令為根基」）。其次，他強調我們將有能力以新的模式——我們自己發明的模式（「圓形以及數位與字母形狀」），取代設限的指令。最後，艾瑞克森則以建議聽眾在夢境中探索新模式的方法重申他的論點。他強調當事人應該信任自己的潛意識，它必能創造出克服種種限度的嶄新方式。

故事11：罪惡

一位年輕女郎前來求診。她自小深受嚴格的教養觀念影響，認定電影院是引誘年輕女孩墮落的罪惡之地。她從不跨進那些兼售香煙的藥房，因為如果她膽敢置身販賣煙草的地方，上帝一定會對她施以嚴懲。此外，她也從不飲用葡萄酒、蘋果酒或是其他任何含有酒精的飲料；否則，上帝一定會將她立即處死。如果她去看場電影，上帝必會將她處死；如果她抽根香煙，上帝也會將她處死。

我問及她的職業，得知她多年來一直替所屬教會的一位醫師工作，那位醫師每月只付她一百美元。當時，一般人的平均薪水大約是每月兩百七十美元。她為老闆辛勤工作了十年之久，每月卻仍舊只領一百美元的薪資，她的打字速度則始終維持在每分鐘不到二十五個字的超低水準。

即使早已成年，她依然與父母同住——在父母的嚴格管教下過著避免犯罪的日子。每天，她得耗費整整一小時的通勤時間到達工作地點，接著埋首工作八小時——有時則需要加班，卻從無額外的津貼可言，而由工作地點返回家中，又得耗費她另一小時的寶貴光陰。如此這般，她每星期工作六天，星期日則固定參與一整天的教會活動。顯而易見地，她來自一個僵化而限制嚴格的家庭。

第一次晤談後，當這位女郎離開我辦公室時，我那向來極少對個案評頭論足的妻子忍不住開口問道：「那個邋里邋遢的女人是誰？」

我回答：「只不過是我的一位個案罷了。」

我設法對這位女郎進行遊說。我說服她相信人生處處陷阱，而死亡是每個人遲早必須面對的結局；如果上帝要她在特定的時刻死去，我確信不會是因為她抽煙的緣故，除非上帝已經準備好迎接她。並且我讓她試抽了一根香煙，她被嗆得咳嗽不止，卻沒有被上帝宣判死刑！祂真的沒有對她施以嚴懲，這使得她深感訝異。

接著我又建議她去看場電影，卻足足耗費了兩個星期才勉強建立起她姑且一試的勇氣。她非常緊張地對我說：「如果我膽敢進入罪惡之地，上帝一定會判我死刑。」

我告訴她，如果上帝沒有判她死刑必然是因為她的死期未到之故，而我實在很懷疑她現在就會死去。我請她在看完電影後回來告訴我她看的是哪部電影。她看完了《淑女與浪蕩女》（The Lady and the Tramp）之後依言回來見我，我可沒有替她選擇這部電影。

她表示：「教會的訓誡一定是錯誤的。整部電影並沒有出現任何不好的**事物**，其中並沒有任何惡行惡狀的男子引誘年輕女孩的情節。我認為這部電影相當有趣。」

我告訴她：「我也認為教會給了你錯誤的觀念。不過，我倒不認為教會有意這麼做，這必定出於無心之舉。」她隨即發現了其它許多部電影也深具吸引力——尤其是音樂歌舞片。隨後的某一天，我對她說：「我認為你已經進步到可以嘗試喝杯威士忌的時候了。」

她表示：「這回上帝一定不會饒過我。」

我說道：「我倒不這麼認為。當你去看電影或是試著抽煙時，他並沒有將你置於死地。且讓我們瞧瞧當你喝杯威士忌時，他會不會立即將你就地正法。」

她終於鼓足勇氣喝了杯威士忌。她等了又等，上帝並未將她處死。她隨即表示：「我想我得在生活中做些改變了。我認為最好搬出父母的住處，自己在外找間公寓居住。」

我接口說道：「你也該去找份比較好的工作，你還需要加快打字速度。至於搬出來住一事，目前你顯然負擔不起，不妨商請父母資助你。此外，你得學習自行料理三餐並且勤練打字。每天清晨，你醒來的第一件事便是衝向打字機，在鍵盤上打下：『這是六月裡美好的一天。』接著才去浴室梳洗、刷牙；由浴室出來後再全速打下另一行短句。設法令每一句話簡潔有力。隨後，你即可以開始更衣。更衣過程中，請抽空打下另一句話。及至穿戴整齊，則不妨著手打下另一段短句，準備好早餐之後又再打下另一短句，坐下用餐途中也必須起身打下一短句——總是以最快的速度完成任務。相信你絕對可以實行這番一再中斷的練習活動（總是以全速打下短句），而你終將學會快速打字。」

三個月後，她達到每分鐘打出八十字的成績。

談到她的烹飪經驗，她說道：「我想煮鍋飯，我估計大概需要一杯米的分量，遂將米加水放入平底鍋中。未料，我竟得另外再拿個鍋出來，因為飯滿出原來的大鍋，後來甚至再多拿兩個鍋才徹底解決問題。我完全不知道米竟會膨脹得如此厲害。」

我回答：「關於烹飪方面，你顯然還有好多事情值得學習。」

我隨即要她嘗試烤些豆子。她小心翼翼地估量一杯豆子放入烤箱，卻沒想到豆子也漲成了龐大的分量。她最後搖身一變，成為十分優秀的廚師並且離開她的教會。她向父母表示：「我會偶爾來探望你們。我已經找到了一份新工作，每月薪水兩百七十美元，而且工作地點距離我住的地方只有八條街。」

她再度回來見我，這回妻子忍不住問我：「密爾頓，你難道專門治療金髮美女嗎？」

我說道：「那是上回那個邋里邋遢的女人。」這位女郎如今變得非常漂亮。她選修了一些音樂課，而且熱愛她的新工作。

幾個月後，她又回來見我並向我表示：「艾瑞克森醫師，我想要大醉一場，希望知道該如何辦到才好。」

我表示：「進行此事的最好方式便是，向我保證你不會在喝醉之後亂撥電話，而且必須緊鎖房門，乖乖地待在公寓裡不出去亂跑。接著，你就可以開一瓶葡萄酒，一小口、一小口地慢慢啜飲，直到喝光整瓶酒為止。」

幾天之後，她前來向我回報醉酒的過程：「真慶幸你要我先行保證不打電話，因為我當時真想撥電話邀請所有的朋友前來與我同醉，還好我沒有做出如此荒唐的舉動，否則後果不堪設想。此外，喝醉之後，我還真想跑出去當街高歌一番。然而，我已事先答應你得鎖緊房門，乖乖留在家裡。我很高興你讓我預先做了防範工作。你知道，喝醉酒實在有趣，但第二天卻頭疼欲裂。我不認為自己還會想要再醉一次。」

我回答：「為了享受酒醉的快樂，你必須付出代價，而這代價便是頭疼——宿醉現象。只要你願意，你可以自由選擇體驗無數次的宿醉反應。」

她說道：「我可不願再度領教宿醉的滋味了。」

稍後她嫁作人婦。如今，我已失去她的音訊。

我認為認真對待個案，設法滿足他們內心的期待是非常重要的事。千萬別運用冷峻的判斷衡量個案的處境。你必須深切體認他們需要有所學習，而你並不足以教導他們必須學會的一切。他們絕對有能力自行學習許多事物，前文中的個案即是最佳例證。更何況，處在催眠狀態中的個案一向非常謙和有禮。

※　※　※

促使他們突破禁令，正是艾瑞克森治療許多複雜症狀（也包括各種恐懼症與壓抑狀況在內）的一項主要原則。首先，在描繪病史的過程中，艾瑞克森會非常小心地引出受限制、僵化的現象及窄化「模式」的癥結。接著，艾瑞克森運用個案本身的信念系統促使他們突破禁令。

此處，艾瑞克森說明這則極端受限的年輕女性案例。加諸在這位女郎身上的限制，看似來自嚴格的教會與庭訓。當然，也可能來自女郎本人內在的狹隘觀念。艾瑞克森協助這位女郎突破禁令，擴展生活經驗，建立獨立且能夠自給自足的生活方式，將她引入新的生活情境。在全新的生活情境中，她經由個人的親身體驗（而非來自他人的耳提面命）意識到自身的限度所在，也同時學會了處理諸如米飯之類的技巧。

想當然耳，當艾瑞克森在陳述米與豆的膨脹情形時，他其實正在散播有關擴充的概念。事實上，這整個故事均可被視為由狹窄的性格特質，擴充為豁然大氣性格特質的過程。她的薪水由每月一百美元擴充至每月兩百七十美元。她的氣質煥然一新，而她的外表完全顯現出此番改變——由「邋里邋遢的女人」一躍而為「金髮美女」。她同時也領悟到自身的極限所在——由實際經驗中獲得領悟。舉例來說，她由親身體驗中領教了宿醉的滋味。故事結尾處，艾瑞克森間接暗示聽眾，何以他能夠令當事人依言行事，嘗試原來絕不至於貿然從事的行為。他解釋道：「處在催眠狀態中的個案，一向非常謙和有禮。」

艾瑞克森藉著強調衝動與感覺勝過理性與觀念的做法，嘗試修正大部分人士所發展出的不平衡生命狀態。一如他曾經告訴我的話：「孩童一向處在身體企圖迎頭趕上腳程的境界中。成人卻正好相反，他們的腳程幾乎追不上身體（與頭腦）的前進速度。」

故事12：逆向操作的減肥法

一位女士前來向我求助：「我重達一百八十磅，曾經遵照醫師指示減肥成功不下數百次。我的目標是一百三十磅，然而，每回當我達到理想體重時，便會衝向廚房大吃大喝藉以慶祝自己減肥成功。過不了多久，我的體重又回來了。如今，我還是重達一百八十磅。你能利用催眠治療協助我回復到一百三十磅的體重嗎？我的體重回升到一百八十磅大概已有一百次之多了。」

我告訴她，我可以利用催眠治療協助她減輕體重，但她絕不會喜歡我的方式。

她表示十分渴望獲得一百三十磅的苗條身材，只要能協助她達到目的，她並不在乎我使用何種方式。

我告訴她，她會發現這種過程相當痛苦。

她堅持說道：「不論你說什麼，我一定照辦。」

我於是說道：「好吧！我要你做出絕對的保證，你會確實遵照我的指示行事。」

她十分爽快地向我保證她絕對依言行事，我隨即將她引入催眠狀態。催眠狀態中，我再次向她說明她絕不會喜歡我協助她減肥的方式，重新詢問她是否願意向我保證她絕對遵照我的指示行事。她鄭重許下了承諾。

我這才告訴她：「讓你的潛意識與意識共同聆聽我的指示。你應遵照以下的方式行事。你目前的體重是一百八十磅，我要你再增重二十磅。當你重達兩百磅時，依我的標準衡量，你應可以正式開展減肥工作了。」

她確實雙膝落地，跪下來哀求我收回成命。隨著體重每上升一磅，她就會對我糾纏不休，希望我能恩准她立刻開始減肥工作。當她重達一百九十磅時，她表示既然體重已距兩百磅不遠，應該可以開始回頭減肥了。我卻堅持她非達到兩百磅的標準不可。

當她終於重達兩百磅而可以開始減肥時，她高興極了。體重回復到一百三十磅後，她說道：「我再也不要增加體重了。」

她的體重模式一向是先減輕後增加。我卻反轉了此項模式——讓她的體重先增後減。她對最後的結果感到非常滿意，自此始終維持著一百三十磅的理想體重。她再也不願意經歷一次徒增二十磅體重的痛苦過程了。

※　　※　　※

對這位個案來說，增加體重已不再是她對減肥成功的反動，或是個人所渴望的某種發洩過程，它變成了被強迫完成的工作。因此，誠如她先前怨恨自己必須進行減肥一般，現在的她轉而無法忍受必須增加體重。

在前一個例證中，艾瑞克森指出協助個案「突破禁令」的必要性。此處，艾瑞克森則顯示出令個案改變固有模式的效益。他只不過簡單反轉了當事人減肥與增重的模式，即獲得顯著的效果。一旦文中女士經歷如此奇特的減肥過程後，便再也不願重蹈覆轍，她顯然只能容忍個人體重上升至一百八十磅的地步。許多深受體重困擾的人士均擁有類似反應，他們的容忍度有限，只要體重上升至某一程度，便急切感到非得減肥不可。艾瑞克森則令此容忍極限變得令人難以忍受——他強迫個案超越能夠容忍的範圍。

反轉固有模式（或以逆向觀點看待事物）的策略，是艾瑞克森偏好用來改變個案心智結構的有效途徑。他經常喜歡向個案展示由彼得·紐威爾（Peter Newell）所著的《顛倒書》（*Topsys & Turvys*）。當這本書反轉過來閱讀時，其中故事與插圖的含意將全然改觀。

故事13：盡情吃喝式減肥

現在，讓我們談談另一位體重超出標準的女孩。我曾對她直指問題所在：「你體重超重，即使你一再節食，依舊逃不出肥胖的陰影。你曾告訴我，你通常可以節食一星期、兩星期甚至三星期之久，但過了這段時間後，你又會故態復萌，開始大吃大喝，因此你感到十分絕望，隨即更是吃個不停。

現在讓我提供你一項醫師處方，請繼續按照過去醫師替你設計的節食計畫行事。如果可以的話，必須確定遵守計畫二或三星期之久。然而，在第三周結束的星期日當天卻可以拚命大吃大喝，完全不必有所顧忌，因為這是醫師的指示。一整天的暴飲暴食不至於抵消你前三個星期的減肥成果。你儘管享受食物的美味而不必心存內疚，因為醫師指示你星期日全天大吃大喝。不過，到了星期一時，你卻得再回到原先的節食計畫中。如果可能的話，請再次連續節食三星期，接著又可以盡情吃喝一整天而問心無愧。」

她最後一封來信表示，這樣連續三星期儲存饑餓感受，並非是最好的減肥方式。她渴望每天都有權利感到饑餓，並且自由享受食物——每天享用適量的食物。無論如何，盡情吃喝的日子顯然使她有能力連續節食三星期。

如果治療方式等於「開立症狀藥方」類型。艾瑞克森指示個案去做的事完全是個案行之多年的事——節食三星期，接著再盡情吃喝一番。其間唯一不同的是，大吃大喝的時間大幅縮短。由此看來，如果原先模式可以改變（即使是很微小的改變），個案即有可能產生更進一步的改變。如我們再三見到的情形，這可說是艾瑞克森進行心理治療的基本方式之一——設法啟發一項微小的改變。

※　※　※

故事14：觀光減肥法

某位女士要我設法減輕她的體重。我注視著她的手指甲，她有著鮮紅的長指甲，我想它們是那種商品指甲——黏上去的假指甲。這些指甲相當醒目，她那一團團的肥肉再加上那些鮮紅色的長指甲！

我說道：「我可以協助你，但你必須合作。你必須攀爬女人峰。」

她詢問：「在旭日初升的時候嗎？」

我回答：「是的。」

生命潛能出版社　讀者回函卡

感謝您對我們的支持，我們將於每月抽出一名幸運的回函讀者，致贈本社新書一本，期待您的熱切回覆。

姓名：__________________ 性別：□男　□女　年齡：______

教育程度：

電話（含手機）：__________________

E-mail：__________________

地址：__________________

購買書名：__________________

購買方式：□書店 □網路 □劃撥 □直接來公司門市 □活動現場 □贈送 □其他

何處得知本書訊息：□逛書店 □網路 □報章雜誌 □廣播電視 □讀書會 □他人推廣 □圖書館 □演講、活動 □書訊 □其他

購書原因：□主題 □作者 □書名 □封面吸引人 □書籍文案 □價格 □促銷活動

對此書的意見：

期望我們出版的主題或系列：

建議：

· 生命潛能網路書城：www.tgblife.com.tw

· Facebook臉書粉絲團：搜尋「生命潛能出版」

11167
台北市士林區承德路四段234號8樓

生命潛能文化事業有限公司

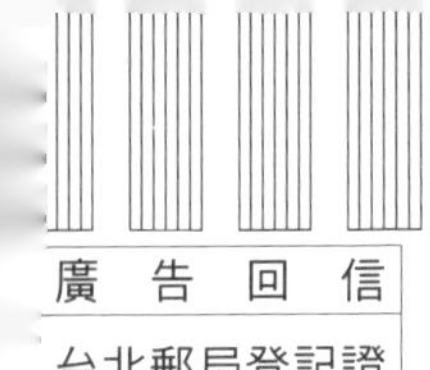

廣告回信
台北郵局登記證
台北廣字第04947號

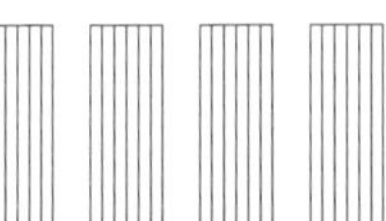

她表示：「那麼，我希望與人結伴同行。」

我於是說道：「你曾一再抱怨你那十六歲大的兒子體重超過一百磅了。帶著他與你結伴同行吧！為他立個好榜樣。」

我再次見到她時，她表示：「你知道嗎？我並不相信自己真的想減輕體重，我知道我兒子也不願意。你會介意我停止欺瞞自己嗎？」

我回答：「一點也不！」

另有一位女士來電話想我求助：「我很不好意思直接去見你。過去兩年來，我一直忽略我的丈夫、家庭與孩子。我整日坐在廚房內，忙著將任何觸手可及的食物送入口中。我的丈夫必須每日接送孩子上下學，他也同時負責採購工作，我則僅限於煮飯燒菜與大吃大喝。我實在胖得不像話，甚至不願意讓你看見我。」

我說道：「你想減肥。你已忽略丈夫、孩子兩年之久了。你為什麼不乾脆替孩子請段長假？他們不會有什麼損失可言。你丈夫的薪水足夠你買輛屬於自己的車，然後帶孩子至各處觀光，行遍亞利桑那州、新墨西哥州、猶他州、加州，以及你所知道的每一處採集棉花的地方。讓你的孩子在觀光過程中閱覽各種手冊——歷史與地理手冊。旅途當中住宿在無廚房可用的汽車旅館內。你將會忙著照顧孩子而無暇吃喝。依你丈夫目前的薪水而言，他可以選擇在週末時間搭機與你們至四處會合，全家人可以好好享受一整年的觀光旅遊假期。」

一年後，她再度來電：「我已恢復到標準體重了。我如今與孩子相處融洽，我深愛我的丈夫，並希望能回到現實生活中操持家務。我還必須繼續觀光嗎？」

我回答：「除非你又再度增加體重。」

她表示：「別擔心，醫生。我已受夠了。我現在只想好好陪伴兒女成長以及照顧整個家庭。汽車旅館令人窒息，孩子們倒是樂不思蜀，但我卻有權利回家享受，我得維護這項權利。」

我從未收到應得的診療費，也從未見過她本人。在未能與此家庭謀面的情況下，整個家庭卻深受心理治療的影響而獲益。由此可以證明，當你觸及個案要害時，你的個案必會有所反應而加以改變。

※　※　※

截至目前為止，我們已見識到艾瑞克森運用了三種迴然相異的方式，卻同樣成功處理了個案的超重問題。在先前的每一項案例中，他的注意焦點以及促使個案施力的領域均有所不同。當然，在三項成功的案例中，動機絕對是決定性因素，而艾瑞克森每每在治療一開始時，即研判出個案的動機是否強烈。至於那位毫無改變動機的女士案例中，由她無法遵行攀爬女人峰的簡單指令一事，即可看出她對減肥興趣缺缺。艾瑞克森其實早已料到她會是個懶惰而自戀的女人——當他眼見她的行為舉止（包括那虛有其表的人造指甲在內）時，他已預知她將打退堂鼓。

接下來的兩個故事，動機因素依舊是決定性的成敗關鍵。

故事15：戒酒決心強度測驗

一位非常富有的男士前來見我：「我是個酒鬼，我想要戒酒。」

我說道：「首先，我得對你有些基本的瞭解。你結婚了嗎？」

他回答：「非常結婚了。」

「我不懂你的意思，何謂『非常結婚』了？」

「我是說，我們擁有一幢避暑別墅，遠離人煙十哩之外，四周景色怡人，別墅也整修得美輪美奐。我和妻子經常在那兒待上兩三個星期。我們只需要將釣竿由臥室窗口伸出去，便可以盡情垂釣小溪中的鱒魚。別墅之內沒有安裝電話，我們遠離文明。室內的設施倒是一應俱全，甚至儲存了各種食物以及所有品牌的烈酒。每年夏天，我與妻子兩人總要赤身裸體在那兒待上兩三個星期，藉以縱情恣意地享受美好的生命。」

我說道：「太好了，你將很容易利用如此環境戒掉酒癮。請你的妻子負責開車到別墅，將所有的烈酒以及你的衣物全部裝妥帶回鳳凰城來。她隨後可以商請另外一位朋友開車將她送回別墅。她必須將所有的衣物交託朋友代管。如此一來，你倆就可以徹底快活兩三個星期，每日以垂釣鱒魚為樂而完全不受烈酒的誘惑。我知道你應不至於赤身裸體地徒步十哩越過沙漠去買瓶酒來喝才對。」

他表示：「醫師大人，我想我並非真心想戒酒。」

可是，那實在是近乎完美的戒酒之道，而「你的酗酒個案」必須真心實意想戒酒才行。

※　※　※

藉由使用「你的酗酒個案」一詞，艾瑞克森強調出他的治療信念。他認為心理治療師一旦接受個案，便應承擔起協助個案成長的責任。如果身為心理治療師的你接受了一位酗酒個案，這位個案立即變成「你的酗酒個案」。文中這位男士回絕了艾瑞克森的治療方式，因而他並未成為艾瑞克森的個案，只好繼續保有他自己的酗酒問題。

故事16：溫暖友善的離婚

在以下的案例中，一位男士想要離婚，前來求助，我僅見過身為丈夫的他一次而已。因為後來我病了，整整兩個月無法會晤任何人。

那位男士告訴我說：「我是個獨子，我的父親是位非常嚴格的基督教派牧師。成長過程中，我被教育吸煙是罪惡，看電影也是罪惡。事實上，我在處處被視為罪惡的環境中長大。很少有事情是你**可以**做的。就讀醫學院的過程中，我小心翼翼地避免犯罪。我稍後結識了相同教派中另一位牧師的獨生女，她的成長背景與我如出一轍。我們墜入了情網，雙方家長樂觀其成，主動替我們籌畫一場美妙的婚禮。他們甚至擅自作主替我們訂好了其中一對父母曾前往度蜜月的旅館——距離我們所住的地方足足有一百四十二哩。

當時正是印第安那州嚴寒的隆冬時節，氣溫一直在零度以下。我們舉行完傍晚的婚禮後，大夥享用了一頓美好的晚宴。大約到了晚間十或十一點時，新婚妻子和我開車上路，迎向遠在一百四十二哩外的蜜月旅館。未料，動身才僅僅兩哩路後，車上的暖氣就壞了。當我們到達目的地時，我整個人凍得全身僵硬，幾乎動彈不得。我倆又累又難過。車子也壞了，我甚至不知道能不能將它修好，我還必須更換輪胎。

到達旅館後，我們隨即走向房間。當我打開房門後，我倆面面相覷，剎那之間不知如何反應。

我們彼此都知道接下來該做些什麼，但我們實在太累、太冷、心情又惡劣。後來還是我的新婚妻子先行應變。她拿起她的手提箱，打開了浴室的燈，並將主臥室的燈熄滅。她在浴室內梳洗更衣後即熄滅浴室的燈，然後穿著睡衣走出來，摸黑走向床且立即縮進被褥中。

我也依樣畫葫蘆，拿起了我的手提箱走進浴室，開燈更換睡衣，再熄燈抹黑上床。我倆默默地躺在那兒知道接下來該做些什麼，但當時只想先設法消除疲累、寒冷，以及心情的慘狀。整夜，我們各自默默地躺在那兒，試圖小睡片刻以及尋思下一步該當如何。

最後，捱到早晨十一點時，我們終於勉為其難完成了新婚之夜的任務，但彼此均感受不到一點愉快。如此無奈的初夜竟令她懷孕了。隨後，我們雖試圖學習如何進行魚水之歡，但一切都太遲了。我們經過一番懇談，決定等她分娩完並經過六週修養，做完產後檢查後簽字離婚。我可不想將離婚弄得和當初結婚一般淒慘。我會提供她與孩子應得的贍養費。她們會搬回娘家住，而我實在不知何去何從。」

我表示：「這**確實**是樁淒慘的婚姻。你們先是彼此無法調適，如今又加上了懷孕一事，使得情況更為複雜。我建議你們進行溫暖而友善的離婚過程。且讓我告訴你該怎麼做。」

我告訴他：「到底特律去，先安排一處飯店房間以及兩人獨處的小餐廳。在你妻子做完產後六週的例行檢查之後，雇用一位護士照顧新生兒，並向你的妻子解釋該是進行溫暖而友善離婚的時候了——告訴她這是個溫暖而友善的收場。你帶她到史達勒大飯店去；不管你會花上多少錢。帶著她到兩人獨處的小餐廳，享受一頓美好的燭光晚宴，記住，還得喝上一瓶香檳酒，這可是醫師的指示。你倆必須共飲一瓶香檳酒。

用過晚餐後——應該還不到晚上十點才對，走向櫃檯領取房間鑰匙。飯店服務生會領你們前去，當你們到達房間所在的那層樓時，請付給服務生五美元小費，示意他離去，服務生會瞭解你的意思。接著，你們走向房間，當你打開房門後，請抱起你的新娘走過門檻，並順手關上房門。新娘此時還在你懷中，請你抱著她走到床前，將她溫柔地放在床上，然後對她說：『容我與你吻別。』隨即輕柔地吻她而且附帶說明：『這個吻是給你的，現在，你得再親吻我一次。』且將你的手滑向她的膝蓋處，並將親吻的時間拖得久一些，你的手同時繼續往下滑，替她將一隻鞋脫去。接著再向她表示：『也讓**我們**互吻一次。』你的手再度下滑，在她的衣服內遊移下行至腳踝處，替她脫去另外一隻鞋。接下來，由於香檳酒以及雙方的內分泌腺作用，事情將會順其自然地循線發展。到了脫去她的上衣時，請再次親吻她。脫去她的長襪時，也別忘了親吻她。」

我十分詳盡地提供他如何引誘妻子的程序。到了暑假時，我的病已痊癒，卻失去了這對夫妻的音訊。幾年後，當我受邀至艾墨瑞大學演講時，一位年輕男子走上前來對我說：「我和妻子非常希望請你與我們共進晚餐。」

我表示：「對不起，我的機票並不允許我久留。」

他說道：「她一定會非常失望。」

我十分不解為什麼這個全然陌生的家庭，會因我無法與他們共進晚餐而感到如此失望。

他看出了我的疑惑後說：「你的表情好像不認識我似的。」

我承認：「的確如此，我不記得曾與你見過面。」

他這才提醒我：「你應該記得你曾建議一位想離婚的男人與妻子至底特律的史達勒大飯店，共用燭光晚餐的事才對。」

我回答：「沒錯，我記得！」

他說道：「我們現在已有了兩個孩子，而第三個孩子也快出世了。」

當一對夫妻前來告訴你他們想要離婚時，也許他們並非真的想離婚。

※　　※　　※

這對夫妻在許多方面均十分肖似那位「罪惡」故事中的年輕女子。基於他們僵化而受壓制的教育背景，他們需要非常直接明確的引導，才能克服自小學會的內在限制。他們尊重權威，所以能夠毫不遲疑地遵守如此直接的指令。然而，我們或許忍不住質疑：「艾瑞克森為什麼會告訴我們這個故事呢？我們絕對夠世故，也相當知道該如何引誘女人。難道這故事中另藏玄機不成？」

的確如此，這故事同時傳達出許多其他的重要訊息，最明顯的訊息不外乎欲促使某人改變的最佳方式，便是告訴他去做他已經在進行或準備進行的事（一如前文實例中的情形）。隨後，你再適時注入一些與其過往行徑不甚相同的訊息——例如場景與氛圍的改變。你應毫不遲疑地給予指示或提供諮詢（如果你是當事人的話，必會從中獲取相關資訊）。

這故事的重點在於：艾瑞克森深信所有人的內在均深藏著解決問題與歧見的能力與資源。許多時候，我們需要的只不過是一點輕微改變所造成的刺激而已。

故事17：扮鬼臉的效果

如今，十二歲的女孩不再是個孩子了。然而，我卻曾經對一位十二歲大的女孩運用一項頗為孩子氣的技巧。這個女孩來電告訴我：「我在嬰兒時期曾罹患腦中風，如今不知該如何移動雙臂。你能將我催眠並教導我該如何使用臂部肌肉嗎？」

我遂請她的母親帶她來接受治療，她的母親立即依言行事。我仔細觀察這位女孩，以十二歲女孩的發育標準來看，她的胸部發育得非常好，只是右邊的乳房被壓在手臂之下，難以呈現它的風貌。我請母親協助女兒脫去上半身的衣物，好讓我審視她的身軀與肌肉的發展狀況。

隨後，我告訴女孩她必須一日三回坐在鏡子面前，裸露著上半身對自己扮鬼臉。「現在，你能將兩邊嘴角向下撇嗎？請再做一次，並體會胸部皮膚受到拉扯的感受。我個人只能進行臉部半邊的拉扯。」

我接著指示她必須每天三次坐在鏡前二十分鐘，從事這項拉扯嘴角的活動，換句話說，不斷收縮胸肌。

女孩問我：「我必須坐在鏡子前嗎？」

我說道：「否則，你想要坐在哪兒呢？」

她表示：「我想要幻想一下電視節目。」

她自此每日在幻想的電視機前觀賞幻想的節目，同時進行我指定的肌肉運動。她頗享受如此一邊觀看幻想中的電視，一邊扮鬼臉的過程。

當你開始移動某塊肌肉時，肌肉的運作將會不斷擴散，隨即牽動其他肌肉。**試著**移動一隻手指頭，你勢必會開始無意識地擴散如此簡單的動作。這位女孩的手臂就此逐漸恢復運作。

如今，她右邊的乳房已脫離手臂的壓制，回到了它原來該在的位置。當年的小女孩此刻已成為一位成功的執法律師。

※　※　※

艾瑞克森對於這個案例的評論相當詳盡。一如往例，他嘗試引發一項極小的改變，一項無法直接牽動手臂肌肉的嘴角運動。他間接運用解剖學促使個案收縮她的胸肌——隨即連帶牽動她的手臂肌肉（尤其是大胸肌的運作必定影響手臂的肌肉組織）。然而，為什麼艾瑞克森不直指問題核心，簡單告知女孩練習運動手臂肌肉呢？因為他知道她早已發展出強烈的抗拒心理，單刀直入的治療方式必定不管用，而她如何抗拒得了如此間接委婉的治療方式？

故事18：幽閉空間恐懼症

某位病人擁有幽閉空間恐懼症，她無法忍受待在密閉的小房間內。小時候，她的母親會將她關在儲藏室內作為懲罰。母親關上門，故意在門外將腳步聲踩得咔嗒、咔嗒作響，讓女兒以為母親就此遺棄她遠去。

女孩自此發展出對密閉空間的恐懼症，我遂要求她嘗試待在我辦公室的藏書室內。她表示：「藏書室的門必須完全敞開才行。」

我說道：「與其百分之百敞開，不妨試著只差一公釐即完全敞開的程度如何？」

她同意接受，於是試著待在房門只差一公釐即完全敞開的小房間內。隨後，我們練習逐漸掩上門，先是掩上兩公釐、三公釐、一公分，接著則是掩上半吋、一吋的寬度，而房門到底必須開敞到什麼地步，才能令她感到安全呢？

她就這樣一直待在我的藏書室內，並逐漸將房門緩緩掩上。過程中，我一直留意她的恐慌反應。當房門只剩下一吋小縫時，手持門把的她發現自己依然頗為心安。最後，她發現即便房門完全關閉，只要手持門把，她仍舊能夠在密閉的空間內自在地順暢呼吸。

接著，我建議她不妨試著由房間的鑰匙孔向外張望。既然她能夠經由鑰匙孔看見外界景象，自然不必再抓著門把不放。

※　※　※

幽閉空間恐懼症活生生地顯示出當事人內心所衍生的局限所在。解釋這類恐懼症以及其他恐懼症成因的理論不勝枚舉，但艾瑞克森卻無意進行探討。他的關注焦點在於協助受苦的當事人，解除令人窒息的壓縮感受、超越自身的恐懼限度。

艾瑞克森藉由此例告訴我們，應如何一點一點地逐步處理艱難的課題——先是加以想像，接著再逐漸關上房門，隨後則如法炮製應付另一扇門，以及窗戶……

故事19：星辰界限

一位天文學教授在嚴冬時前來求助。他非但未將大門關上，還刻意將我辦公室的房門以及室內另外兩扇門一一敞開。

除此之外，他也徹底打開了一扇窗戶。他拉起了百葉窗，捲上了帷幔並且推開了窗戶。

他說道：「我應政府邀請前去婆羅洲拍攝日全蝕景象。然而，多年來我一直深受幽閉空間恐懼症所苦。為了到婆羅洲去，我不但得搭飛機，還得坐火車。此外，我還必須乘船、搭汽車，至於暗房工作更是不在話下。你能治好我嗎？再過兩個月我就得動身啟程了。」

我令他先進行想像工作——想像某扇門關著的樣子（雖說它實際是敞開的）。最後，他終能在催眠狀態中安然想像關上一扇門的情境，接著我又要他想像另一扇門也關了起來。隨後，窗戶關閉了，通往辦公室的前門也掩上了。

他前往在婆羅洲拍攝日全蝕的任務相當成功。

當他在催眠狀態中成功地想像房門關閉的情景時，我確實起身關上了房門——一點又一點地逐漸關閉，直到房門完全掩上為止。總之，令他先行想像之後，我即逐一關上了房間的每扇門。在具體關門之前，我總是先讓他想像房門關閉的情景。我會將敞開的房門稱之為牆上的裂縫，並且說：「現在，且讓我們癒合此一裂縫，一點又一點地讓它在堅實的牆壁上消失。」

如果你也擁有幽閉空間恐懼症，必然渴望處在門戶大開的環境中。我卻會令你在催眠狀態中眼見牆上一道寬廣的裂縫。不論你的幽閉空間恐懼症有多麼嚴重，你一定可以安然坐在門戶大開的房門內。而當我著手轉變你內心的圖像時，你將視門戶有如你背後牆上的裂縫。

催眠治療的優勢正在於此。你可以令處在催眠狀態中的當事人，活靈活現地想像寬闊的大門口有如牆壁上的裂縫。他們的身後勢必有一道牆壁可供轉換內心圖像。進行心象轉換過程中，門戶必須大開。當他們終將門戶視為牆上裂縫時，再緩緩關上一道道裂縫。

先前的個案到達婆羅洲拍攝完日全蝕景象後，迫不及待地進入暗房沖洗照片。他急著想要目睹婆羅洲的風光以及他所抓住的每一個景象。

第二年冬天，他的妻子前來拜訪我。她向我表示：「感謝老天，今年冬天我再也不必睡在門窗大開的環境中了。」

※　　※　　※

在這件幽閉空間恐懼症的案例中，艾瑞克森再次協助個案逐漸忍受著愈來愈「封閉」的處境。先前另個案例中，艾瑞克森選擇在實際的情境內演練，逐漸減輕恐懼的程序。面對這位天文學教授，艾瑞克森卻採取先行幻想的準備步驟。幻想經驗隨後藉著艾瑞克森起身關閉房門而獲得印證。艾瑞克森不僅確實關閉了原先大開的房門，還經由催眠暗示在堅實的牆壁上製造出「寬廣裂縫」的景象。由此可見，他不僅能夠掌控個案的恐懼感受，還有辦法變更對方的知覺信念——藉由移轉其視覺幻象以達目的。他將寬廣裂縫的幻象與開闊感受連成一氣——「你可以安然坐在門戶大開的房間內。」接著，當他「轉變內心圖像」時，便可以暗示個案即使「寬廣裂縫」逐漸消失，原有的安全舒適感受依舊存在。

故事20：琴鍵上的血跡

某位醫師有兩個兒子與一個女兒。他決定了大兒子亨利必須繼承衣缽，成為一位醫師。母親卻認為這兒子應該成為鋼琴演奏家，因而規定他每天必須練琴四小時。由於父親對此並無異議，亨利體會到自己必須以智取勝，設法逃過母親的嚴格要求，遂將指甲啃咬到極為細緻敏感的甲床上緣，彈鋼琴時便在琴鍵上留下了斑斑血跡。未料，他的母親是個鐵石心腸的人，依然要他按照規定行事，完全無視於血跡的存在。亨利只好愈發啃咬他的指甲，只不過，再多的血跡也無法達到中止練琴的目的。他繼續不斷地啃咬指甲，卻依舊每天必須練琴四小時，否則不准上學。他渴望去上學，因而不得不乖乖從命。稍後，他渴望繼續上高中，於是每天練琴四小時。隨後，為了繼續上大學，也只好每天練琴不輟。

大學畢業後，亨利的父親強迫他進入醫學院就讀，結果亨利百般不情願地遵守父命，卻千方百計令自己遭到退學的命運。未料，他那交友廣闊的父親卻利用關係將他轉入另一所醫學院，不過他再次遭到退學。此時，亨利已有自己的主張，他決定攻讀政治學，進而在醫學院中公然作弊，刻意地違反校規，使他被列入所有醫學院拒收的黑名單。他的父親只好帶他來見我：「將他催眠，讓他停止啃咬指甲。」

當時，亨利已二十六歲了，他向我表示：「我想要研讀政治學，但我的父親卻不再提供我任何經濟支援。」

他隨後在殯葬業找到了一份工作。他對這份工作恨之入骨，每天必須開著救護車上下班。我告訴他的父親：「我會照顧你的兒子。我有一套進行心理治療的方式。」

那位父親回答：「我不在乎你用何種方式進行心理治療，只要你能讓亨利的指甲長回原狀。瞧他那些可怕的手指頭，我怎麼可能把他弄進任何醫學院就讀。」

我對亨利說：「你對自己啃咬指甲的習慣作何感想？」

亨利回答：「這是我自小發展出的模式。我不得不啃咬指甲，一定是我在睡覺時不知不覺養成的習慣，我也不想把指甲弄成這樣。它們實在醜陋不堪！我根本不願讓美麗的女孩看見我手指的模樣。」我說道：「亨利，你有十隻手指頭，對吧？我絕對相信九隻手指頭即可以供給你十隻手指頭所能提供的指甲來源。你應該可以讓其中一隻指甲自由生長，而專心啃咬另外九隻手指甲。」

亨利說道：「言之有理。」

我繼續表示：「事實上，你可以放過兩隻手指甲，而讓其餘八隻手指甲滿足你的口腹之欲。」

亨利立即體會我話中的含意：「我知道你的伎倆。你將步步進逼，最後告訴我只需要啃咬**一隻**手指甲即可。真是該死，我竟然掉入了你的邏輯圈套中。」不多久，他的十隻手指甲均恢復了正常。

我隨後對他說：「亨利，你的父親不再提供你經濟支援，如今你必須自立更生。而你依舊每天練琴四小時！」

他說道：「我熱愛音樂，但憎恨鋼琴。我真的非常熱愛音樂。」

我提醒他：「鋼琴並非是唯一的樂器。如今，你已擁有二十二年彈奏樂器的扎實經驗。」

亨利接口：「我要買部電子琴。」

他彈奏電子琴的技巧純熟出色，隨即不斷受邀至婚禮與宴會中展現琴藝。靠著此一技之長，他半工半讀地完成了法學院的課業。他的父親對我感到大為光火。

至於家中次子，這位父親決定將他培育成基督教聖公會的牧師。未料，這位兒子卻娶了一位猶太女子，並找到了一份推銷二手車的工作。他是個不折不扣的酒鬼，以轉賣二手車過活，而且娶了一位猶太女子！

家中唯一的女兒也有其既定的任務，她應該成為一位護理人員。可惜，這女孩十六歲即翹家前往卡羅萊納州下嫁她的年輕戀人。

亨利的弟弟認為，如果亨利可以自行攻讀政治學與法律，他和猶太妻子也不必勉強繼續過著憎恨彼此的日子。他們倆均受不了這段婚姻生活，他也不見得非要酗酒不可，於是他選擇與妻子分離。聖公會的牧師原來不該離婚才是，他卻表示：「我根本就不是擔當聖公會牧師的料——我準備以賣車維生。我要轉行賣新車！」事實證明，他確實是箇中好手，他的賣車事業相當成功。

身為律師的亨利以及他這位成功的車商弟弟，隨後聯手為妹妹與年僅十六歲的妹夫爭取權益。他們拜訪了雙方家長並替小倆口爭取權利。妹夫繼續上大學而且獲得好成績，他有權利研讀任何喜歡的科目。妹妹也同時進入大學攻讀學士學位。她與丈夫有權利共同計畫兩人的未來。

※　※　※

這則故事當中，父母的壓迫特性彰顯無遺。父親非要兒子成為醫生，母親則一心一意逼迫兒子成為鋼琴演奏家。父親甚至命令艾瑞克森：「將他催眠，讓他停止啃咬指甲。」即使亨利早已名列各所醫學院校拒收的黑名單中，固執的父親卻依然盲目地堅持是他的指甲惹的禍，多年來，亨利一直利用類似啃咬指甲的方式對應父母的壓制。當然，他並不認為他應為這種症狀負責。他說道：「我不得不啃咬指甲。」現在且看艾瑞克森如何處理他——以及他的家人。

首先，艾瑞克森主動負起責任，呈現出「好父親」的形象。他表示：「我會照顧你的兒子。」他隨即顯現出較為理性的引導模式，使得身為兒子的人可以與之認同，卻不必壓抑內在合理的期待與渴望。藉著「雙重約束」技巧（告訴他可以咬，卻又不必去咬指甲），艾瑞克森要亨利在心理治療過程中儘早承認：「我竟然掉入了你的邏輯圈套中。」亨利十分明白如果他遵照艾瑞克森的指示而行，既可以滿足個人咬指甲的需求，又能令大部分的指甲安然生長。換句話說，他被允許表達衝動，卻同時得將衝動引向其中一片手指甲。接下來，艾瑞克森又將相同原則用在彈鋼琴的問題上。他判定亨利確實喜愛音樂，因而鼓勵亨利設法表達與滿足個人的興趣所在。亨利同時有權利選擇屬於他自己的樂器。一旦亨利發現自己能隨心所欲時，就有能力決定個人的前途，以及利用早已發展出的才華與興趣讓自己完成法學院的課業。

當亨利突破父母局限的牢籠，並且尋獲比啃咬指甲更有效的反叛方式時，他轉而有能力協助弟弟爭取自我肯定。兩兄弟最後甚至聯手（事實上是包括年輕妹夫與其父母在內的整個家族）向父母爭取權益。他們有此表現不僅因為獲得了聯手的力量，也因為他們已經代表著理性的價值與「健康」的目標。有趣的是，他們並未堅持要妹妹離開年僅十六歲的妹夫。相反地，這位年輕妹夫也被納入了這家人一向看重的自我改善計畫中。如此自我改善之道也巧是艾瑞克森極為重視的目標。

艾瑞克森在此描繪出史賓格（Spiegel）所謂的「連鎖效應」（ripple effect），如此效應可以在文中每位當事人身上以及整個家庭中看出端倪。亨利解除了啃咬指甲的習慣後自信心倍增，而充分的自信令他行事果斷。他終能「選擇自己喜歡的樂器」。當某位家族成員自非理性的壓制中獲得釋放時，其他的家族成員勢必一一循線發展、破繭而出。即使是始作俑者的焦慮父母，也終於能從對子女的過度關心中得到解脫。由此可見，在任何形式的心理治療過程中，即使我們的治療焦點在於當事人本身，當事人的改變終將影響與改變他所屬「世界」或「系統」中的每一位成員。

第六章　重新建構

心理治療著述當中，有關重新建構（reframing）程序的例子不勝枚舉。其中最著名的案例莫過於維多．佛倫科（Victor Frankl）在其著作《由死亡集中營到存在主義》（From Death-Camp to Existentialism）中所提及的事件。當絕大多數營中獄友均失去希望而逐一死去時，佛倫科卻不斷構思一旦獲得釋放他將公開演講的演說內容——以集中營為題材的演說內容。他藉此將個人所處的死亡幽谷重新建構成充滿希望的情境。他在腦海中將各種垂死掙扎的經驗，轉化成協助他人克服心理或生理困境的豐富資訊。

當然，許多懷疑論者可能對此說法不以為然——他們認為積極的思考模式與他最後死裡逃生的結局並不直接相關，而放棄希望也不見得就是那些獄友走向死亡的肇因。話雖如此，積極的思考模式卻令他始終保持著高昂的精神與鬥志。他的身體也因此深受激勵，充滿了生機與活力。此外，我們還注意到佛倫科採取的重新建構程序與他個人的人生定位相當一致。他確實重視教育，而且也曾擁有豐富的演說經驗。他自然而然地渴望運用現實經驗當作公開演說的寶貴資訊。

華茲拉偉克（Watzlawick）、偉克蘭（Weakland）與費司克（Fisch）在《改變》（Change）一書中說道：「重新建構意味著改變原有的觀念或情緒架構，或是轉換有關當下處境的觀點——將整件事置於符合相同情景中各項『事實』的另一框架中加以省思，從而徹底改變其意義。」

這些作者並曾摘錄哲學家伊比克塔特斯（Epictetus）的話：「困擾我的並非是事物本身，而是我看待它們的觀點。」他們同時指出：「我們的世界經驗，總基於我們對事物分門別類的認知過程。」以及：「一旦某事物被歸入某項類別，便很難被同時列屬另項類別。」藉由重新建構過程，我們一旦眼界大開，開始眼見「得以轉換的類別屬性」時，便很難再回復到先前深受局限的「觀點」。

以下故事內容則提供了許多艾瑞克森使用重新建構技巧的例證。

故事1：提升他們的長大情況

我的兒子羅勃曾在家中加蓋二層樓，他和妻子搬到二樓居住。五歲的小道格拉斯與兩歲的小佩姬感到非常害怕，因為父母的房間在樓上。羅勃前來向我求助，我提醒羅勃：

「道格拉斯的小床比父母睡的大床矮一些，是吧？」羅勃應該對道格拉斯強調，五歲的他已是個大孩子了，並且要他將自己的身長與父母樓上所睡的大床產生聯想。佩姬則應該將自己的長大情況與哥哥的床產生關聯。

此外，我告訴羅勃必須確定孩子知道如何使用室內對講機，以便隨時與樓上的父母取得聯繫。兩個小傢伙自此睡得沉穩香甜——連始終顯得憂心忡忡的道格拉斯也不再持有異議。頭幾個晚上，他甚至曾要求上樓與父母同睡。

重點必須放在強調自我方面，強調床的巨大，以及他是個大孩子了。

※　※　※

艾瑞克森此舉充分迎合孩童渴望長大的心態。羅勃的孩子被引導脫離原來害怕與無助的情緒，而轉向正視自身不斷長大的狀態。

與其讓他們專注在個人所失去的事物——父母的陪伴，不如令孩童展望未來。道格拉斯被引導觀看父母所睡的大床，他不久便可以長大到睡滿大床了。同樣地，佩姬也被提醒她將會愈長愈大，不久便可以占滿道格拉斯的床了。

故事2：趕時髦的滋味

我的女兒曾經在小學放學回家後對我說：「爹地，學校中所有的女孩都流行啃指甲，我也非得趕時髦才行。」

我說道：「當然，你一定不能落伍。我認為趕時髦對女孩來說非常重要。你已經落後其她女孩很多了。她們早已擁有十分豐富的啃指甲經驗。所以，我認為若想趕上其她女孩的時髦行為，你得每天花夠長的時間咬指甲才行。我想你若能每天啃指甲三次，每次十五分鐘（我提供她鬧鐘），而且在固定的時間內練習，你應該就可以趕得上此番流行風潮了。」

她起初十分熱衷此道。隨後則逐漸開始推拖練習時間。到了某一天，她告訴我：「爹地，我決定在學校展開一項新風潮——留長指甲。」

※　※　※

在「與個案同一陣線」協助她追趕時髦的同時，艾瑞克森卻將趕時髦行徑轉變成令個案難以忍受的嚴格考驗。他經常利用這種途徑對付個案的症狀——令保留症狀變得比去除症狀更令人厭煩。

故事3：最容易勾引的女孩

有位大學女生在即將畢業的那一年來見我。她說道：「我母親一輩子受她母親的嚴格掌控，因此她發誓將來若有機會生兒育女，絕不至於像外祖母那般全權支配兒女的生活，因而我的母親可說是我最好的朋友。從小學到高中，我們母女倆的感情如膠似漆，無話不說。高中畢業後，我遠赴加州就讀一所天主教大學。我一直是位非常熱心的天主教徒。進入大學後，我與母親每星期固定互通電話兩次——不是我打給她，就是她打給我。我們尚且每星期通信好幾回，她實在有如我的知交密友。

然而，有些地方卻始終不太對勁。當我進大學時，我的體重由正常的一百零五磅激增至一百三十磅。到了暑假回家時卻掉到了八十多磅。等到返回學校後又增至一百三十磅。次年返家度暑假則又再度掉到八十多磅。到了第三年暑假情形依舊重演。如今，已到了復活節的時刻了，我即將自學校畢業。重達一百三十磅的我計畫再回到鳳凰城度暑假。我實在無法忍受自己如此肥胖。我幾乎無時無刻不以一種強迫的方式大快朵頤，而且吃下去的全是垃圾食物。你能協助我嗎？」

我將她引入催眠狀態，並和她討論體重問題。我終於發現，上一代絕不可能成為幼稚園孩童或小學生的最佳夥伴。

我告訴她，她的母親並非是她真正的好朋友。這女孩從未交過任何男朋友，而且她總是向母親坦白一切心事。當她與男孩交往時，往往會產生一些古怪可笑的感覺，於是立即棄對方而去。她始終無法描述那些感覺到底是什麼。

我在催眠狀態中告訴她，她必須學會一些事，她可以仰賴潛意識聆聽我所傳達的訊息。而我稍後將會協助她，使她有機會在意識層面獲知我的忠告。在輕度的催眠狀態中，我向她詳加解釋母親為何不能成為女兒最好的朋友。她的母親事實上正以一種完全相反於自己曾經受支配的方式掌控她的一切。我告訴她必須仔細思考這件事，直到她獲得領悟為止。我同時告訴她稍後我們將會處理體重方面的問題。

那年暑假，她回到了鳳凰城，體重卻只下降至一百一十二磅。她回來告訴我：「你說得沒錯，我的母親確實以一種相反於外祖母控制她的方式對我進行嚴密監控。外祖母與我們同住在一個屋簷下。她非但掌控母親，也同時掌控父親，而我的父親是個不折不扣的酒鬼。我的母親處心積慮要掌控我，但我卻只想做個正常的女孩。我發現自己老是會有些古怪可笑的感覺，而我對這些感覺一無所知。」

我告訴她：「你是一個熱心的天主教徒，你非常虔誠，但你卻是最容易被勾引的女孩。」

她顯出相當驚恐的神情說：「沒有任何人可以輕易引我上鉤。」

我說道：「讓我向你解釋你是何等容易受人引誘上鉤。你不妨仔細想想我的話是不是有幾分道理。如果我是位年輕男子又有意引誘你的話，我會邀你出遊，帶你外出用餐以及看電影，讓你度過一段美好難忘的時光。第二次約會時，我會告訴你，在我眼中你如何美麗動人，以及對我深具性方面的吸引力。然而，我卻依然對你尊重有加，並且讓你再次度過一番美好的時光。及至第三次約會時，我會開門見山地告訴你我實在想引誘你但我知道你並非那種會隨便上鉤的女孩：『所以，且讓我們就此撇開這個話題，單純享受這個美好的約會吧！』此外，我還會向你提出忠告：『別答應我第八次邀約。前七次約會我保證你相當安全，但千萬別與我進行第八次約會。』

接著我第四次、第五次、第六次的邀約均非常安分，但過程中你的荷爾蒙會持續運作。到了第七次約會時，你的荷爾蒙效應將會到達巔峰。我會吻你的前額向你道晚安。我會等待一星期後再向你提出第八次邀約。而你知道事情將會如何發展。」

她同意我的觀點，認為事情的確可能一發不可收拾。

我接著說道：「現在，且讓我們關心一下你的體重問題。四年來，你已經養成了很不好的模式，你不可能輕而易舉地立即克服它。這樣吧！耶誕節時請給我一張你正面穿著比基尼的照片。而且，我要你在耶誕節當天親手交給我。」

她果真帶著照片前來，看來神情悲慘地說道：「我拍照時重達一百二十七磅，我真恨自己。」

我表示：「你確實有頗多贅肉。我並不想保留這張照片，你可以把它拿回去了。」

她說道：「我也不想要它，我要把它撕毀。」

一年後，她的體重回復到一百至一百零五磅之間，而且有了一個固定的男朋友。她對我表示：「他將雙手放在我的膝蓋上——也放在我的肩膀上。我現在知道那些古怪可笑的感覺是什麼了。我不準備在天主教學校教書了，我要去公立學校找份工作。」

到了九月份時，她轉至公立學校繼續她的教書生涯，且變成了一位非常美麗迷人的女孩。

※　　※　　※

艾瑞克森解析這位女學生在家時是位「小」女孩，當她離家在外時卻變成了「大」女孩。艾瑞克森早已注意到這番現象，但卻並不覺得個案需要獲此領悟。至於艾瑞克森為何要告訴女孩她很容易上鉤呢？首先，他藉此充分獲得了她迎向此份挑戰的注意力。其次，我相信，他有意指出她其實擁有正常的性感受。他設法令她在想像世界中親身經驗這些性感受逐漸累積的逼真反應。她對這些「古怪可笑」感覺的態度，自此被重新建構，終於能夠積極正向地感受與思考它們的存在。

艾瑞克森利用故事「勾引」她之後，又堅持她帶一張身著比基尼的照片。藉由親眼目睹她幾乎全身裸露的照片，艾瑞克森強化了他所引發的一種關乎「引誘」的親密幻象。身為離家「大」女孩的個案，隨即經驗到「情人」（艾瑞克森）排斥她這種形象的悲慘結果——他不但指出她「頗多贅肉」，而且表示不想保留照片。事實上，連她自己也相當憎恨個人過重的形象——準備將照片撕毀。她與艾瑞克森互動的結果，非但改變了她個人的自我形象，也重塑了她對性愛的態度。

故事4：走路健身妙方

一位因病退休的員警告訴我：「我身患肺氣腫、高血壓，還有就是你也看見的，我體重超重，我飲酒過度也吃得太多。我想要另外找份工作，但肺氣腫與高血壓的毛病卻令我心有餘而力不足。我真心想戒煙、戒酒，以及吃得健康些。」

我問道：「你結婚了嗎？」

他回答：「沒有，我依舊單身。我通常會自行料理三餐，但在我住處轉角即有間小餐廳可以讓我隨時報到。」

「原來在你住處轉角就有間小餐廳可以隨時供給你三餐所需，那麼，你又到哪裡去購買香煙呢？」

他竟一次購買兩大箱香煙以備不時之需。我說道：「換句話說，你不是只為今天，而是為未來所需購買足夠的香煙。現在，請再告訴我，你既然經常自行料理三餐，你到哪裡去購買食品雜貨呢？」

「幸運的是，住處轉角處也有間小雜貨店，我一向到那兒去購買三餐所需，以及香煙。」

「你又去哪裡買酒呢？」

「雜貨店隔壁便有間烈酒專賣店。」

「如此說來，你住處附近就有餐廳、雜貨店以及專賣烈酒的地方。你雖想嘗試慢跑運動，但你知道自己的體能無法負荷。你的問題其實非常簡單，你想要慢跑卻無法如願，但你總應該可以步行才對。就這麼辦，請你每回只購買一包香煙，而且走到城鎮的那一頭去購買這包煙，此舉應該可以開始讓你的體型逐漸恢復正常。至於當你必須購買三餐所需的食品雜貨時，別往住處附近的雜貨店中鑽，而要到半哩或一哩之外的雜貨店中購買每餐所需的食物。這意味著你每天必須來回三次進行採購活動。至於飲酒方面，你想喝多少酒都沒問題，但必須走到一哩外的酒吧喝第一杯酒。若想繼續喝第二杯酒，必須再度起身到間隔一哩外的另外一間酒吧去。若是還想喝第三杯酒，則必須再走一哩路，到另一間酒吧滿足酒癮。」

他無比憤怒地瞪著我，雙眼像要冒出火來，大聲咒罵我，並且就此咆哮而去。

大約過了一個月後，一位新的個案來見我。他向我表示：「一位退休的員警推薦我來此求助，他說你是他所見過確實知道自己在做什麼的精神科醫師。」

那位員警自此再也不購買成箱的香煙。他同時知道走向雜貨店是樁有意識的舉動，他可以進行掌控。就此案例來說，我並沒有要求他節食、戒煙戒酒，只不過提供他走路的機會而已。

※　※　※

這位個案被迫重新建構個人的行為。他必須將個人行為撤出不得已的分類領域，他終於明白艾瑞克森所作的評論：「走向雜貨店是有意識的舉動。」

此處，艾瑞克森體認到自己面對的是經年累月聽命的執法人員。因此，他刻意發出號令，期待當事人奉命行事。這可說是依個案本身特質進行治療的案例。面對其他不同的個案時，如此方式倒不見得通用。

故事5：汽笛豆

某天，一位大學女生在教室內寫黑板時突然放了一聲響屁。她立即轉身跑出教室，回到了住處，拉下了百葉窗，之後就經由電話訂購她的日常生活所需，直到天黑之後才敢出門取貨。不久後，我收到她的一封來信：「你願意接受我當你的個案嗎？」

我注意到此信來自鳳凰城本地，於是回信表示：「我願意。」她卻來信再次詢問：「你真的**確定願意**接受我成為你的個案？」我百思不解，並再度回信：「是的，我十分**願意**與你會晤。」

她足足花了三個月時間才鼓足勇氣回信告訴我：「我希望能與你約在天黑以後會晤，我不願意讓任何人看見我。當我到達你的辦公室時，請千萬別讓其他人在場。」

我遂提供她晚間十點半的晤談時間。晤談過程中，她娓娓訴說在教室中放響屁以及逃出教室，並將自己鎖在房間內的事。她同時告訴我她是一個由基督教改信天主教的信徒，一般說來，由其他基督教派改信天主教的信徒多半非常熱心虔誠。於是我質問她：「你**確實**是位虔誠的天主教徒嗎？」她確信自己的信仰相當虔誠，而我花了足足兩小時，不斷質問她到底是個如何虔誠的天主教徒。

第二次的晤談過程中，我問道：「你既然堅決表示自己是個虔誠的天主教徒，為什麼竟會侮辱你的天主呢？你為什麼如此愚弄他？你**確實**如此。你應該感到無地自容——愚弄天主卻仍膽敢聲稱自己是虔誠的天主教徒！」

她試圖為自己辯護。

我卻表示：「我可以**證明**你確實對天主不敬。」我隨即找出我的解剖學課本，向她展示人體的圖解照片，並且特別指出直腸與肛門括約肌所在的位置。

我說道：「人類精於建造各種事物。不過，你想人類有能力創造出同時掌控肉體、液體與氣體的瓣膜開關——並能夠只讓氣體自由釋出嗎？」接著我又說道：「只有天主可以這麼做，為什麼你竟不**尊重**天主的偉大造化呢？」

我並且指示她：「現在，我要你表現出對天主熱切真誠的尊敬。我要你烤一些豆子——那種被海軍稱之為汽笛豆的東西，並用大蒜與洋蔥當調味料。吃完這些豆子之後，請赤身裸體並昂首闊步地在你的公寓中載歌載舞……一面釋出響屁、軟屁、大屁、小屁……充分享受天主的奇妙造化。」

她確實遵命行事。一年之後她結了婚，而我決定登門拜訪以瞭解她的近況。她懷抱著幼兒接待我，並向我表示：「到了該餵奶的時候了。」她當著我的面解開上衣，露出了乳房，就此邊哺乳邊與我閒話家常，整個人的態度已全然不同。

故事6：肉桂臉

一位曾因身體的疼痛前來求助的女士再度來見我。這回她表示：「這次來見你倒不是為了我自己，而是因為我的女兒出了問題。她今年才八歲大，她憎恨她的妹妹；憎恨我；憎恨她的爸爸；憎恨她的老師與同學；憎恨郵差、送牛奶的人以及加油站工人——幾乎視周遭所有的人為眼中釘；她也憎恨她自己。我想盡辦法說服她暑假時至肯薩斯州拜訪祖父母，但她卻表示十分憎恨祖父母——即使她從未見過他們。」

我問道：「她到底在恨什麼？」

「她臉上長滿了雀斑。學校的孩子稱她為雀斑姑娘，她因而恨死了那些雀斑。」

我又問：「女孩現在人在哪裡？」

「她待在外面的車裡，就是不肯進來。她恨你，因為她滿臉雀斑。」

我說道：「去把你的女兒帶進來，即使必須使用武力。將她直接帶到這兒來。」

我坐在房間內的書桌後等她。這位母親未曾使用武力即完成使命。小女孩站在門口望著我，她雙拳緊握、下顎突出、眼神火辣，一副隨時準備與人放手一搏的模樣。

我望著站在那兒的她說道：「你是個小偷，你偷東西！」

她辯解她不是小偷，也從來不曾偷過東西。對於我的栽贓，她幾乎想和我拚命。

「錯不了，你**真是**個小偷，你偷東西，我甚至知道你偷了**什麼**。我還有**證據**呢！」

她大聲抗議：「你才沒有證據。我從來不偷東西。」

我慢條斯理地解釋說：「我甚至知道你在**哪裡**偷東西，以及偷了什麼。」

女孩氣得快冒煙了。我說道：「讓我告訴你當時在**哪裡**，以及偷了什麼。你在廚房裡並且站在飯桌前準備餐具，你伸手到餅乾罐中——裡面裝著肉桂餅乾、肉桂麵包、肉桂卷，你一不小心就把肉桂灑在臉上了——瞧你的肉桂臉。」

這是兩年前的事了。

她所需要的只不過是對自己的雀斑產生正面的情緒反應而已。當時，我刻意激怒她，並令她的頭腦氣得一片空白，隨後即有機會引發對雀斑的良好反應。由於我告訴她我知道她在何處偷東西，以及偷了**何物**，而且握有證據。一旦真相大白後，她自然鬆了口氣——小偷指控原是玩笑一場；整件事於是變得極為有趣。而她確實喜歡肉桂卷、肉桂麵包以及肉桂餅乾，我讓她的雀斑自此有了一個可愛的新身分。深具治療功效的正是**她的**情緒、**她的**想法、**她的**反應，但她自己倒是一點也不明白其間的曲折轉圜之處。

稍後，艾瑞克森對此「肉桂臉」的故事進行評論：「你應該知道其中的關鍵不是你做了什麼或你說了什麼，而是**個案**做了什麼以及**個案**所領悟的重點。」

※ ※ ※

我有幸親眼目睹肉桂臉寄給艾瑞克森的卡片與短箋。她在短箋上這麼寫著：

「親愛的艾瑞克森先生，我今天一直在想你。我讀了那些你寄給我的『瘋狂』來信。你近來好嗎？我會記得送你一張情人節卡片。今年，我已升上六年級了。你可能已經不太記得我了，不過，如果你看到我的綽號就一定會想起我來的。我的名字是——肉桂臉。我現在必須停筆了。再見！

肉桂臉敬上」

至於卡片則是以三種不同程度的紫色蠟筆圖案繪製而成。除了短箋之外，她還附寄了一張彩色照片。照片中的迷人小女孩有著紅棕色的頭髮以及紅色雀斑。她笑得很開心。

故事7：乾癬症

一位年輕女子向我表示：「好幾個月來我一直努力設法鼓足勇氣來見你。你應該注意到，即使現在是炎熱的夏季，我卻依然穿著高齡與長袖的衣衫。昨夜，我見到家中地毯上全是皮膚屑，今早則眼見皮膚屑掉了滿床。我心想：我必須去見精神科醫師了。瞧我這副全身都是乾癬的模樣，事情不會變得更糟的。」

我說道：「你就此認定自己患了乾癬症。」

她繼續描述症狀：「我憎恨自己赤身裸體的模樣。我的身體、四肢與頸部全部覆蓋著斑斑剝剝的乾癬，我甚至可以任意抖落一身的皮膚屑。」

我表示：「讓我瞧瞧你的乾癬情況。我不至於吃了你，你也不會就此死去。」

於是她向我展現她苦惱的根由。我檢查得非常仔細，然後告訴她：「你的乾癬大約只有你想像中的三分之一而已。」

她有些生氣地說：「因為你是醫生，我才來向你求助。如今你卻告訴我乾癬大約不及我想像中的三分之一。我可以親眼**看見**自己的身體情況，你卻如此粉飾太平，將乾癬數量降至三分之一。」

我回答：「沒錯。你有許多**情緒**，你的情緒不少，乾癬卻不多。你是個活生生的人，當然有許多情緒；乾癬很少，情緒卻很多。在你的四肢與身體上滿是情緒的痕跡，而你始終將它們稱之為『乾癬』。你的乾癬的確不可能像你想像中的那麼多，頂多只有你認為的三分之一數量而已。」

她二話不說便問我：「我該付你多少錢？我會寫張支票給你，而我再也不會來見你了。」

兩星期後，她卻來電表示：「我可以再與你晤談一次嗎？」

我回答：「當然可以。」

她前來坦承：「我要向你道歉，我想再繼續接受你的治療。」

我表示：「你無須向我道歉。我做了正確的診斷，不必接受任何道歉。」

她同意我的觀點：「我想你是對的，我不該向你道歉，我應該對你所做的正確診斷感到高興才是。我不再受乾癬所苦了，請看我的手臂，如今只有零星幾塊乾癬而已。我身上的狀況也類似。我足足氣了你兩個星期之久。」

當艾瑞克森對文中這位年輕女子說：「你的乾癬很少，情緒卻很多」時，將乾癬與情緒畫上了等號，並藉此暗示個案情緒愈多時，乾癬便愈少；而乾癬愈多，情緒即愈少。他隨即令她有機會將強烈的情緒投射到他身上。當她對他足足氣了兩個星期時，她的乾癬明顯地大為減少。她確實情緒多而乾癬少。

※　※　※

艾瑞克森精於利用挑戰個案、困惑個案，或是激起個案不悅的情緒等方式，協助個案尋獲行事的新標準。如此重新建構的程序，往往和當事人的心智結構與信仰和諧一致。在「汽笛豆」的故事中，他設法確認個案自我認定的信仰虔誠。面對「肉桂臉」故事當中的小女孩時，他採取了適合處理孩童問題的有趣態度。而當治療乾癬個案時，他則以挑戰的方式對應個案敵對的態度與競爭傾向。那位深受乾癬困擾的個案，終於意識到她內在的憤怒情緒。她體認到艾瑞克森是對的，她果真有許多情緒。在潛意識層面中，她於是聯想到艾瑞克森的另一項宣告也可能是對——她的乾癬可能只有想像中的三分之一。她的身體立即有所反應——絕大部分的紅疹就此消失。

至於當「肉桂臉」聽到自己被稱為「肉桂臉」，而非真的被指控為小偷時，她輕鬆地笑了。從此之後，每當她想到自己的雀斑時均會忍不住地微笑，原本的憎恨與憤怒，轉而被愉快的感受所取代。一如艾瑞克森的解釋：「整件事逐漸變得極為有趣。」如此有趣的情境，即使當她離開艾瑞克森之後依舊存在。

「汽笛豆」的故事中，個案的處境被重新建構，由失控的窘境轉化成理應讚美感謝的情境——她竟擁有如此美妙的掌控能力，能夠在排出氣體的同時，充分保留直腸內的液體與固體物質。她甚至被慫恿刻意練習如此絕妙的掌控能力，以及赤身裸體地在公寓中載歌載舞歡慶上天的神奇造化。當然，就膚淺的層面來說，由於艾瑞克森充分允許她盡情放屁，此舉就此解除她原先的自責（認定放屁是項可怕的罪行）。艾瑞克森也相當尊重她的禁忌——他建議她私下練習，而非在大庭廣眾前公開放屁。

此文結尾處，艾瑞克森附帶提及了一樁有關個案的補充說明。當事人對身體的接納程度，已逐漸延續到對個人其他生理功能的全盤接納。短短一年後，她竟可以在與艾瑞克森談話的同時暴露出乳房哺育幼兒。

故事8：重享魚水之歡

我的心理治療方式因人而異。一位醫師曾向我求助：「我的初夜是在妓女戶中度過的。那回經驗令我厭惡至極。如今二十年過去了，我竟從不曾有過任何一次勃起。為了解決此一問題，我設法雇用來自不同階層的女子，支付她們高薪，要求她們『讓我勃起』，但她們全部都無能為力。如今，我遇見了一位想娶回家做老婆的女孩。我試圖與她享受魚水之歡。她既善良又熱情，但我就是沒辦法勃起。」

我建議：「不妨請那位女孩來見我，我會私下與她談一談。之後，我再同時與你們進行晤談。」

我對那位女孩說道：「請每晚都與他同床共枕，但卻表現得十分冷淡。不准他以任何方式觸碰你的乳房、你的身體。嚴禁他越雷池一步，你必須確實遵守這些指示，否則事情難有成效。」

隨後我將那位醫師叫進了晤談室，當著女孩的面對他說道：「我剛才告訴梅爾蕊每晚應與你同床共枕，卻決不讓你親吻或碰觸她的乳房、她的女性生殖器官，以及她的身體各部位。她將全然排斥你任何的親密企圖。如此情形得維持三個月之久。三個月之後，你再前來與我討論你的處境。」

到了三月初時，他竟徹底失控而「強暴」了她。

梅爾蕊是個非常美麗動人的女子，當個案遭受的是由女友梅爾蕊所引發的不可能情景

（而非因他個人而起）時，他原本認定的事實自此全然被顛覆。之前是梅爾蕊**令性交無法成功，一切並非他的錯**。

他因此不必再堅守陰莖的鬆軟狀態。梅爾蕊已令事情變得不可能。

※　※　※

自從個案在妓女戶的首次性交經驗令他厭惡至極之後，他曾嘗試「雇用」女人進行自我治療，未料此舉僅徒增他的失敗感受。艾瑞克森判定他的性無能應來自於過分輕易得手的性關係。因此，藉由個案女友的協助，艾瑞克森營造了一種完全相反的情境——性行為全然遭到禁止。在解析此事的過程中，艾瑞克森運用了含糊不清的指示詞。他最後說道：「梅爾蕊已令事情變得不可能。」我們這些人（個案想必也如此）不禁懷疑到底什麼「事情」變得不可能，是性交嗎？堅守陰莖的鬆軟狀態（即使手淫也無法勃起）嗎？還是指繼續保持性無能一事？無論如何，艾瑞克森設法將個案的「敵人」由內心轉至外在。如此一來，與其對自己生氣而徒增性無能的症狀，他可以轉而攻擊自身之外的「不可能」肇因——他的女友。於是他採取「強暴」的手段。一旦他經驗到令人滿足的性關係後（完全不至於擔心是否能夠勃起），勢必可在毫無強烈憤怒的陰影下繼續享受性愛。

故事9：履行吸拇指的義務

一位十五歲大的女孩依舊不斷地吸吮她的大拇指。她的父母來電求助，悲歎不已，表示女孩成天吸吮拇指的行為令他們十分苦惱。她在校車上猛吸拇指，非但因此觸怒了校車司機，也令其他孩子感到生氣，至於學校老師們也頻頻抱怨她的吸拇指行為。父母便告訴女孩要帶她來見我。

女孩進入我的辦公室時，正大聲吸吮著拇指，一副旁若無人的模樣。她的父母在另一間辦公室內等候，因而不至於聽見我對她所說的話：「我準備告訴你如此吸吮拇指的方式實在相當愚蠢。」

她回應：「你說話的口氣就和我父母一樣。」

我解釋道：「你錯了，我的說法相當有智慧。你這麼做只不過令你的父母與校車司機感到輕微的不舒服而已。你吸吮拇指的行為在學校惡名昭彰。學校共有幾千名學生呢？你竟用這種行為困擾每一個人。如果你**不是**這般愚蠢，如果你夠**聰明**的話，你便會以一種令你父親深感頭疼的方式吸吮拇指。

我從你的父母處得知，每天晚餐後他們總有固定的例行公事。你的父親將會利用這段時間閱讀報紙，他會一個版面接一個版面地仔細研讀新聞內容。我已要求你的父母承諾決口不提你吸吮拇指的事。他們將再也不會對你言及此事。

因此，你不妨準備一個時鐘。今晚，吃完晚餐後，你就坐在你的父親的身邊盡情吸吮拇指整整二十分鐘，好讓你的母親（一個必須按規矩行事的人）把碗盤清洗乾淨。你的母親表示自己一向做些縫繡的工作。清洗完碗盤後，她總會坐下來做針線活兒。與你父母共度二十分鐘後，請移坐到你母親的身旁。請注意看時鐘，然後開始盡情吸吮拇指——大吸特吸，啜、啜、啜。

我已要求你的父母承諾絕口不提你吸吮拇指的事，你因而可以安心享受徹底激怒他們的快感，他們卻無法對此做出任何反應。

至於那位校車司機——你每天只會見到他兩次而已，學校的其他孩子倒是每天都會在你眼前晃來晃去。週末時間你照例不會見到校車司機與學校內的其他孩子，因此你不妨隨意吸吮拇指。一般說來，女學生在校內總會特別看某些男孩或女孩不順眼，你**顯然**可以利用吸吮拇指的方式對付他們。每當那個你看不順眼的學生注視你時，就立刻將拇指伸進嘴中去，而且**確實**吸個夠。此外，每個學生總有不喜歡的老師，每當你看見那位令你受不了的老師時，也立即將拇指伸進口中盡情啜吸一番。你實在不必將如此行為毫無效益地散布到其他老師眼前。」

不到一個月的時間，這女孩即發現生活中還有許多**其他**的事做，我使她的吸吮拇指行為變成了一項非做不可的義務，而她一點也不喜歡履行義務。

※　※　※

當艾瑞克森指出父母「固定的例行公事」時，他間接地令女孩意識到個人強迫性的吸吮拇指行為。他暗示她應停止「愚蠢」的吸吮拇指方式（亦即毫無意義或目的的吸吮過程）。相反地，她倒是可以藉著吸吮拇指有效地表達內在的憤怒。她的吸吮拇指行為自此被重新建構，不再只是一種無法掌握的「習慣」，而變成了溝通的有效形式——藉以表達內在憤怒。

在這故事中（一如艾瑞克森其他許多治療兒童的故事），他以「我將父母送出辦公室後，即開始與孩子展開單獨會談」的說法做為起點。就某種層次來說，他尊重孩子是獨立的個體。就另一層次來說，他其實是對所有人內心的孩子說話。一向代表著威權壓制、缺乏耐心，以及甚少接納的父母形象必須先行遭到放逐，他們不該干擾心理治療的過程。就此層面而言，艾瑞克森要求我們將內在過於嚴厲的超我要求、極度嚴格的各種「應該」置於一旁，好讓內心深處潛藏的孩童有機會現身與發展。他試圖告訴我們別一併埋葬孩子氣的衝動（諸如自發性、好奇心、魯莽舉動與爆發力等等），而該懂得如何挑戰這些衝動，或是「聰明地」加以引導。當我們眼見自身舉動與他人反應（例如厭惡）之間的密切關係時，我們即可能如文中女孩般決定中止某項特殊的行為。

這類「開立症狀處方」技巧也可被視為阿德勒心理治療格言的具體應用之道。阿德勒曾說過：「心理治療就好似在當事人飲用的湯中吐口水。對方仍舊可以選擇繼續喝湯，但他們再也無法安然享受湯的美味。」就此將吸拇指行為一變而為個案非進行不可的義務之舉，艾瑞克森猶如在「這女孩的湯中吐下了唾沫」。

第七章　以經驗為師

故事1：當個六歲大的孩子

上星期我收到媳婦的來信，告訴我有關她女兒六歲生日的事。過了六歲生日的次日，小女孩做了些深受母親譴責的事，於是她有感而發：「當個六歲大的孩子可真難，我才只有一天的經驗而已。」

故事2：作夢實現心願

當你夜晚上床睡覺時，很可能會出現作夢的機會。在夢中，你無法運用理智分析，只能具體經驗夢中的一切。記得我曾拒絕給兒子藍斯糖果吃。我告訴他，他已吃了夠多的糖果。次日早晨，藍斯自睡夢中醒來時顯得非常高興。他告訴我：「我把整袋糖果都吃光了。」

當我向他展示依舊保存著許多糖果的袋子時，他認為我一定是偷偷出門又買了些糖果回來，因為他**確知**自己已將糖果吃個精光，而他**確實已經**吃光了糖果——在他的夢中。

另有一回，由於巴特取笑藍斯，藍斯遂要求我懲罰巴特，我拒絕了他的要求。次日早晨，藍斯說道：「我很高興你將巴特狠狠揍了一頓——但你實在不必用那麼大的棒球棍揍他。」他認為我已嚴厲處罰了巴特。他將內心期待我嚴懲巴特的內疚感，轉成了對我處罰過於嚴厲的批判。顯而易見地，他的內心已出現某些轉折。

有些接收催眠的對象，會傾向運用理性分析一切而無法輕易進入催眠狀態。然而，他們卻很可能在某天夜裡（當他們想到其他事時）夢見自己處在催眠狀態中。在夢中的催眠狀態裡，他們會進行特定的事。第二天，他們會前來告訴你：「我夢見了解決問題的方法。」由此可見，心理治療的主要功能不外乎推動潛意識，盡情利用它所儲存的各種智慧。

※　※　※

人生經驗的種類不可勝數，而作夢絕對是其中之一。在這故事中，艾瑞克森同時指出即使催眠不管用，心理治療的過程依舊可能對當事人深具助益。個案可能會選擇回家在夢中完成任務。聽完這個故事之後，習慣以理性分析一切的個案，即很可能會在回家之後夢見自己處在催眠狀態中。

故事3：學習在水中游泳

自經驗中學習的教育價值遠勝過理性方面的學習。當你趴在鋼琴座椅上時，同樣可以學會游泳的一切基本動作，你可以輕而易舉地控制節奏、呼吸、頭部、臀部、腳部動作，以及其他各項協調動作。然而，當你實地下水之後，卻往往只能狼狽地進行狗爬式。你必須在水中才能真正學會**游泳**。**一旦你在水中學會游泳後，才算是真正初窺了此學問的門道**。

根據實際經驗進行學習，可說是最重要的學習途徑。只不過，在求學過程中，我們全都學會了以理性進行意識層面的各項學習。在水中，你的一切舉動總在潛意識的掌控之下。你學會在水中自然而然地以特定節奏轉頭、以手划水、以腳踢水。舉例來說，不會游泳的人士，絕對無法得知（也無法問或描述）在自由式左右翻轉身體的過程中，雙腳在水中的感覺、水沖上手臂的感覺，以及吸水入口的感覺。

當你確實背部貼著水面游泳時，你才有機會體會箇中意境。當你逆向游泳時，你會對背部飛濺的水花付出多少注意力呢！如果你曾擁有裸泳的經驗，將發現泳衣是多可怕的累贅。當你赤身裸體時，水流將何等輕巧地越過皮膚表面。游泳衣絕對是項障礙。

我並不在乎各位能在這房間中學到多少催眠，因為你們全都心知肚明自己未來將時常在催眠狀態中（在那不屬於任何時空、非睡非醒的狀態裡），大量學習催眠。我個人習慣在清晨醒來之際，一睜眼即雙腳下地。我妻子卻總是喜歡花上二十分鐘時間逐漸恢復意識狀態。我的血液一向立即沖向腦門，她的血液則多半緩緩流向腦部。我們全都擁有個人獨特的模式。你必須進入催眠狀態多少次（也許十二次之多），才會失去審視個人經驗的興致呢？

各位是否擁有在大鹽湖中游泳的經驗呢？其間湖水看起來像一般的水，觸摸起來也像一般的水。我卻老早就知道無法在此湖中游泳。我頗懷疑如果自己姑且一試，後果將會如何？我完全瞭解大鹽湖中的水是過度飽和的鹽水。但我必須擁有親身一試的**經驗**，才可能確知冒險一試的後果。絕大多數接受催眠的對象渴望瞭解所經驗的事，我則認為不妨將經驗與理性分析加以隔離，姑且讓事情順其自然地發生。

※　　※　　※

艾瑞克森藉由觸覺體驗強調身體的知覺反應，當他提及不同的感覺、韻律、動作時，聽眾將不由自主地憶起類似經驗。與其說：「你們當中會游泳的人士必定能夠回想到雙腳在水中的感受……」艾瑞克森卻選擇以否定的陳述表達重點。「你們當中不會游泳的人士無法描述……」稍後，他甚且利用詢問的方式傳達他的建議：「當你逆向游泳時，會對背部下方飛濺的水花付出多少注意力呢？」他藉此暗示聽眾值得將注意力專注在感知經驗方面。

當艾瑞克森轉而說道：「我並不在乎各位能在這房間中對催眠學到多少……」時，它提供了一項長遠的後催眠暗示——指出有關催眠的學習勢必在這房間外繼續進行。他藉著間接暗示進一步說明，「此番學習」將在有如甦醒過程般的各種特殊情境中進行。他同時建議每位聽眾應根據個人「獨特的模式」進行「學習」。他解釋進行經驗學習的最佳方式是讓自己單純地體驗，而非一再檢視個人的經驗。他並且又不知不覺地說出另一項後催眠暗示——此事將會在歷經十二次催眠狀態後發生。稍後的論述中，他再次強調當經驗發生時不去試圖瞭解箇中內涵的重要性。當然，這原則應適用於所有不同的經驗，並非僅限於催眠體驗而已。如果當事人想要進一步瞭解經驗內涵，最好將檢視、審核以及進行分析的程序加以延後，直到與當時經驗有段距離時再有所行動。

這故事若用在性冷感治療過程中可能深具療效。舉例來說，它可以當成感覺專注練習的引言。對於那些與自身感覺相當疏離的人士來說，練習將心神專注在觸覺體驗方面必將大有幫助。

故事4：你為什麼不嚐一嚐呢？

我的兒子巴特很可能可以成為極優秀的精神科醫師，可惜他選擇了務農。他共有六個兒子與一個女兒，他頗擔心這些孩子長大後會染上菸癮、酒癮與毒癮之類種種惡行。因此，打從一開始，他即向他們展示一些看起來頗有趣而無害處的東西——像是輪軸油之類的東西。當孩子問及這類東西時，他會說：「你為什麼不嚐一嚐呢？」或者，他會拿出一個漂亮的瓶子對好奇的孩子說：「你為什麼不聞一聞呢？」裡面所裝的氨水可不是好聞的東西。每一個孩子從此學會對於放入自己口中的東西非常謹慎，這確實是有益於孩子的成長之道。

※　※　※

艾瑞克森在此再度強調學習的最佳方式莫過於透過親身體驗。父母、師長與心理治療師主要的工作，不外乎提供各式體驗的機會。巴特並不需要讓孩子具體嘗試菸草、酒精或毒品，他已提供經驗讓孩子學會：「當心自己放入口中的東西。」在孩子人格逐漸成型的歲月中，他提供了引導他們識別的各種經驗。一旦孩子獲得識別能力後，父母將可以信任他們有能力自行決定是否嘗試菸草、酒精或毒品。

第八章　主導你的生命

故事1：無意告別人生

下文為回應一位學生對艾瑞克森是否即將與世長辭的關心。

※　　※　　※

我認為時機尚未成熟，我完全無意就此告別人生。事實上，這將是我最後才會做的事。

我的母親活了九十四歲；我的祖母與曾祖母也都活到了九十三歲，或是在更老的時候才與世長辭。我的父親則是在九十七歲時才撒手人寰。他老人家曾經在種植一批果樹時，懷疑自己是否能活著享受果實，而當他種植那批果樹時早已年居九十六或九十七高齡。

心理治療師們一向對疾病、殘障與死亡抱持著錯誤的觀念，他們往往過度強調人類對疾病、殘障與死亡的調適過程。協助家人們充分處理哀傷情緒常是些無聊之舉。我認為人們應該謹記在心，當你出生之時，即開始走向死亡，只是有些人走得比另些人有效率，從不浪費時間等待死亡，但另些人卻得在世上耗上好長一段時間才走向死亡終點。

我的父親在八十歲時首次經歷嚴重的心臟病發作，當他被送往醫院時，整個人已陷入昏迷狀態。我的姐姐趕去醫院看他，主治醫師向她表示：「沒多大希望了。你的父親年事已高。他一生操勞又有非常嚴重的心臟問題。」

姐姐事後描述：「我對那位醫師嗤之以鼻，我告訴他：『你根本不認識我老爸。』」

當父親逐漸恢復意識時，主治醫師正巧在場。父親問道：「發生了什麼事？」醫師告訴他：「艾瑞克森先生，別擔心，你經歷一次非常嚴重的心臟病發作，但只需兩三個月修養，就能完全康復了。」

父親勃然大怒地說道：「兩三個月時間，真是笑話！你是說我得浪費一整個星期的時間待在這裡？」一星期後，他果真康復出院。

八十五歲時，他的心臟病再度發作。仍是先前那位主治醫師負責他的病況。父親在清醒後照例問道：「發生了什麼事情？」醫師回答：「同樣的狀況。」

父親咕噥地說：「又得浪費一星期了。」

他事後還曾歷經一次腹腔大手術，足足割去了九呎的腸子。自麻醉中逐漸恢復意識之際，他問身旁的護士：「這回又發生了什麼事？」

護士遂向他報告病況，當他聽完時忍不住哀歎：「這回可不只一星期了，恐怕得浪費十天時間待在這裡。」

第三次心臟病發作時，他已年居八十九歲。恢復意識後，他問醫師：「老樣子，是嗎？」

醫師回答：「沒錯！」

父親表示：「快要養成不時浪費一星期的壞習慣了。」

九十三歲時，他第四度心臟病突發。這回他對醫師說道：「老實說，醫生，我本以為第四次心臟病發作便會要了我的老命。現在，我開始對第五次發作失去信心了。」

九十七歲半時，父親與兩位姐姐計畫到一處農莊共度週末。父親當年的老朋友以及他們的一些孩子均已與世長辭。他們詳加計畫拜訪對象、住宿的旅館以及用餐的餐廳後，即準備上車出發。當他們走到車旁時，父親突然說道：「啊，我忘了帽子了。」

他遂跑進屋內拿帽子。我的兩位姐姐等待了一段夠久的時間後，漠然地望著彼此說道：「事情就是這樣了。」

她們走進屋內，發現老爸已經因腦溢血死在地上。

我的母親在九十三歲時跌傷了她的臀骨。她表示：「我都這把年紀了竟還會發生這種荒唐的事，我一定得設法痊癒。」她果真做到了。

一年後，她跌傷了另一邊的臀骨。她表示：「自頭一次的臀骨損傷中復原已經耗盡了我大半精力，我想這回大概是撐不過去了。不過，我可不想讓任何人說我不曾努力嘗試。」

我心中十分明白，其他的家人見我面無表情的態度也多少有些心理準備，她大概即將就此與我們告別。未料，她卻死於充血性肺炎——一種高齡婦女常患的疾病。

我的母親生前最喜歡引用的文句是：「每個人的生命中多少一定會下雨，某些日子勢必黑暗又荒涼。」取自朗費羅（Longfellow）的詩作〈雨天〉（The Rainy Day）。

我的父親與母親兩人一向充分享受他們的生命。我秉承庭訓，試圖影響個案：「請享受生命，徹底享受生命。」你愈能在有限的生命中添加幽默，就愈能享有幸福的生活。

我實在不曉得那位學生從何得知我即將與世長辭的消息，我可要避開此事。

※　※　※

艾瑞克森衷心希望，死亡不至於被視為是引發焦慮不安的生命必然結局。他強調生命的目的在於盡情生活。他告訴我們他的父親即使年屆九十七高齡依舊勤於種樹，如此的人生往往只著眼於未來。他的父親生性活躍，連死亡都是發生在準備進行某些事的過程中——他正想要回到屋內取帽子並出發前去拜訪他人。艾瑞克森老父發生事故前所說的那句話：「啊，我忘了帶帽子了。」應來自於潛意識的認知——在他的大腦內發生了事情。

艾瑞克森經常在說完這故事後順口表示，他父親在第四次心臟病發作後失去信心的直覺是對的。她的父親隨後果真在九十七歲半時死於腦溢血。艾瑞克森也常會連帶分享他父親對疾病所持的態度——老人家將疾病看成生命粗食的一部分。粗食一向是健康飲食中不可或缺的部分。艾瑞克森並且指出，俸糧的軍人即非常瞭解粗食的重要性。悲劇、死亡、疾病均可說是生命中各種必要的粗食。

在生命的最後幾年當中，艾瑞克森花了相當多的時間協助眾人面對他的死亡。他並不希望造成常久的哀傷，而慣於利用笑話與譏諷言語解除眾人的焦慮不安。某回他甚至錯引了田納西（Tennyson）的話：「當我的船駛向遠洋時，請別在酒吧中為我歎息。」他往往公開討論死亡。一如他的父親般，艾瑞克森也在迎向未來的過程中撒手人寰。他原本期待在接下來的星期一繼續他的授課生涯。他的死亡沒有所謂的「埋葬」，他的骨灰被自由地撒在山峰頂。

艾瑞克森在此故事的結尾時說道：「我實在不曉得哪位學生從何得知我即將與世長辭

的消息，我可要避開此事。」避開什麼呢？死亡陰影？或是那位學生的想法？

故事2：求婚記

當我父親十六歲離家出走時，僅僅在枕頭上留了張字條即奔往車站。他將辛苦儲蓄的全部零錢使勁擲在票務人員面前說道：「給我一張這些錢所能買到的最遠程車票。」於是他到了威斯康辛州的比佛大壩——一處鄉間村莊。他走在街道上看著當地來來往往的農人，有人騎馬，有人趕牛車。他攔住了一位趕著牛車的銀髮莊稼漢說道：「你需要一位聰明的年輕人協助你工作嗎？」

攔車男孩聲稱他的名字是查理．羅勃斯。他表示自己身無分文、無家可歸，又一無所有，銀髮莊稼漢遂決定收留他：「上車吧！你可以隨我至田裡工作。」

行至半途，莊稼漢停下了牛車，告訴查理：「你且待在車上，我去探望一下我的女婿。」此時，一位身著花裙的女孩躲在楓樹後偷偷觀察這位來自異鄉的年輕人。查理問女孩：「你是誰家的女孩？」對方靜靜地回答：「我爸爸的。」查理卻接口：「現在，你是屬於我的了。」

七年後，當我父親正式求婚時，我的母親自口袋中拿出一隻除拇指外四指相連的小手套遞給他。在那農村中，「給他一隻小手套」即是拒絕對方求婚的表示。被拒之後，我的父親昂首闊步地離開了屋子。當天晚上，他整夜無法成眠，直到次日清晨時再度去見我母親：「我並未向你要一隻小手套，我要一雙。」那雙由羊毛織成的小手套是我母親由洗羊毛、梳羊毛到紡紗成線，全都親力親為，再一針針細心編織而成的。

她在十七歲時織了那雙小手套，直至二十歲時才等到我父親的正式求婚。我的父親認識我母親，我的母親也認識我父親。而我則曾經在我母親就讀過的鄉間學校中教過書。

※　※　※

「查理．羅勃斯」是艾瑞克森的父親十六歲離家出走時選用的名字。艾瑞克森描述其老父的各項故事中，一再彰顯出他老人家的冒險精神，以及堅持達成目的的信心與能力。尤其是後面這項特徵，更是經常出現在艾瑞克森描述其家人的一切故事中。

此處所傳達的主要訊息顯然是，你不妨專注目標、堅持不懈，而且絕不接受他人口中的「不」作為答案。當然，除此之外，你也得為達成目標而進行必須的努力。艾瑞克森一筆帶過查理．羅勃斯為他未來的岳父工作了好幾年的事實。其他故事中，收穫倒不見得一定會隨著固執與堅持而來。除了運用正確的策略之外，你還得以一種受當地社區重視的方式努力工作——如果你想要令所處的社區留下美好印象的話。

即使如此，艾瑞克森卻利用下面一個故事指出，你不可能贏得全部。

故事3：意見不和

當我們剛結婚時，我的新婚妻子詢問我的母親：「當老爸和你意見不和時，你怎麼處理？」

母親說道：「我會毫無顧忌地說出我心中的想法，然後閉嘴。」

我的妻子又跑到庭院裡去詢問父親：「當你和老媽意見不和時，你會做何反應？」

父親回答：「我會說完我必須說的話，然後閉嘴。」

貝蒂接著又問：「接下來會發生什麼事呢？」

父親表示：「我們當中一個人會達到目的，事情總是這麼解決的。」

※　※　※

艾瑞克森的父母結褵將近七十五年之久。他們和諧的婚姻生活顯然建立在彼此相互尊重，以及從不企圖強行逼迫對方遵從自己意思的基礎上。

故事4：半工半讀完成大學學業

克莉絲汀曾對我說：「你半工半讀完成了醫學院學業。當然，由於你身體殘障，事情尤其不容易。我現在比你當初年輕一些，準備效法你半工半讀地完成學業。」

我表示：「沒問題，孩子。」

「接下來我要問的是，關於我在此的食宿，你準備收我多少錢？」

這問題相當嚴肅。「平均食宿費是每星期二十五美元。不過，你將失去清洗碗盤、吸地毯、整理床褥、使用電話，以及入侵冰箱之類的特權。」

她說道：「那可能得另外再付十美元。如此一來，我得去城裡找份工作。」

「你需要保證人嗎？」

她表示：「我的社會安全碼以及高中畢業證書即是我的身分保證。」

大約有八個月時間，我們完全不知道她在何處工作，後來才瞭解她曾前往撒馬利亞醫院應徵一份在病歷室打字的職務。對方向這位體重只有九十八磅的女孩說明：「你必須知道許多醫學專有名詞、生理學專有名詞，以及精神醫學專有名詞，才能勝任這份工作。」

她回答：「我明白。這正是為什麼我會去圖書館閱讀《多倫醫學詞典》（Dorland's

Medical Dictionary）、《史德曼醫學辭典》（Stedmen's Medical Dictionary）以及《華倫心理學辭典》（Warren's Psychological Dictionary）的原因。」

院方於是答應試用她。

某年年末，處於青少年時期的她突然變得異常叛逆，貿然決定去密西根讀大學。她的哥哥問她是否需要經濟支援，她回答：「不必。」她的母親與我也分別問她相同的問題，而我們所獲得的答案一律是：「不必。」

她將鳳凰城的冬衣整理打包後，即搭乘一月底間開往密西根的火車出發。到達目的地時當地氣溫約在零下十一度左右。她花了三天時間辦理註冊事宜，以及在系主任的辦公室內找到了一份工作。系主任查驗她的選課表時，發現她竟選了每星期十九小時的課。半工半讀的學生最多能選修每星期十六小時的課程而已。克莉絲汀卻表示：「我既然在你的辦公室裡工作，你大有機會同時監督我的課業成績與工作表現，你會知道該怎麼做的。」系主任不得不同意她的看法：「言之有理，就這麼辦。」

於是她選了十九小時的課，但她並未向系主任透露另一件事。在他的辦公室內工作對她而言非常重要，因為那是儲存宿舍記錄卡的地方。

她找了一對兒女均已成家立業的老夫婦，並且說服他們有位年輕人住在家裡是件相當有利的事。每星期固定一次，結了婚的兒子會帶老夫婦外出用餐，而已婚女兒也會帶他們出去用餐。克莉絲汀非但向這家人兜售貨品禮券，而且負責家中絕大部分的烹飪與清洗工作，她因此獲得了免費食宿的待遇。此外，老夫婦早已成家的兒女，還會不時支付她看顧小孩的臨時保姆鐘點費。

在儲存宿舍記錄卡的系主任辦公室工作為何對她如此重要？因為唯有如此，她未按規定留宿的事情才不至於被校方發現。除了我們以及其他幾位她信任的朋友外，克莉絲汀不會告訴任何人她在百貨店另有一份工作。

※　　※　　※

艾瑞克森常會利用有關他子女機智過人的故事，鼓勵個案充分運用內在資源。「權威」應是藉以達成目標的利器而非阻礙——在以上案例中，克莉絲汀非但能夠選讀一星期十九小時的課程，而且擅自住在校外。此處，權威（以及象徵性的「內在權威」）再次被視為同盟而非對手。

故事5：皮爾森的磚塊

一位住在密西根的精神科醫師羅勃・皮爾森（Robert Pearson）曾在家中開設私人診所，他是附近方圓六十哩內唯一的醫師。距離最近的醫院則遠在六十哩外。某回，他安排家人全數外出探訪親戚並藉機商請建築工人拆掉住處三樓的煙囪。負責拆煙囪的工人並不曉得皮爾森在家工作，因而一面拆卸一面將磚塊順手往下扔。羅勃無意中走出室外，正巧遇上從天而降的轉頭，不偏不倚地砸中了他的前額，撞裂了他的頭蓋骨。

羅勃雙膝一軟，幾乎就此倒地不起，但他立即撐住了自己：「如果艾瑞克森在這兒就好了。可惜，真該死，他人遠在亞利桑那州，我得自行處理。」他馬上利用自我催眠展開局部麻醉，隨後開車行經六十哩路到達醫院，辦妥了掛號手續後，即召來神經外科醫師並向他表示：「我並不需要打麻醉劑。」那位神經外科醫師卻十分禮貌地堅持他必須注射麻藥。羅勃於是告訴麻醉師：「當我身處麻醉狀況時，請記錄下周遭人士所說的每一句話。」

手術過後，羅勃立即清醒並且告訴麻醉師：「開刀醫師在過程中說了……」他完全記得手術過程中所有的對話。負責開刀的醫師發現，羅勃甚至聽見他與眾人討論該不該放片銀板支撐腦殼一事時，整個人驚嚇得不知如何是好。

羅勃尚且知會這位操刀的外科醫師：「下星期三（事情發生在星期四）我得飛往舊金山，在例行年度大會中發表論文。」

這位醫師不以為然地說：「如果你只需穿著睡衣、拖鞋住院休養一個月，就算不幸中的大幸了。」

羅勃堅持道：「且讓我們達成一項協定。下星期二時，請你來此替我做全套身體檢查。如果你查不出任何毛病，我就立即飛往舊金山參加年會。如果你查出有什麼不對勁的地方，我保證乖乖待在醫院裡。」羅勃描述，那位外科醫師在替他進行身體檢查過程中，可說是汗水淋漓，然而最後卻不得不批准羅勃出院。

舊金山的年會上，我看見羅勃前額上貼著一塊膠帶。他扯下膠帶對我說：「你覺得怎麼樣？」

我問他：「你是怎麼擦傷的？」我看見一道沿著髮線伸展的疤痕。

他回答：「我的頭蓋骨裂了。」隨即對我詳述事情原委。

※　※　※

這個故事（一如有關艾瑞克森父親心臟病發作的故事）足以顯示在克服嚴重身體創傷

方面，精神力量遠勝過生理機能的復原力。事情發生時，皮爾森曾說過：「我得自行處理。」如此觀念應適用於每一個人。這意味著我們可能得在極度危難中「自行處理」——在那恐怖的必要情境中，我們往往會發現自己從不知曉的內在潛力。

皮爾森的故事充分說明了此項事實：我們一向擁有比我們自知更多的內在智慧。皮爾森甚至能證明在他麻醉狀況下周遭人士所說的一言一語。有趣的是，他非但具有此番能力，而且能預做準備——先行要求麻醉師「請記錄下當我身處麻醉狀況時，周遭人士所說的每一句話。」當皮爾森指派他人如此任務時，他顯然正在自行掌控所處情景。即使在接受麻醉的特殊狀態下（一般人可能立即變得被動又無助），他依舊鎮定如常地指揮大局。

這故事同時指出，我們平日所扮演的角色往往是顛倒的。醫師與麻醉師原本只是提供服務的人，病人本身才是執掌大局者。只可惜，絕大多數的病人在患病之際經常退化成無助的孩童心態，將醫師視為全知全能又深具權威的父母形象。醫師真正的功能其實只是運用本身的專業知識，依照病人的實際需要與渴望進行治療而已。

故事6：跳脫癱瘓痛苦

一位建築工人自四十層的高處摔了下來，造成全身永久性癱瘓，只剩下手臂可以運用自如。他一輩子就只能如此了，他想要知道該如何應付此一痛苦的處境，然後我卻告訴他：「你能做到的實在不多，頂多可以試著在疼痛神經上發展出厚實的硬繭組織。如此一來，你就不至於感到如此痛苦了。

此外，生命自此將會變得非常無趣，因而不妨商請朋友替你帶來一些卡通畫冊與漫畫書，再請求護士提供你剪刀與漿糊。你可以開始著手製作卡通剪貼簿，再附上一些笑話與有趣的詞句。製作剪貼簿的過程將令你深感愉快。每當有朋友到醫院來看你時，不妨送他一本你製作的剪貼簿。」

自此他開始動手製作了許多的剪貼簿。

※　　※　　※

首先，艾瑞克森將個案對於疼痛的關注轉移至硬繭組織方面——這位建築工人習以為常的事物。接著，他引導個案從事一些投入生活的事。他引用老生常談告訴個案，生命自此將會變得非常無趣，並轉而督促個案從事社交活動——先請朋友替他帶來卡通畫冊與漫畫書，再將製作的剪貼簿回贈朋友。這位建築工人依言投入了製作剪貼簿的工作，卻渾然不知此舉將令他繼續保持與他人之間的互動。他隨後變成了一位自給自足的人，而且能夠「跳脫」個人的痛苦，積極投入生活。

第九章　留住純真的眼睛

每當我們念及以新的眼光看待周遭世事時，不免聯想到一些眾所周知的冥想技巧。在《秘密之書》（The Book of Secrets）中，比罕格文．瑞傑尼斯（Bhagwan Rajneesh）曾描寫一項佛經中的技巧：「以全新眼光看待美麗的人或平凡的事物。」他指出眾人一向習慣對熟悉的事物、朋友或家人視而不見：「人們總說天底下無新鮮事。事實上卻正好相反，天底下從來沒有老舊的人事。唯有當我們的雙眼變得老舊，對周遭事物皆習以為常時，天底下才會毫無新鮮事可言。對孩童來說，生活中每件事情均神奇無比——這正是每件事都會令他們感到興奮的原因……」他在結束此一章節時做了以下表示：「以全新的眼光看待周遭世事，好似生平頭一回接觸它們一般……這將會提供你全新的視野。你的雙眼將會變得無比純真，無比純真的眼睛才能真正看見事情，無比純真的眼睛也才能引你進入內在的世界。」

在先前艾瑞克森的一些教育故事中，我們已多少體驗過「以全新眼光看待周遭事物」的策略。「訓練美國射擊隊戰勝蘇俄對手」一文中，艾瑞克森指示那些射手應將每回射擊均看成第一次射擊。「走在光滑如鏡的冰上」一文中，艾瑞克森引導當事人將先前的聯想置之一旁——當他的雙眼緊閉時，便不至於意識到自己正走在光滑如鏡的冰上，如此一來，就不會全身緊繃地行走——活像是隨時準備跌跤一般。拋開先入為主的觀念後，這位仁兄遂能以「純真態度」舉步，合宜地回應全身運動肌肉知覺以及充分信任自己的平衡感。事實上，在諸如此類的教育故事當中，艾瑞克森不斷強調著眼於「此時此刻」的價值。當讀者在街上行走時，即很可能容易聯想到本書內的某一個故事。而當這種現象發生時，就以全新的眼光看待正在進行的事。

第九章與第十章皆強調以「開放」的新觀點進行觀察，兩章的不同之處在於，下一章著重在闡述如何利用「學習」來的清晰視角去整合經驗及解析資料。

故事1：如孩童般思考

我們如何能夠再次學著如孩童般進行思考以及獲取創意呢？

不妨仔細觀察小孩子的言行舉止。我最小的女兒以三年的時間讀完大學，並利用第四年的大學時光獲取碩士學位，最後更在兩年零九個月的短時間中完成了醫學院的學業。她年幼時曾很喜歡畫圖，她會一邊畫著圖一邊說道：「畫這個圖實在不簡單，我希望能趕緊完成它。如此一來，我才知道自己到底在畫什麼。」

不妨觀察小孩子的畫圖過程，「這是座穀倉嗎？不，它是條母牛。不，它是棵樹。」圖案竟可以是他們所認定的任何東西。

絕大部分的小孩子都有良好的直覺幻想力，有些孩子甚至擁有想像中的玩伴。他們可以將飲茶遊戲突然間變成果園中的追逐嬉戲，隨後又將這個在果園中的飲茶遊戲變成了尋找復活節彩蛋的狩獵活動。孩子純真無知，因而擁有無限寬廣的空間將事物變換自如。

置身催眠狀態中，你也將擁有數十億未經啟用過的腦細胞聽候差遣。此外，小孩子也非常誠實：「我不喜歡你。」而身為成人的你卻無論如何都會說：「很高興見到你。」

日常生活中，一向謹慎奉行社交性的例行公事，卻不曾體會自己其實早已局限了個人的行為。置身催眠狀態中，你卻充分享有原始的自由。

故事2：來自天堂的信

我們曾養過一隻公的短腿獵犬，並為牠取名為羅傑。當牠過世時，我的妻子傷心欲絕，哭泣不止。次日，她在一堆郵件中收到一封署名「羅傑狗魂」的來信，寄自一座遠方的高級墓園。

可想而知，這封署名「羅傑狗魂」的書信非常富有創造力，牠從其他的鬼魂那兒聽來許多小道消息——多半有關我的孩子們小時候的幼稚表現。真相是孩子們為了他們悲傷的母親寫了數封這類的信件；多年後我的孫兒們由於閱讀了這些書信，獲得了不少有關他們父母的內幕消息。

小孩子一向喜歡玩弄文字遊戲與思考遊戲。基於他們直覺式的幻想能力，他們的身邊總是圍繞著不知名的貓貓狗狗，只是身為成人的我們看不見牠們而已。

當我由密西根開車前往威斯康辛探視父母時，常可以預見會發生什麼事。我習慣以某種方法詢問家人想吃多少煎餅：「你要吃多大一堆？」

我們會行經農場上的乾草堆：「這好大一堆可真夠吃的了。」一堆煎餅，一堆乾草。我們隨即學會以相同方式玩許多其他的遊戲。

置身催眠狀態中時，我認為你最好盡情運用自身所具有的各種能力，它可能相當符合童年的情境。

故事3：你為何攜帶那根拐杖？

某回，當我面對一大群醫界人士演講完畢之後，一位醫師走過來對我說：「我非常喜歡你的演講內容，也對你在黑板上所畫的圖解說明與具體示範深感興趣，但有件事我卻非常納悶，你為何不用黑板凹槽中所放置的指示棒呢？你為何要用拐杖來充當指示棒？」

我回答：「我之所以會攜帶拐杖，那是因為我不良於行的緣故。它剛好可以順便充當指示棒。」

他難以置信地說：「你並沒有跛腳啊！」

他同時發現聽眾群中有許多人也同樣不曾注意到我的跛腳情形，他們以為我在裝模作樣，刻意帶個拐杖來充當指示棒。

我曾造訪過許多人家，年幼的孩子總是劈頭就問：「你的腿怎麼了？」他們一眼即發現了問題所在。孩子的心智相當開放，大人卻傾向畫地自限。每位魔術師都會對你耳提面命：「別讓孩子太靠近，否則他們便會揭穿你的把戲。」成人卻有著較為封閉的心靈視野。他們自以為已將周遭一切事物盡收眼底。事實上，他們卻從不曾認真觀察，只是就習以為常的觀點看待事情而已。

故事4：魔術表演

我曾邀請一位魔術師至家中表演魔術，他要求我的孩子儘可能坐得越遠越好，卻並不介意我留在近處觀察把戲。他向我展示放置在另一房間中厚紙箱內的兔子，並要我仔細留意他的一舉一動。這一點也不困難，我只需盯住他的一雙手就可以了。當他離開那房間時，我確定他並未帶走兔子，而在稍後的表演中，他竟從一頂帽子中拿出了兔子。我曾仔細留意他的雙手，確實不曾打開紙箱拿出兔子，表演進行半小時後，那只兔子卻突然出現在他的帽子裡。稍後我才恍然大悟地發現，他曾經一度分散我的注意力，乘機由紙箱中取出兔子塞入魔術師長袍的口袋之中。我從未注意到兔子在長袍中蠕動的情形。他隨即向我展示帽子，裡面竟然出現了那只兔子。

我的一個孩子坐在屋內遠遠的角落中，見狀立即指出：「你是從長袍中拿出來的。」

第十章　用心觀察：留意特異性

本章中，艾瑞克森不僅指出仔細觀察與留意特異處的重要性：也同時列舉了個人主動設定情景，藉以觀察並從中獲取資訊的各項例證。換句話說，如果個案本身沒有顯示出足以提供資訊的行為（一如「適合的精神科醫師」故事中的個案），艾瑞克森便會設定情景誘發此類行為。一般說來，我們會將這些刻意設定的情景稱之為「測試」。艾瑞克森曾以十分具體的方式，測試兩歲孩童的耳聾情形。而在「打噴嚏」的故事中，他則利用間接的方式提出測試性的問題，以獲取重要資訊。

此外，在以下各項故事中，觀察的過程常與判斷及經驗密切相關。

故事1：適合的精神科醫師

當你聽人說話時，請凝神傾聽其間所蘊含的一切可能性。聆聽過程中，請天馬行空，毫無限制地任由思緒自由馳騁。請進行廣泛思考。

曾有位美麗的年輕女性進入我的辦公室，待坐定後，即一面順手揀除袖子的棉絮，一面對我說道：「艾瑞克森醫師，我知道我未曾事先和你約好會談時間。我曾在巴爾的摩會晤過你在那兒的所有朋友；我曾在紐約見過你的同僚；我也曾前往波士頓與底特律尋求協助，但他們全都不是適合我的精神科醫師。如今，我前來鳳凰城，希望能確定你是否就是適合我的精神科醫師。」

我回答：「此事花費不了多久時間的。」我寫下了她的姓名、年齡、住址、電話，問了幾個簡單的問題後即對她說：「女士，我是適合你的精神科醫師。」

「你會不會有些狂妄自大，艾瑞克森醫師？」

我表示：「一點也不，我只不過在陳述一項事實而已。我正是適合你的精神科醫師。」

她不以為然地說：「你實在太過狂傲了。」

我說道：「這與狂傲無關，這純粹只是就事論事——如果你想要我提出證明，我將樂於從命——只要問你一個簡單的問題，就可以證明我是適合你的精神科醫師。不過，你可得想清楚，因為我並不認為你會願意回答我的那個問題。」

她說道：「我可不這麼認為，請直接問問題吧！」

我於是問她：「你男扮女裝多久了？」

他大吃一驚問道：「你怎麼會知道？」

我**確實**是適合他的精神科醫師，至於我到底是如何得知他的秘密呢？對了，正是透過他去除衣袖上棉絮的方式窺出端倪。身為男人的我從來不用「繞道」去做這件事情。胸前並沒有任何障礙使我需要「繞道」。而女人卻有這個必要。這位個案在拂去衣袖上的棉絮時非常地「直接」。只有男人會如此表現。而女孩們很早就學會以「繞道」的方式揀除棉絮，在你尚未察覺她們的胸部已經開始發育時。

伴隨幾個女兒成長的過程中，我發現她們大約在十歲左右之際，行為舉止便已開始與男孩有所不同。例如，貝蒂．艾麗絲在大約十歲時，欲從書架上拿東西，即以如此方式（像是得避開高聳乳房似地）抬起手臂。我遂告訴妻子：「當貝蒂．艾麗絲洗澡時，不妨藉機檢查一下她的胸部。」妻子事後告訴我：「她的乳頭部位剛開始產生變化。」

活潑好動的野丫頭一向能像男孩般奔跑、扔球。突然間，到了某一天，她竟開始女性化起來，無論跑步或扔球都開始像個女孩。先前，她行動如男孩是因為她的骨盆大小與男孩完全相同。但到了某一天，她的骨盆增大了一公釐，跑起來更像個女孩了。

男孩則會在某一階段老是喜歡對著鏡子端詳，他們有充分的理由如此做。當他們觸摸臉頰時，往往發現臉上皮膚開始變厚。事實上，皮膚必須厚到某種程度才能長出鬍子來。而在鬍子尚未冒出時，皮膚卻已開始有所準備。逐漸變厚的皮膚感覺起來相當不同，男孩注意到了自己臉部的變化。這到底是怎麼回事？他的姐姐們卻不斷批評他愛慕虛榮，因為他老是在鏡子前面流連忘返。

故事2：如何測試聽力障礙的兒童？

當我負責檢驗州立孤兒院孩童的身心狀況時，得將那些有視力障礙、聽力障礙、學習障礙的孩子區分出來。你將如何測試年僅兩歲孩童的聽力呢？你將如何對那些完全聽不見的孩童進行測試呢？你如何能找出問題？你只不過是個陌生人，那兒的孩子從未見過你，又如何願意與你合作？

孤兒的護理人員八成認為我有些神智不清，我居然請他們輪流將受試的兒童，以倒退行走的方式帶進辦公室來。負責帶領孩子的護理人員本身也必須以倒退的方式前來。而我則在辦公桌後面放了一個鐵盤，當他們背對著我走進辦公室時，我會刻意將鐵盤砸在地上，那鐵盤是個非常沉重的紙鎮。護理人員立刻四處觀望，而耳聾的孩子卻會低頭注視地面。他感受到了地面的震動。你們瞧，如果我竟能想到這個方法，你為什麼不能呢？當你想要對個案有所瞭解時，且注意觀察，用心觀察他們的行為舉止。

故事3：嬰兒也會察言觀色

六個月大的嬰兒開始吃營養食品時，常會觀察母親的神色。如果身為母親的人心想：「這是什麼鬼東西，噁心死了！」嬰兒便會由母親臉上讀出了標示，立刻將食物吐了出來。

你不妨觀察幼童如何研究母親或父親的臉色，他們確切知道該在何時停止胡鬧以避免受到懲戒，也清楚知道大約得要求糖果多少次後便會得逞。無論他們聽到多少句「不行」，他們總有辦法辨別「不行」當中是否帶有軟化之意。他們心知肚明當「不行」中留有商量餘地時，只要不斷急切地要求吃糖，終究會獲得父母親的一句首肯：「可以」。

※　※　※

艾瑞克森指出，當你年幼時往往精於辨識話語的聲調變化，以及其間所隱含的訊息。他也同時提醒我們，你我在年幼之際，總深受父母的態度與品味影響。此類影響不僅會成為決定「我們」行為、價值與品位的媒介，也可能令我們不幸承接屬於父母的害怕、偏見與恐懼情緒。

當艾瑞克森對心理治療師們述說這一故事時，我們相信他也有意提醒他們：「你們為何不對口語之外的訊息多加留意？」此外，他在文中重複使用英文字諧音的「知道」與「不行」顯然另有深意。他很可能藉此暗示讀者可以「知道」自己有能力對病症說「不行」。故事的結尾處，艾瑞克森則以一句「可以」劃出了「積極」的句點。此處，他所傳達的間接訊息，不外乎屬於負面的「不行」將會變得漸趨微弱，而個案終將獲得「可以」所代表的正面成功解脫。

故事4：一吋的差異

一位在高中曾任棒球隊與足球隊隊長的大學生，在申請進入亞利桑那州立大學時，發現自己的左右臂並不一樣長——兩者之間約有一吋長的差別，單此現象仍屬正常範圍。這位學生卻為此煩惱不已，前來向我求助，他說：「你不會明白身為殘障者的痛苦。」

自此他無法念書、工作，甚至無法運動，雙臂的一吋差異令他徹底癱瘓。醫師們向他的母親據實以告，並研判他的反應隸屬精神分裂的前兆。

你們知道，每當有個案指出我不明白痛苦的滋味，以及不知道身為殘障者的感受時，我確知他們是錯的。我心知肚明箇中滋味，但我可以清楚地告訴各位，打從我高中畢業後癱瘓至今，身體的殘障從未對我形成任何干擾。我曾經除了眼球之外全身動彈不得，但我卻因此學會了身體語言。

在我進入大學後的第一年，我曾觀賞法蘭克．貝肯（Frank Bacon）在〈意外驚喜〉（Lightning）劇中的演出。他變成了一位明星，在全劇過程中所說的「不」具有十六種不同的意義。第二天早上，我再度回到劇院，隨著劇情一一計數那十六種不用的意義。

※　※　※

艾瑞克森或許願意藉此故事指出，留意差異性與過度憂心及在意微小差異（例如雙臂長短不一的正常差異）實在不同。

故事5：祖母的花床鐘

我曾令一位身染海洛因毒癮的個案坐在草地上進行觀察，直到發現奇異事物為止。這位仁兄是專治過敏症的醫師，對顏色的敏感度一流。大約坐在草地上一個半小時之後，他衝進屋內對我說：「**你可知道每一葉綠草的色調均不相同？**」他還試著將不同色調的綠草由淺至深一字排開。他簡直不敢置信，每一葉綠草所含的葉綠素分量均不相同。基於雨季的變化以及土壤肥沃度的不同，葉綠素的多寡也各自不同。

還有一次，我要他面向東方坐在草地上。他事後進來對我說：「我發現隔壁那塊草地上的絲柏樹，竟朝陽光所在的南方傾斜，稍後我轉身發現屬於你的草地上另有五種絲柏樹，它們也一致傾向南方。」

我告訴他：「我首次前來鳳凰城時即發現此一現象。我甚至曾走訪整個城市，以期對此做進一步的觀察。當我初次眼見向日樹的景象時，心中感到震驚不已。你一向以為樹總是筆直地向上成長，如今居然會有向日樹這回事！此外，只需觀察向日葵的模樣，多半即可獲知時間的早晚。」

各位是否曾聽說過花床鐘這回事呢？我的祖母即曾有過一座花床鐘。清晨時分，牽牛花率先綻放，到了七點、八點、九點、十點以及中午之際，則各有不同的花依序綻放。此外，還有專在傍晚時盛開的櫻草花。至於盛產於熱帶美洲的仙人掌，總是在晚間十點半或十一點之際吐露芬芳。

※　※　※

文中專治過敏症的醫師因訓練有素——精於分辨皮膚色澤及反應，因而同時發展出辨識顏色變化的能力。藉由描寫自然界的現象，艾瑞克森一再暗示屬於「再開放」的訊息。他的一番言語有如後催眠暗示，每當聽者在日常生活中眼見向日樹或櫻草花時，極可能便會聯想到「開放」的意象。他隨即會對此「開放」暗示有所反應，不僅在認知方面，在情緒方面也愈發開放。

故事6：外遇的真相

當我到達辦公室時，一位新來的個案已經就座。我按照往例寫下她的名字、住址以及一些基本資料後，即開口詢問她前來求助的原因。

她說道：「我有恐懼症——害怕坐飛機。」

我表示：「這位女士，當我進辦公室時，你早已在那張椅子上坐定了。可不可以麻煩你起身走到等候室轉一圈，再回到這間辦公室坐下？」她十分不情願地照著我的話做，我隨即重新再問：「現在請說，你的問題是什麼？」

「我丈夫準備在九月份帶我『出—國』，而我懼怕搭乘飛機。」

我直言想問：「女士，當個案向精神科醫師求助時不該有所隱瞞。我對你已有某種瞭解，準備問你一個不愉快的問題。因為如果關鍵事情不挑明，你便不可能獲得幫助。即使這問題似乎與你求助的原意並不相干，我也必須加以澄清。」

她回答：「沒關係，請說！」

我於是問道：「你先生知道你有外遇嗎？」

她驚訝萬分地問道：「不知道，但你怎麼會知道？」

我表示：「你的身體語言透露了秘密。」

她坐下時腳踝交叉，我無法表演如此坐姿。她的右腿伸過左腿之後，右腳便繞著腳踝處縮攏，狀似完全被鎖住一般。就我個人的經驗來說，凡是有秘密情人的婦女多半會以此方式鎖住自己。

再者，她將「出國」（abroad）的音節分開，說成了「婊子」（a-broad），足以證明她確實有外遇。於是她帶著秘密情人前來見我，他倆已交往了數年之久。隨後她前來與我談論與他分手的事情。至於她的情人事後則因每日的頭疼而向我求助。他個人也有些婚姻問題，與妻子兒女的關係惡劣，於是我要求會晤他的妻子。我也同時告訴他，之後我也想見見他的兒女。那位妻子進辦公室後，竟如先前另位女士一般將自己緊緊鎖住。我遂對她說：「如此說來，你有外遇。」

她回答：「是的，是我丈夫告訴你的嗎？」

我搖頭：「不是，是我從你的身體語言中察覺到的。我現在終於明白你的丈夫為何會犯頭疼了。」

她表示：「幾年前，他主動建議我可以向外發展，我隨即發現外遇實在有趣。後來，他卻不願我再繼續保有婚外情。我不確定他是否已經猜到我依然與情人來往密切，有些時候我認為他心知肚明。」

事後我曾在催眠狀態中詢問這位丈夫，有關建議妻子發展外遇的事。他說道：「我當時忙於事業，完全不認為自己並未盡到做丈夫的責任。不久之後，我即開始感到嫉妒並要求她停止外遇關係。她表示首肯，但我一再由各種跡象中發現她依然故我——只是我並不願如此證實。」

我問道：「這就是你頭疼的原因了。你想要怎麼辦呢？」

他回答：「繼續保持頭疼。」

他曾一度身為亞利桑納州民主黨領袖，稍後他辭去了繁忙的職務，以便對妻子多付出關心——只可惜為時已晚。

有些人情願選擇受苦而不願獲知真相，如此一來，便不必對真相加以處理。

※　※　※

故事中，艾瑞克森觀察到個案以一種特殊的方式說「出—國」一字，顯見個案本人因不守婦道而潛意識中稱自己為「婊子」。他同時也注意到了對方特殊坐姿所透露的訊息。

一如其他故事，艾瑞克森往往藉由看似單純的案例傳達多重訊息。故事結尾處，他指出了一項關鍵性的重點：個人有權選擇繼續擁有某一症狀——如果解除症狀將令他感到更加痛苦與不適的話。此項案例中，傷及做丈夫的自尊顯然會比頭疼更令個案感到痛苦。當個案放棄民主黨「領袖」，以期重建在家中的「領袖」地位時，情況已今非昔比。此外，他的頭疼可能同時象徵著，他已在某種程度上意識到自己橫遭「斬首」的命運。而此一頭疼的症狀，其實也頗有助於他免於面對個人為難的處境。一旦他面對現實，認清妻子的不忠後，勢必會感到被迫與她分手，或是自此深覺性無能以及束手無策，於是他情願選擇繼續頭疼。

故事7：隱藏的害怕

一位女士告訴我：「我已連續找過二十六位醫師做過身體檢查，其中一位醫師令我住院兩周並且做了各項檢驗，另位醫師則要我住院一周以便進行各種測試。最後，他們卻告訴我：『你最好去見見精神科醫師，你對於身體檢查這回事似乎有些弄不清楚狀況。』」

聽完這位女士的故事後，我問她：「在身體檢查過程中，你有沒有出現一些干擾醫師的行為？」她思索了許久之後才回答：「呃，當他們開始檢查我右側的乳房時，我老是打噴嚏。」

我向她求證：「你今年四十八歲，當這些醫師碰觸你右側乳房時，你老是打噴嚏。你向這些醫師坦誠年輕時曾罹患淋病與梅毒，當他們碰觸你右側乳房時你卻不斷打噴嚏，令他們總是不得不中斷對乳房的檢查。」

她點頭：「正是如此。」

我說道：「我得將你送往一位婦科醫師處再做檢查，你可以在一旁聆聽我對他所說的話。」

我當場打電話給一位婦科醫師，並在電話中告訴他：「我有位四十八歲的女性個案正坐在我的辦公室中。我認為她右側乳房長了腫瘤，我不知道這腫瘤到底是良性還是惡性，只知道她顯示出一些心理症狀與此有關。現在，我準備將這位女士送到你的辦公室，我要你全面檢查她的右側乳房。如果發現什麼不對勁，請立刻將她直接送往醫院，她是那種會偷偷溜走的病人。」

那位婦科醫生仔細檢查了她的右側乳房之後，立即將她送往醫院。他及時切除了她右側乳房的惡性腫瘤。

※　　※　　※

個案往往會不知不覺透露出他們企圖隱藏的害怕。此處，艾瑞克森告誡心理治療師們，應不只觀察表面的現象，也該多留心個案企圖隱藏的事情。他曾明白指出，個案常會藉著試圖逃避某些現象而間接透露出問題所在。

他在文中即曾向個案指出，她並不避諱過往的性病史，卻唯獨不願他人注意她的右胸乳房，如此反應正暗示出她相當害怕獲知自己罹患乳癌的惡耗。艾瑞克森隨即擔心她害怕面對診斷（她已具體表現出此一傾向）的行為，很可能也會令她逃避手術。

超感應知覺

艾瑞克森一向駁斥所謂超自然與超感應知覺體驗這類說法。他認為這些看似不可思議的現象，全是些有跡可尋的巧妙把戲、幻覺，或是由高度發展的觀察能力所建構而成。他所持的這種態度在一九七九年六月八日寫給俄尼斯特．派西博士的信件中可見一斑。他在信中寫道：

「我覺得應該告訴你，我並不相信諸如心靈感應之類的超心理學領域有任何科學依據。我同時認為支持這些神秘論點的證據，往往基於錯誤的邏輯推理與資料分析，其間非但充滿了偏頗的解釋，也忽略了許多具體的知覺訊號，甚至可說是一種欺詐行為。過去五十年來，我不斷努力的目標，即是設法令催眠研究脫離神秘及非科學主義的陰影。」

以下的各項故事中，艾瑞克森列舉了一些愚弄算命師的有趣例子。他因深知這些算命師精於觀察極細微的身體動作（包括口唇、靠近聲帶四周的頸部以及臉部表情變化等等），故而有能力對症下藥、捉弄對方。此外，他也揭露了自己如何「不可思議」地找出隱藏物件的方法。他同時說了一個令他津津樂道的故事——他竟蒙蔽了傑．雷因（J.Rhine），令對方誤以為他擁有強大的超感應知覺能力。

在這些看似奇妙的情境中，艾瑞克森總是慎重地指出，眾人並不需要訴諸「超自然」的解釋，他強調絕大部分「超感應知覺」技術，均可以由「正常」方式加以解釋。其間所仰賴的訊息溝通管道多半是視覺與觸覺。在每一項情境中，「魔術師」只不過由於訓練有素，因而深具能力觀察出大部分人一逕忽略的細微知覺徵兆而已。

故事8：算命師

任何足以免除苦思的解釋，總是容易令人欣然接受。我有一次親身經歷。我的一位個案曾造訪一位算命師，那位算命師竟能說中他家許多鮮為人知的隱私。赫洛德聽了驚訝萬分。我於是背著赫洛德（赫洛德對我的家庭背景知之甚詳）寫出了純屬編造的父親、父親與八位兄弟姐妹的名字，以及全盤錯誤的出生日期。我還另外寫下了許多錯誤的資料，並將這些資料一併放進信封內，交給赫洛德置於他的夾克內側的口袋中。

隨後，我即協同赫洛德去見這位算命師。當這位算命師告訴我，我的父親名叫彼得，我的母親名叫貝特瑞絲，以及其他各種錯誤的名字、地點與資訊時，赫洛德幾乎目瞪口呆。這位算命師並未多加注意赫洛德的反應，我猜他八成以為赫洛德的狼狽表情，是感到印象深刻的徵兆。他充分提供了符合我當初準備的各項錯誤資訊後，我們轉身離去。

赫洛德問我：「你父親明明是亞伯特，何時竟變成了彼得？」

我回答：「我不斷在自己的腦海中重複『彼得、彼得、彼得』以及『貝特瑞絲、貝特瑞絲、貝特瑞絲』。」

赫洛德自此之後再也不相信算命這回事了。

另有一回在紐奧良，一位算命師將我們一位醫師朋友與他女朋友的命運推測得相當準確。隨後，這位算命師告訴我的妻子貝蒂，她將會與我墜入情網。他也告訴她我們將會為兒女所取的名字。事實上，當貝蒂與我眼見算命師向我們走來時，兩人已先有默契，準備提供對方渴望獲知的資訊。如此一來，我們的朋友與他的女朋友才會對此回經驗終生難忘。我們遂利用下意識的語言，向這位算命師透露各種資訊。在座的各位是否曾看過，一些人在計算數字時連帶牽動嘴唇的狀況？或是在閱讀過程中震動嘴唇的模樣？現在，我的雙唇又硬又腫，完全無法透露屬於下意識的訊息——所以令算命師感到相當迷惑。

※　※　※

文中所描述的兩項情境中，算命師均藉由解讀下意識訊息的方式測知他人心事。艾瑞克森本人也早已發展出此項技巧，而這或許正是他素來享有魔術師與讀心人之美譽的原因。

故事9：讀心術

康乃爾大學中，一群人對於一位學者進行的六位數計算能力表演顯得有些小題大作。這位學者非但可以立即提供你六到八位數字的平方根或立方根，還有項讓人驚訝萬分的小把戲。他宣稱自己會讀心術。若有人在大樓中藏起一枚胸針，他只需握住對方的手四處行走便可以找出這枚胸針。

當他們在康乃爾大學中對此課題展開討論時，我提出建議：「為什麼你們不親自在校園中的某幢大樓中藏起一枚胸針呢？你不必告訴我你到底將它藏在一樓、二樓或任何其他地方，但只要我們能手牽手在校園中四處行走，我也能立即找出這枚胸針。」

我在一幢大樓的二樓牆上所懸掛的書框中，找到了他插入的胸針。你只不過需要與當事人手牽手而已。當你牽著對方的手行走時，一旦你靠近胸針所在的地點，便會感受到他手部輕微的退縮。當我靠近特定階梯時，我立即感到對方手部的反應，於是我選擇上樓。走到樓梯盡頭時，緊張時刻再度來臨。應該轉向哪一邊呢？當你轉向某一邊時，你會發現對方雙手忽然放鬆。而當你轉向另一邊時，它們又開始顯得緊繃，於是你以轉圈的方式不斷測試方向以達目的地。

故事10：魔術把戲

當我在科羅拉多精神病院實習與擔任駐院醫師的那段時間中，我學會了一些簡單的魔術把戲。當時，院方剛開設了不良少年的輔導中心，院中的每位醫師都得輪流執行任務，而那些男孩對此安排都感到異常憤怒。輪值的工作人員遂對必須一連兩周應付充滿敵意的男孩一事感到畏懼萬分，這簡直是項令人難以忍受的折磨。輪到我值班時，一位男孩依約前來辦公室，他瞪視著我，我卻自顧自地表演起一項簡單的魔術把戲。我刻意背對他，不讓他看到我玩的把戲。他立即向我證明他可以揭穿我的秘密，並堅持要我當面展示戲法。我只好另起爐灶，表現另一項技巧。事後我們成了好朋友。我一共學了六套把戲，而這消息立即傳至輔導中心，每個男孩開始爭相來見我，他們想要從我身上學到一些東西，而我則**獲得**了想自他們身上得知的訊息。這其實只是一項誘使他們和你合作玩遊戲，卻純然不知你正在運作的簡單手法。

※　※　※

「這其實只是一項誘使他們和你合作玩遊戲，卻純然不知你正在運作的簡單手法。」

此番敘述簡潔扼要地透露了艾瑞克森最重要的心理治療原則——順應個案的興趣，而又同時藉由間接暗示「運作」個案的潛意識。換句話說，心理治療師應設法自個案身上喚出久經隱藏的知識經驗「樂曲」。不過，在這之前，絕大部分的個案得先體驗自己有如樂器，並允許治療師著手演奏才行。藉由經驗的累積，他們終將學會自行彈奏屬於個人的生命樂曲。

故事11：虛張聲勢的超感應知覺

雷因隨同一些受試者坐在桌前展示超感應知覺能力。另張桌前，我與一些其他人對雷因相當不信任。我們擠在一起以便有機會斜瞄到展示者手中出示的牌。當時因天色已暗，桌上自然亮起電燈。雷因緩緩將手中的牌反面置於桌上，我們這些觀察者只需壓低頭部即可見到由牌卡反面所反射出的亮光，於是我們見到了星形暗影、鑽石方形暗影之類的不同記號。你們知道，每張牌印製的花色均不同，如果你站對了角度，便可看見每張牌卡所反射的光影不甚相同。看似平滑的表面，在某種角度下卻會顯出凹凸面所反射的微光。我與吉伯特（Gilbert）、華生（Watson）（與我同在一桌進行觀察的另外兩位質疑人士）自告奮勇充當受試者——雷因則以為他找到了三位完美的受試者，因為我們全都正確無誤地指認出他手中的二十五張牌。

※　　※　　※

一如艾瑞克森在此指出的重點，你不一定非得是訓練有素的觀察者才能注意到牌卡背面所透出的暗影分別。在某些情況中，你只需要以不同角度或觀點進行觀察即可獲知真相。

接下來的故事中，艾瑞克森描述的是，一位年輕人將觀察能力與高度發展的記憶力相互結合後，所展現出的超凡技藝。

故事12：牌戲

在渥斯特曾有位接受我催眠的個案表示：「我實在不喜歡展示此一戲法，它往往令我頭疼欲裂。我認為你應該獲知到底箇中原因為何。」於是他告訴我：「你不妨先到零售商店中去買副撲克牌回來，隨後將牌散開，挑出鬼牌與多餘的牌。接著，好好洗一下這副牌，足足洗上六次之後再切對半重洗。洗完牌之後即開始下面朝上地逐一發牌，並逐一將它們一一翻面蓋上。」接著他又說：「再把這些牌撿起重洗一遍，並將它們反面一一置於桌上。」在此情形下，他將可以正確無誤地依序指出每一張牌的內容。那些他曾經正面發牌又一一翻面的牌卡，自此逃不出他的法眼。

隨後他向我說明箇中奧秘。你買回的多半是一副背面有著交叉斜線形成細小方格的牌，而那背面的細小方格在牌卡邊緣處一向不可能被切割得整齊劃一。於是他說道：「我所做的只不過是牢記牌卡背面邊緣的小方格式樣而已——這張牌在此處缺了四分之一角的小方格，那張牌在另一處缺了四分之一角的小方格。我的法寶即是，牢記五十二張牌背面的小方格細微的差異罷了，而此舉往往令我頭疼不已——我得耗費長久的時間不斷苦練才能有些成績。」他曾利用此招在學校中無往不利，他同時仰賴這小把戲賺了不少外快。

人類的潛力確實令人嘆為觀止。只不過，我們往往渾然不知自身潛力何在而已。

第十一章　治療精神疾病

治療精神病患的過程中，艾瑞克森從不試圖解決個案所有的問題。一如面對其他類型的個案，他努力促成微小的改變，而如此輕微的變化勢必導致廣泛的轉變。由於身受精神病所苦的個案，面對外界事物的反應往往呈現兩極化——一向以「不是黑，即是白」的極端態度應對周遭人事，艾瑞克森的治療策略因而非常具體，成效多半立即可見。艾瑞克森處理精神疾病的經驗，最早來自於其在精神病院的工作。他的某些重要心理治療原則，很可能基於這些應對精神病患的體驗。他最喜歡運用的兩項治療原則——「說個案的語言」（speak in the patient' language）以及「加入個案的行列」（join the patient），必定出自治療精神病患所獲得的領悟。

在其他心理治療師可能一逕堅持「獲取病史資料」，或是企圖對個案「說理」的情境中，艾瑞克森卻傾向採取出人意料的步驟。一如我們在「站立的病人」以及「進行一場又一場的賭注」故事中所見的例子，他經常將個案引到被迫採取行動以及進行選擇的緊要關頭。

在以下這些故事內容中，我們即將一再見到諸如此類的例證，以及其他許多治療策略——包括有效操縱與重新建構等技巧。

故事1：進入非現實世界

在渥斯特時，我曾有位病人總是會將人們的招呼原封不動地送回。如果你向他提出問題，他會十分快樂地望著你不發一語。他是位彬彬有禮、溫馴又安靜的人，每日循規蹈矩地至餐廳用餐、上床睡覺，卻似乎無話可說。除了「哈囉」或「再見」之外，你很難由他口中聽到其他話語。

我逐漸對訪談他的過程感到十分厭煩。我急欲獲知他的身世背景與病史資料。顯而易見的是，他處在與現實脫節的情境中。我足足花了好長一段時間，才摸索出進入他所屬世界的方式。

某天，我走近他並向他打招呼：「哈囉。」他也回應：「哈囉。」我接著脫下夾克，並將夾克翻轉後反面穿上。

隨後，我又伸手替他脫下夾克，裡外翻轉後再替他反面穿上，然後對他說：「我要你告訴我你的故事。」

我就此獲得了他的身世背景與病史資料。加入個案的行列，如此而已。

※　※　※

當艾瑞克森將個人的夾克反轉顛倒穿上時，他象徵性地進入了個案與現實脫節的「反轉」與「顛倒」的非現實世界。他並且促使個案加入他的行列，與他使用相同的「語言」。一旦兩人置身在相同的「世界」（反轉及顛倒的世界）中時，他們即可以展開交談。

此外，有關這位病人「總是將招呼原封不動地送回」一事，足以顯示出他多半會倣效心理治療師的行為。

故事2：站立的病人

有位病人曾在醫院的精神病房內站立了六、七年之久。他從不開口說話。他曾至自助餐廳用餐，然後又回到精神病房來。他曾依指示上床睡覺，並在必要時進行沐浴。然後，絕大部分的時候，他總是默默地站在那兒。

你可以對他說上一小時的話，卻得不到任何回應。某日，我決定採取一項必然會激發他有所反應的步驟。我拿著地板磨光器走向他，這個地板磨光器是由三呎長的方形木板連接著長柄把手製作而成。方形木板上包裹著一塊舊地毯，於是你可以藉著來回推動這個地板磨光器磨擦地板。

我拿給他一個如此構造的地板磨光器，並將他的手指一一纏上把手。他直直地站在那兒不做任何反應。每天我都會告訴他：「請推動地板磨光器。」

他開始來回推動僅一吋長的距離，而我每天都會迫使他增長來回推動的範圍，直到他一小時接著一小時地摩擦整個精神病房的地板。他終於開口說話，開始指控我虐待他——逼迫他成天拖地板。

我告訴他：「如果你想做點別的事，我求之不得。」於是他轉而開始整理病房床褥，並且發表個人意見、述說病史，以及表達內心各種錯覺與妄想。不久之後，他開始有權享受在庭院中自由活動的特權。

他自此在醫院的庭院中四處散步。短短不到一年的時間，他已可以回家正常生活，先是返家一星期，接著是兩星期、三星期至一個月之久。

他依舊是精神病患，卻已能夠適應外在的世界。

※　※　※

此處，艾瑞克森具體說明了引發微小改變，以及逐漸擴充改變範圍的治療原則。我們在許多情境中均可得見艾瑞克森此項作法——尤其是在他治療恐懼症的過程中，如此循序漸進的治療取向歷歷可見。藉由此例，艾瑞克森同時示範出他總會直接引導個案，直到個案有能力接管自己為止。我個人曾經親耳聽見他對一位個案說：「我會繼續採取行動，直到你自行展開行動為止。」在前項案例中，個案即不斷依艾瑞克森的命令列事，直到他打破沉默，抱怨艾瑞克森有意虐待他時才開始自行做主。當文中個案終於能夠「為他自己開展行動」（意即開口說話）時，艾瑞克森方才提供他（其他的選擇）。此番抉擇能力，正是個案走向康復之道的首項具體徵兆。

故事3：誰才是真正的耶穌基督？

在精神病房內，我曾遇見過兩位耶穌基督。他倆成天逢人即宣告：「我是耶穌基督。」並且一再強行留住他人聆聽他們的解說：「我才是真正的耶穌基督。」

我迫使這兩位自稱是耶穌基督的約翰與亞伯特，共同坐在長條板凳上，並對他們說道：「請你倆坐在這兒。你們均聲稱自己是耶穌基督，現在，約翰，我要你向艾伯特解釋，是你而非他，才是耶穌基督。亞伯特，也請你告訴約翰，你是真正的耶穌基督，他並非耶穌基督，你才是。」

自此，他倆成天坐在板凳上忙著向對方解釋，自己才是真正的耶穌基督。過了一個月後，約翰前來對我說：「我明明是耶穌基督，而那位瘋狂的亞伯特卻說他才是耶穌基督。」

我乘機指出：「約翰，你知道嗎？你所說的話和他所說的話一模一樣，他所說的話與你所說的話也如出一轍。我認為你們兩人當中一定有一個人瘋了，因為這世上只有一個耶穌基督。」

約翰仔細思索了我說的話一星期之久。他事後表示：「我所說的話與那瘋狂的傻子完全相同。他如此瘋狂，而我竟與他說同樣的話，這一定意味著我也十分瘋狂。我實在不願變得如此瘋狂。」

我說道：「老實說，我並不認為你是耶穌基督。既然你不願顯得如此瘋狂，我可以安排你去醫院的圖書室內工作。」他在圖書室工作了數星期後來對我說：「有件事實在不對勁：每本書的每一頁內容中竟全都有著我的名字。」他邊說邊翻開一本書，向我展示組成約翰・桑頓（John Thorton）的英文字母。在每一頁的內容中，他均能找到自己的名字。

我同意他的說法，並向他指出每頁內容中所出現組成米爾頓・艾瑞克森（Milton Erickson）的英文字母。除此之外，我還請他幫我找到了休夫・卡麥克醫師（Dr. Hugh Carmichael）、吉姆・葛裡頓（Jim Glitton）、戴夫・夏克（Dave Shakow）的名字。事實上，我們可以在那書頁上找到任何他想到的名字。

約翰隨後說道：「這些字母其實並不屬於任何名字；它們屬於所代表的英文字！」

我附和道：「完全正確。」

約翰繼續待在圖書室內工作。六個月後他康復回家，終於擺脫了精神病患的身分。

※　※　※

艾瑞克森並不仰賴一般心理治療師常用的「說服」技巧。相反地，前後兩回他均將約翰放在得以自行發現個人想法純屬錯誤的情境中。其間，艾瑞克森憑藉的是「回映」（mirroring）個案行為的技巧。第一項情境中，艾瑞克森安排了另一位同樣身受相同錯覺所苦的病患，回映約翰的錯覺。第二項情境中，艾瑞克森自行回映了對方的行為——在書中找尋自己的名字。如此回映措施充分運用在羅勃特・林德納（Robert Lindner）所著的心理故事《噴射推進式臥榻》（The Jet-Propelled Couch）中。艾瑞克森曾告訴我林德納是他的學生，其在出版包括先前故事的著作《五十分鐘時段》（The Fifty-Minute Hour）之前，曾徵詢艾瑞克森的意見。至於那則典型心理故事，描寫的是一位心理治療師與活在虛幻世界中的個案，彼此互動的情節。當故事中的心理治療師，以個人在虛幻世界中的遊走經驗炮轟個案時（當他加入個案的錯覺世界時），個案反而開始擔負起心理治療師的角色，企圖告訴對方他倆所熱衷的思考形態，其實是與現實脫節的虛幻錯覺。

故事4：進行一場又一場的賭注

當我初次前去羅德島州立醫院時，曾在男性精神病患的病房內當差。當時，有位名叫赫伯特的病人已在那兒待了將近一年的時間。住院之前，赫伯特曾重達兩百四十磅，是個憑體力維生的勞工階級，成天不是玩牌就是工作。他活著無非就是為了工作與玩牌。

不知是何緣故，赫伯特變得非常憂鬱，而且病況愈發嚴重，體重開始直線下降，最後終於被送進了羅德島州立醫院。在院中，至少有四個月的時間，赫伯特的體重只有八十磅而已。即使每日經由導管餵食四千卡路里的營養品，體重仍始終不見增加。

其他的醫師早已厭倦了以導管餵食赫伯特的工作，我理所當然地負起接管赫伯特的重任。初來乍到的我畢竟是個年輕的新手，不得不接收眾人避之唯恐不及的麻煩差事。當我頭一回以導管餵食赫伯特時，曾刻意將營養品減至兩千五百卡路里。我認為對一個體重僅有八十磅的男人來說，兩千五百卡路里的養分即已足夠。

當我以導管餵食赫伯特時，他說道：「你和其他的醫師同樣那般瘋狂嗎？你是不是也準備和其他人一樣，在我身上進行相同的卑劣把戲——假裝對我進行導管餵食？我知道你已帶來了導管餵食的營養品，你們瞞不過我的眼睛。只不過，你們都是技術一流的魔法師，總是會運用某種手段，促使導管內的營養品突然消失蹤跡。如此一來，我便無從獲得任何營養！你們只不過裝模作樣地將導管插入我的鼻子，**說是要**經由導管對我進行餵食，事實上卻從未真正輸入營養品，因為我根本就是個沒有胃的人。」

我靜靜聆聽赫伯特的說詞，他的憂鬱症已使得他對人生的看法變得尖酸刻薄。當他告訴我他其實沒有胃時，我立即接口：「我認為你**有**胃。」

他說道：「你簡直與其他的醫師同樣瘋狂！這瘋人院中怎麼會有這麼多瘋狂的醫師？也許這才是最適合瘋狂醫師留駐的地方——在這瘋人院中進行瘋狂的任務。」

整整一星期進行導管餵食的過程中，我一再向赫伯特表示：「下星期一早晨，你將會親自向我證明你確實擁有一個胃。」

他依舊堅持己見地說：「你真是無可救藥。你比其他的醫師還要瘋狂。你竟認為我會向你證明我有個胃，而事實上我卻明明沒有胃。」

就在那個星期一早晨，我充分準備了赫伯特的導管餵食營養品——牛奶、奶油、生雞蛋、小蘇打、醋，以及生的鱈魚肝油。通常，當你以導管餵食病人時，無可避免地，你總會先擠出一柱相當於導管長度的空氣至對方胃中。餵食過程中，為了避免擠入更多的空氣，必須在導管內不斷注入營養品才行。

那天，當我替赫伯特進行導管餵食時，我卻刻意一反常態，擠了許多的空氣至他胃中。我隨後抽回導管，站在一旁等待結果。赫伯特誠如我所預料地打了一個大飽嗝，並且說道：「好臭的魚腥味。」

我立即反應：「你親口證實了，赫伯特。你知道自己打了飽嗝，你也聞出了魚腥味。你之所以能打飽嗝，是因為你有胃的緣故。你終於以打嗝的方式向我證明你確實擁有一個胃。」

他隨後說道：「你自以為很聰明。」

我完全同意他的看法。

除了飲食問題之外，赫伯特還一向站著睡覺。我實在不曉得人類居然可以站著入睡，但赫伯特確實如此。護士們均十分害怕督促他上床睡覺的過程，因為他會無比憤怒地抵抗。為了避免與他纏鬥不休，護士們只好讓步，任由赫伯特我行我素。我曾在淩晨一點、兩點及三點巡視病房，總是發現赫伯特直挺挺地站在那兒呼呼大睡。

於是我又花了一星期的時間每天告訴赫伯特：「赫伯特，你將會向我證明你可以躺著入睡。」

赫伯特說道：「你實在無可救藥，你的錯覺多得嚇人。」

接下來的一星期當中，我每天都會詢問赫伯特是否進行沐浴。赫伯特深感受辱地指出，他當然曾經沐浴，任何腦筋正常的人都會按時沐浴：「你是怎麼回事，難道連這也不知道嗎？」

「我只是認為必須問這個問題。」

他回應：「你必須每天都問嗎？」

我說道：「是的，因為你認為自己無法躺著入睡，然而你終須向我證明你其實可以躺著入睡。」

赫伯特表示：「你真是沒指望了。」

隨後，某天傍晚，我將赫伯特帶入了水療室，並令他躺在水流不斷循環的浴缸中。這是一種有著帆布吊床的浴缸。當你通體抹上凡士林後便可平躺下來，整個浴缸隨即被罩子蓋住，只有你的頭部會暴露在罩子之外。你整個人躺在浴缸中，就此讓與體溫相同的水流不斷循環沖刷你的軀體。處在如此情境中，你勢必漸漸入睡，因你別無選擇。

次日清晨，我前去喚醒沉睡在浴缸中的赫伯特並對他說道：「赫伯特，我告訴過你，你將會向我證明你可以躺著入睡。」

赫伯特回答：「你這個聰明的傢伙。」

我接著表示：「你應該也能躺在床上入睡才是。」赫伯特自此之後即睡在床上。

當牠的體重增至一百一十磅時，我對他說：「赫伯特，我已厭倦了對你進行導管餵食。下星期，你將自行喝下導管內的營養品。」

赫伯特抗議：「我無法吞嚥，我不曉得該怎麼做。」

我繼續說道：「赫伯特，就在下星期一的早晨，你將會是第一個衝到餐廳大門口的病人。你會使勁地敲門並對值班護士大聲疾呼：『開門！』因為你急於喝下一杯牛奶、一杯水。我則會事先在餐廳的一張桌子上準備好你所需要的水和牛奶，而你將會十分渴望將它們一飲而盡。」

赫伯特聞言直搖頭：「我想你真是完蛋了！真是可惜，像你這樣的年輕人竟待在這間州立醫院中與一群瘋子為伍。你實在**太過**年輕又**太過**瘋狂。」

連續一星期，我每天都提醒他，他將會衝到餐廳門口使勁敲門，呼喊著懇求一杯牛奶、一杯水。赫伯特認定我已完全失控。

到了星期日夜裡，待赫伯特上床就寢後，我請值班護士將她的四肢拉開綁起，讓他無法自行下床。而我早在當天以導管攝取的晚餐中，加入大量的食鹽。

赫伯特睡到半夜時開始感到口渴——非常非常地口渴。次日清晨，當他一旦獲得鬆綁，便不由分說地衝向飲水機，但飲水機的水卻早已被關閉了，他又衝向廁所找水，未料廁所的水也被關閉了。他只好衝向餐廳，使勁敲打餐廳大門並對值班護士大聲吼叫：「打開門！我急需那杯水！我急需那杯牛奶！」

他大口喝下了水和牛奶。

當我走進病房時，赫伯特對我說：「你自以為很聰明。」

我回答：「你以前就告訴過我這句話了。我當時即同意你的看法，現在也不例外。」

赫伯特開始自行飲用牛奶與湯汁，卻依舊堅持無法吞嚥固體食物。當他體重升至一百一十五磅時，我進一步告訴赫伯特：「下星期，你將會開始吞嚥固體食物。」

赫伯特表示：「你遠比我想像的還要瘋狂，我根本無法吞嚥固體食物。」

我絲毫不為所動地說：「下星期你自然會有辦法。」

而我又該如何令他吞嚥固體食物呢？

我知道赫伯特曾經一度是個小孩子，我知道**我自己**曾經是個小孩子，我知道所有的人都曾經是個孩子而且擁有人類的基本天性，而我只不過需要運用點人性反應令他就範而已。各位多少瞭解一些人性，你們又會如何利用人性促使赫伯特吞嚥固體食物呢？

我令赫伯特坐在餐桌前，面前放著滿滿的一盤食物，他的左右兩旁則各坐著一位素行不良的精神病患。這兩位仁兄從來不吃自己盤中的食物，而習慣從**別人**的盤中取食。赫伯特知道他盤中的食物是屬於**他的**，而他唯一可以**保有**食物的方法即是將它們吞到肚子裡去！他並不想讓身邊那兩個瘋狂的笨蛋侵佔**他的**食物！這是人類的天性。

當赫伯特吃完第一頓固體食物後，我問他是否喜歡他的晚餐。他回答：「我一點也不喜歡這頓晚餐，但我卻**非得**吃下去。它是屬於我的晚餐。」

我說道：「我早告訴過你，你可以吞嚥固體食物。」

他再次表示：「你自以為很聰明。」

我回應：「赫伯特，你的反應開始變得一再重複了。我已同意過你兩回，我現在仍舊同意你的看法。」

赫伯特一面咒罵我，一面悻悻然地離去。

當他重達一百二十磅時，我向他表示：「赫伯特，你現在不但可以自行吃固體食物，而且也增加了體重。」

赫伯特相當不悅地說道：「我會吃那些固體食物的原因是我**非得**吃它們不可，因為如果我一旦拒食，你便會再度將我放在那兩個瘋狂的白癡中間活受罪。」

我點頭同意：「你說得沒錯。」

「而我根本毫無食慾。我根本不喜歡那些必須入口的固體食物，但我卻必須將它們大口吞下去以防那些白癡偷走它們。」

我說道：「赫伯特，你將會發現你**確實**擁有食慾，而且你也**確實**會感到饑餓。現在是一月份，時值羅德島的冬季。我要你穿得暖和些；我要送你到醫院附屬的農場中去——不吃中飯就去。農場上有顆大橡樹，直徑約有十五呎粗，我要你把它砍下來劈成柴火。如此一來，你的食慾必會大增。」

赫伯特說道：「我情願將這份工作轉包給他人進行。」

我回答：「即使如此，你也得不吃午餐就啟程到那農場中去待上一整天。當你傍晚回到此處時，你將會發現自己早已饑腸轆轆。」

赫伯特表示：「你**真是**個不折不扣的夢想家。」

當我將赫伯特送往農場後，我商請餐廳廚師協助我完成計畫：「威爾斯太太，你重達三百五十磅。你一向熱愛你的食物。今日，可否請你省略早餐與午餐，我希望你能設法捱餓。到了晚餐時間，再準備遠超過個人胃口所能容納的雙倍美食，盡情享受一番。千萬記得要出手大方，必須準備雙倍分量的食物，我稍後會告訴你應將美食置於何處。」

傍晚時分，赫伯特自農場歸來。我請他置身在餐廳一角，面對餐具早已準備就緒的餐桌。餐桌前恰巧有兩個座位。威爾斯太太佔據著其中一個位置。赫伯特目不轉睛地望著她與餐桌。威爾斯太太隨即端上好幾大盤盛得慢慢的美味佳餚，開始自顧自地狼吞虎嚥起來。

赫伯特望著她吃得津津有味的模樣，肚子愈發感到饑餓。終於，他忍不住要求：「我可以吃一些嗎？」

她回答：「當然可以。」

赫伯特立即開始大快朵頤，因為他實在餓極了。我的女兒們在晚餐後總習慣拿些骨頭出門餵狗。她們一致表示：「那些狗啃骨頭的模樣令我忍不住要流口水，我真想也湊上前去啃一啃那些骨頭。」

可憐的赫伯特，當他眼見威爾斯太太用餐時必定口水直流。

當天晚上，赫伯特在病房內外對我說道：「你確實聰明。」

我說道：「你終於發現了！現在，赫伯特，我還要為你做另一件事。你曾經非常喜歡玩牌，如今你在醫院中待了將近一年之久卻不曾玩過一次牌，從沒有任何人能夠說服你玩牌，但我保證今晚你將會自動要求開始玩牌。」

赫伯特難以置信地望著我說：「你變得越來越瘋狂！我看你真是沒救了。」

我說道：「你卻還有救。赫伯特，今晚你勢必重溫玩牌舊夢。」

他回答：「若真是如此，這將是個值得紀念的大日子！」

當晚，兩位健壯的護理人員一左一右引領赫伯特走向一處牌桌，觀賞四個有著嚴重精神障礙的病人玩牌，其中一人玩撲克，一人玩橋牌，另一人玩的卻是某種稱之為「皮那克」（Pinochle）的牌戲。他們會輪流發牌及出牌，但其中一人口中說的是：「我要那張，這就成對了。」另一人卻說：「我出王牌。」接下來的一人則宣告：「我獲得了三十點了。」他們就這樣牛頭不對馬嘴地成天玩牌不輟。

赫伯特被迫站在那兒，夾在兩位健壯的護理人員中間，迫不得已地觀賞這幕荒腔走板的牌戲。最後，他實在按捺不住了：「讓我趕緊離開這些白癡，只要你們讓我離開這兒，我自願與你們玩牌。我實在受不了他們如此瞎胡鬧。」

稍晚，我巡視病房時赫然看見赫伯特正在玩牌。他抬頭對我說：「你又贏了。」

我回答：「你贏了。」

幾個月之後，赫伯特康復出院。就我所知，他的體重如今已增至一百八十磅，而且每日辛勤工作。我曾經為他做的，原只不過是矯正他的症狀而已。我設法將他引進某種情境，從而促使他自動修正個人的問題。

※　※　※

此處，艾瑞克森利用醫院的場景，設計出令個案渴望付諸行動的治療方式。其間原則不是迫使個案堅守某一情境——利用重複個案的話語達此目的，就是如對付赫伯特般使用較為複雜的心理束縛技巧。艾瑞克森一再向赫伯特證實他的原有觀念是錯誤的。他以強迫赫伯特打嗝的方式證明赫伯特其實有個胃。他將赫伯特置於水療缸中，藉以證實赫伯特除了站著入睡之外也可以躺著入睡。他設法令赫伯特感到極端口渴，非但必須喝水而且急切地乞求喝水，從而向赫伯特證明他其實能夠自由吞嚥。他又曾將赫伯特置於兩個習慣搶別人盤中食物的重度精神病患中間，令赫伯特不得不自行吃下固體食物，以確保屬於自己的餐點。為了證明赫伯特其實也有食慾，艾瑞克森甚且巧妙地安排威爾斯太太在餓了一天的赫伯特面前大吃大喝。最後，為了引發赫伯特的玩牌欲望，他刻意令赫伯特觀賞四位重度精神病患玩牌的情景，直到赫伯特保證：「只要你們讓我離開這兒，我自願與你們玩牌。我實在受不了他們如此瞎胡鬧。」藉由如此巧心佈局，艾瑞克森引導赫伯特發現自己十分渴望看到別人正確地玩牌。換言之，赫伯特因此發現他其實有慾望好好地玩一場牌。

結尾處，艾瑞克森十分謙遜地表示：「我曾經為他做的，原只不過是矯正他的症狀而已。我設法將他引進某種情境，促使他自動修正個人的問題。」實際上，藉由連續矯正一個又一個的症狀，艾瑞克森逐漸激發出了個案特定的行為模式，以及思考與回應的方式：赫伯特從而體認到自己非但擁有食慾，也對生命充滿慾求。一旦開始玩牌後，赫伯特勢必體會到自己深具社交意識，以及相當渴望與他人展開互動。

艾瑞克森到底如何強迫當事人以特定的方式產生回應呢？顯而易見地，以赫伯特的例子而言，他運用的是基本人性反應——競爭與模仿傾向（例如眼見他人大吃大喝的模樣，常會激起個人的食慾）。他同時也使用「認知」策略——一如曾強迫赫伯特在理智上無從否認自己一定有個胃（否則無法打嗝）的情境。

當然，由於赫伯特身在醫院中，艾瑞克森才可能全權掌控他的行為。然而，治療過程中，艾瑞克森也同時具體示範出心理束縛的技巧。心理束縛一如生理束縛，個案被刻意放置在勢必導致預期結果的心裡情境中。在此項案例中，赫伯特對每一項深具挑戰的情境均做出了預期的回應。期間過程好似艾瑞克森在進行一場又一場的賭注，而每回都一舉猜中結果一般。如此深具助人能力的心理治療師，想必令個案印象深刻。

治療期間，艾瑞克森每回僅處理一項症狀。他先由外圍的問題開始著手，一旦促成改變後，再轉向較核心的關鍵所在。基於先前每一次的成功經驗，隨後的成功總不出所料。

第十二章　操縱與著眼未來

一九八〇年十二月七日在艾瑞克森式催眠療法與心理治療國際研討會計畫中，傑・哈雷曾說道：「艾瑞克森對於掌握權力一事感到十分自在。你們都知道，曾經有段時間。人們對權力有著極為負面的看法，艾瑞克森卻不作如是想，他一點也不介意掌握權力或運用權力。我記得他曾向我言及身為某個審核小組成員的事：『那裡根本沒有所謂的權力核心，於是我當仁不讓，出馬掌控了全局。』他竟如此願意爭取以及使用權力，好在他是一個仁慈善良的人。如果他設法利用自身的影響力從事惡行，後果必將不堪設想。幸運的是，他非但仁慈善良，而且始終樂於助人，令無論身處其晤談室內外的人士均受惠良多……我個人從未對他的倫理標準或內在動機存有絲毫質疑。我從不擔心他會利用任何人滿足一己之私。」

每當論及艾瑞克森酷愛惡作劇的行徑時，我們千萬得記得他存心良善。惡作劇多半被人用來表達隱藏的憤怒之情，但在艾瑞克森的家庭中，惡作劇的「受害人」往往與「行兇者」同樣感到快樂無比。在艾瑞克森式的惡作劇中，「受害人」絕不至於受到傷害，不過有時到底誰才是真正的受害人倒是眾說紛紜。總之，出自艾瑞克森的種種玩笑之舉，既非由憤怒而發，也從不藉以傳達任何的不滿之情。

本章列舉的故事，均可被視為藉以達成目標而事先刻意「設計」的情境。在許多案例中，諸如此類的惡作劇與幽默的事，可說是艾瑞克森心理治療體系的標準模式。當艾瑞克森進行心理治療時，一如當他述說或設計一項惡作劇般，對必然產生的結果瞭若指掌，個案卻被蒙在鼓裡。艾瑞克森習慣先在心中設定一項目標——立意將個案「病態」或自毀式的反應轉成「較健康」或建設性的態度。身為心理治療師的他，隨後開始操縱情景以達目標。其間，他不惜運用各式策略，設法維繫與建立個案的動機與興趣——例如挑戰、激發興趣、轉換注意力，以及幽默等技巧。

因而，艾瑞克森惡作劇中的基本特色不是憤怒而是驚奇。他的心理治療過程也如出一轍——個案往往對艾瑞克森的「處方」，以及自身的反應感到驚訝不已。一如聽者在逐漸營造的懸疑緊張氣氛中，聽到一針見血的話語時所感到的放鬆情緒，個案在獲得能將焦慮一掃而空的處方時，也常會同樣感到大為安心。

艾瑞克森認為，突如其來的驚奇常有助於破解僵化的心智系統。然而，如此驚奇倒不一定得以刻意經營的複雜方式予以呈現。在我初次與他會面的過程中，當雙方交談至一半時，他竟突然拉開抽屜，拿出了一個三輪腳踏車的喇叭。他連續擠壓圓球大約三或四次——嘟、嘟、嘟、嘟，接著說道：「驚奇永遠有幫助。」當時，在我眼中，這純粹是他的頑童之舉，對我並沒有任何特別影響。然而，如今追溯起來，我相信此舉對當時的整體氣氛饒富助益——引我順利進入催眠狀態並對他的暗示有所回應。突如其來的喇叭聲非但令我失去平衡，也帶來了屬於童年的特質，而這特質可能正是艾瑞克森用來激發我兒時記憶的媒介。

本章內容中也處處透露出「著眼未來」的取向，因為「著眼未來」與事先計畫以及艾瑞克森所謂的「操縱」頗為相稱。第一個故事中，在其他人可能會運用諸如「主控」、「有效行動」，或是「管理」等觀念進行闡述的地方，艾瑞克森一律以「操縱」進行論述。至於以積極取向面對未來，絕對是抵制沮喪憂鬱或強迫性思考的最佳良藥——期待惡作劇高潮造成的歡樂氣氛，以及寄望時間流逝將會帶來成長等正面態度，也同樣具有類似的效果。

故事1：操縱行為

長久以來，眾人一再指控我操縱病人——對於此類批判，我的回答是：每位母親都操縱她的嬰兒，如此一來，嬰兒才可能順利存活。而每當你至商店購物時，常會不經意地操縱售貨員按你的吩咐行事。當你至餐廳用餐時，你理所當然地操縱侍者。連學校老師為了達到教學目標，也必須設法操縱學生練習讀寫。事實上，生命原本即是一場操縱，最後一項操縱則是讓你永久長眠，**那**絕對是不折不扣的操縱行為。

他們必須先將棺木下放，然後再抽回繩子——過程全是有計劃的操縱。

此外，你還會盡己所能地操縱手中筆桿——去書寫、記錄心中的想法。此外，你更擅長操縱自己——隨身攜帶著花生米、香煙，或是薄荷糖。我有位女兒稱這些辛辣的薄荷糖為「薄荷——辛辣的生命挽救者」。除此之外，她還愛玩顛倒文字的遊戲，總把「蝴蝶」的英文字母重組而說成了「振翅飛翔」（flutterbys），以及將「西瓜」說成了「瓜水」（melon-waters），不過昔日的頑童如今已身懷六甲，定居在德州的達拉斯市。

我曾寫信給她，告訴她替嬰兒命名實在輕而易舉。如果是個男孩，就不妨叫「達拉斯」；若是女孩，則可以改稱「艾麗絲」。她的丈夫表示，德州人一向流行以雙名稱呼，他想將孩子命名為「比利—羅賓」。你們知道比利羅賓的同音字（bilirubin）是什麼意思嗎？「膽汁分泌物」是也。當然，只要他願意，他也可以稱這孩子為「賀摩—葛羅賓」（Hemo Globin）（Hemoglobin 即為「血色素」）。

※ ※ ※

艾瑞克森強調，在生命所有的場合中，你勢必進行操縱。保羅．華茲拉韋克（Paul Watzlawick）在其著作《變化的語言》（The Language of Change）一書中指出：「人不可能不造成影響。」每一項溝通均將引發各種回應，因此，連溝通本身也是一種操縱行為。各位因而可能隨時隨地進行有效的、適切的，以及深具建設性的操縱。在這則簡短的故事中，艾瑞克森列舉了由生到死的操縱範例。他繞了一大圈之後又回到了另一樁誕生的事例中，而如此生命循環勢必生生不息、永不終止。他告訴曾經酷愛玩弄文字遊戲的女兒羅珊，依舊可以童心未泯地在替嬰兒命名的過程中操縱文字。他也提醒女兒以及眾人，絕不該揚棄童年時代的玩樂興致與自發天性。

艾瑞克森曾指導心理治療師應如何建構故事。他表示：「不妨選擇一本優秀作家的新著作，由最後一章讀起。閱讀完最後一章後請揣測先前一章的故事情節。試著由各種方向、角度進行推理。你的諸多揣測勢必錯誤百出。接著請仔細閱讀那部分的內容，以及繼續推測前一章的情節為何。你應依照這種方式由最後一章逐步往前閱讀整本好書，一面閱讀，一面由各種方向進行揣測工作。」

艾瑞克森強調，此舉非但是學習建構故事情節的好方法，而且也是學習如何以各種方向任意進行推測的有效方式。「於是你有機會破除個人僵化的思考模式。它確實極具效用。」

經由這些故事，艾瑞克森暗示我們不妨設定目標，然後盡其可能地想出各種策略以達成目標。以下有關他兒子巴特的幾個故事，即具體說明了艾瑞克森一家人酷愛惡作劇的天性。透過故事本身的趣味性以及艾瑞克森加油添醋的描述方法，這些真實事蹟充分顯露出樂觀與幽默的生命態度。

故事2：巧妙訪親記

巴特調遣至加州潘德頓軍隊駐地期間，由於當地有些親戚，便打算抽空造訪他們。某日，淩晨三點之際，精疲力竭的巴特使勁敲開了座落在路邊一戶人家的大門。男主人開了門，只見一位年輕的海軍陸戰隊員站在門邊，這位年輕小夥子以報告長官的口吻說道：

「對不起，先生。我有項口訊要告訴你的妻子，可否請你的妻子出來呢，先生？」

男主人表示：「你能不能將訊息告訴我，由我代為轉達？」

巴特堅持說道：「先生，這項訊息是給你妻子的，你可否請她出來，讓我親口告訴她，先生？」

巴特隨即被引進屋內，對那位男士的妻子說道：「這位女士，我剛剛在高速公路上正準備回軍營時，突然間想到了我的母親。於是我開始非常想念她老人家以及她老人家調製的可可奶。我知道若我能將她的配方傳給某人，她老人家一定會感到十分高興。我希望能按照家母獨特的方式向你示範調製可可奶的秘訣。」

站在一旁的男士聞言後感到不可思議，心中一直盤算著：「我是否該立即報警或是找海岸巡防隊來解決此事？」

巴特不由分說地開始著手製作可可奶，一面還不忘與男女主人閒話家常。當可可奶幾近完成時，他問道：「你有孩子嗎，女士？」

對方回答：「有的，三個女兒。」

「她們多大年紀呢，女士？可可奶對成長中的兒童相當有益。你可否將她們叫進廚房來，品嘗這得自我母親真傳的可可奶？」

女主人依言叫來了三個小女孩，巴特如小丑般地逗弄這些小女孩好一陣子，使盡渾身解數取悅這些孩子。當可可奶分盛給大家時，巴特率先啜飲一口，並深深嘆了口氣：「果真一如我母親親手調製的可可奶。我可真想念她老人家。」

「你母親住在什麼地方？」

「她如今住在底特律。我真是想念她和她拿手的可可奶。」

「你母親叫什麼名字？」

「伊莉莎白。」

「我是指她的**姓**。」

「你為何有此一問，女士？她在姓之前還有個夾在中間的名字。」

「那名字是什麼？」

「尤菲米亞。」

女主人驚呼：「伊莉莎白．尤菲米亞？老天，你姓什麼？」

「艾瑞克森，安妮塔表姐。」

一年後，我們湊巧有機會至加州探訪這位安妮塔表姐，他們遂告訴我們以上的故事。

故事3：有效應用權威

巴特十九歲時住在密西根州，而我們遠在鳳凰城。他來信表示：「我想買輛車，但我需要有人簽字授權，因為我尚未成年。」我回信說道：「坦白說，巴特，我無法替你簽買車的授權書，因為我無法擔負責任。我人在亞利桑那州，而你卻遠在密西根。聽著，密西根有許多善心人士，你應不難找到一些聲譽良好的商人替你簽下授權委託書。」

他稍後來信表示，他進了某位人士的辦公室自我介紹：「我今年十九歲，我想買輛車，我父親遠在亞利桑那州，他無法簽署這份授權委託書，我希望你能替我簽署此項文件。」

對方表示：「你是否神志不清？」

巴特說道：「不是的，先生。你可以好好考慮這件事，你會發現我頭腦非常清楚。」

對方點頭稱是：「確實如此。把文件拿來給我吧！」此人正是密西根州安那阿拉伯市的警察局長！

巴特嚴守交通規則。他知道自己絕不能在停車時讓車身超出停車範圍半吋或是在行車時超出時速限制半哩。然而，當他頭一回開車進底特律市時，一位交通警察卻將他當街攔下，說道：「原來你就是巴特．艾瑞克森。我一眼便認出了你的車，我很高興能親眼看見巴特．艾瑞克森的廬山真面目。」

隨後，當巴特與幾位朋友開車前往密西根北部時，警報器在他車後響起，原來是一位騎著摩托車的交通警察，巴特於是立即將車停靠路邊。他的朋友問道：「你難道做錯了什麼事嗎？」巴特回答：「當然沒有。」

一位交通警察來到車旁對巴特說道：「原來你就是巴特．艾瑞克森。我一眼便認出你的車，而我實在想親眼瞧瞧膽敢要警察局長替他簽字授權的小夥子到底是何模樣。」

※　※　※

巴特清楚知道願意擔負責任授權他開車的人，必定也是有權撤銷此項授權的人——只要巴特不遵從他這方的合約規定。巴特顯然深信自己絕不至於觸犯法律，才膽敢向警察局長要求授權。

此一故事所欲傳達的主要訊息可能是，人們並不需要害怕權威。事實上，人們可以利用權威以達到目的。權威會對有效的策略做出回應。文中透露的另一項訊息則是：眾人多半會對出軌或非常態的接觸方式產生正面反應。那些將巴特攔截下來的員警，似乎對這年輕人接觸警界最高權威的態勢感到大惑不解。一般說來，不按牌理出牌勢必引人注目。再者，採取不按牌理出牌的方式，也經常容易逃過社會既定的陳腐障礙——例如獲取駕照過程中的繁文縟節等等。此外，就內心層面來說，藉由有效應對我們的「內在權威」，我們將藉此避開許多人為了維護內在平衡與精神結構，所設的種種自我非難與苛責。

故事4：幽默的作弄

六月裡的某一天，巴特由密西根的來信末尾附加了一句：「我在結束這封信後，得趕去與杜拉蕊絲會面。」巴特一向有自己的秘密，而我們心知肚明不該追問杜拉蕊絲是何方神聖。

一星期左右，我們又收到了他另一封依然一筆帶過杜拉蕊絲的來信。「我與杜拉蕊絲共進晚餐。」或「我將前去與杜拉蕊絲聊天。」以及「我有些襪子，杜拉蕊絲一定會喜歡。」之類的語句，自此不經意地常出現在他的來信中。在此同時，他也與住在米爾瓦基的祖父保持類似的書信往來。我的父親也相當清楚不該打破沙鍋問到底。

八月中時，巴特來信表示：「我似乎應該寄給你倆一些杜拉蕊絲的照片。」他也同時對我父親作此表示。於是我們安心等待謎底揭曉的時刻來臨。九月中，巴特來信告訴我們：「我希望祖父與祖母會喜歡杜拉蕊絲，而我確信你們一定同意我的眼光。我已想到一個能讓祖父與祖母親自會晤杜拉蕊絲的好方法。我預備前去祖父母家享用感恩節大餐。」

巴特自小有項絕技：他會擺出鬥雞眼、八字腳、雙臂下垮，而臉上卻掛著傻乎乎笑容的模樣，令人見了又好氣又好笑。他那模樣往往令人想要湊上前去甩他一耳光。在酷寒的感恩節那天淩晨一點鐘，巴特出現在米爾瓦基的祖父母家門口。他進門後，我的父親忍不住詢問：「杜拉蕊絲呢？」

他擺出了前所未有的愚蠢表情，說道「把她弄上飛機時出了點狀況。她沒穿衣服，現在還待在門外！」

「她為何要待在門外？」

「她沒穿衣服嘛！」

我母親立刻表示：「我得趕緊拿件浴袍來。」我的父親說道：「你去把那女孩帶進來。」

巴特依言搬進來一個巨大的紙盒，看起來相當沉重：「這是我唯一能把她弄上飛機的方法。因為她衣衫不整，不符合航空公司的規定。」

「小子，快打開盒子。」

他打開盒子，杜拉蕊絲就此現出原形——一隻火雞、一隻鵝——兩者都被命名為杜拉蕊絲。祖父母相當喜歡杜拉蕊絲。自六月以來將我們大家蒙在鼓裡的就是這麼回事！

永遠別信任艾瑞克森家族。

故事5：吊胃口的把戲

我的女兒克莉絲汀曾在十五歲那年前去北方高中觀賞籃球賽。她是西方高中的學生，而她與一位幼稚園時結識的女孩麥姬一同前去北方高中觀賞球賽。當她返家後曾對我說道：「猜我在今晚的球賽中看見了誰？你記得多年前搬離我們這條街的那個小男孩嗎？我們還不時揣測他現在不知如何了。如今他是北方高中的高年級學生，曾經三度獲表揚為優秀運動選手，而且學業成績優異。我此刻的難題是該如何讓他主動來約我，而且認定此事完全是他自己的主意。」

我確實記得那孩子。三場球賽過後，克莉絲汀跑進臥室對我說：「傑夫（那位男孩）

可能還不曉得，他會在明天來電邀我外出約會。」

我自此一直留意電話的動靜，克莉絲汀也是如此。星期六下午，電話果然響起，傑夫來電邀她出去約會。我耐心等待獲知她是如何辦到此事的。你不該冒冒失失地處理事情，於是我等了一會兒才開口：「你是如何策動此事的？」

她回答：「麥姬太害羞，根本不敢前去向他介紹我。因此，到了另場球賽時，我便主動上前自我介紹：『我敢打賭，你一定不記得我了。』他上下打量我一番後說道：『我確實對你沒什麼印象。』於是我告訴他：『我是艾瑞克森家的女孩——猜是哪一個？』」

他仔細審視她後回答：「克莉絲汀。」

她表示：「答對了。很高興在這麼多年以後再度見到你。」不待他答話，她又接著說道：「我必須去接麥姬了。」說罷便轉身離去——吊人胃口的老把戲。她在他尚未有機會詢問任何問題前便掉頭走開了。他滿腹疑問，但她已消失了蹤影。

在另一次的相遇時機中，克莉絲汀老遠即見到他在人群中與另一位男孩聊得起勁。於是偷偷湊上前聆聽他倆討論的話題，然後再悄悄走開。當傑夫離去時，克莉絲汀立即走向那位男孩，與對方談起相同的話題。他倆並未相互自我介紹，僅僅就事論事，針對問題進行熱烈討論。

> 到了第三場球賽時，克莉絲汀找到了先前那位學生繼續進行類似前次的攀談，此時傑夫走了過來，另位男孩於是說道：「嗨，傑夫，讓我向你介紹——噢，老天，**我們**還沒有互相自我介紹呢！」克莉絲汀遂轉頭對傑夫說道：「我想你得替我們介紹彼此了。」
>
> 經過此事後，我女兒即告訴我：「傑夫明天將會來電邀我外出約會。」

※　※　※

克莉絲汀十分技巧地提供傑夫足以引起他興趣的個人資訊與相遇機會，但她卻可以不讓他的好奇心獲得滿足。他因而被吊足胃口，渴望對她有進一步的認識。她讓他（傑夫）將她介紹給他的一位朋友——一位受他尊敬又顯然對她頗感興趣的朋友。他非但因此回想起兒時與她相處的溫暖記憶，同時有機會以不同的角度正視她的存在——如今的她既是同輩好友又對年輕男孩深具吸引力。如此情景勢必勾起他的嫉妒心與競爭天性。克莉絲汀因而相當確定他會立即採取行動，來電提出邀約。

艾瑞克森為何會在描寫故事過程中加入諸如「他們僅就事論事，針對問題進行熱烈討論」此類的句子呢？這顯然並不符合青少年的交談模式。他難道有意替個案或讀者預留思考空間，得以將個人的「問題」放進故事中？

故事6：如果我甩你一巴掌，你會怎麼樣？

當我的女兒貝蒂．艾麗絲簽署學校應聘書時，全體校委會的董事均屏息以待，直到她完成簽署後，眾人才似乎鬆了口氣。艾麗絲不免暗自忖度這背後隱藏的玄機。她心知肚明，事情不久後將見分曉，她也確實很快便得知了幕後真相。她所教的那一班竟全是十五歲大的問題少年。個個正在等待年過十六後自行輟學。他們均擁有一長串被逮捕的犯罪紀錄，誠可說是**名符其實**的不良少年。其中一位小子更是被警方至少逮捕了三十次之多，其中甚至包括兩回出手毆打員警的罪狀。這位毛頭小夥子身長六呎二吋、重達兩百二十磅。前一學期，他曾上前向級任老師挑釁：「強森小姐，如果我甩你一巴掌，你會怎麼樣？」顯然那位老師的回答錯誤，因為他一巴掌把她打進了醫院。艾麗絲思索：「不知這可憐的小子何時會來糾纏我。我身高僅有五呎二吋，體重不過才一百零二磅。」結果，她等待的時間並不長。

某日，她正騎著自行車，老遠即看見這小子狀似不懷好意：「那身材魁梧的巨人帶著一臉邪惡的笑容朝我走來，於是我張著藍色的大眼睛，裝出一副不明就裡的模樣。他攔在我面前問道：『如果我甩你一巴掌，你會怎麼樣？』」

艾麗絲立即兩個箭步衝至他面前大吼：「看在主的份上，別讓我殺了你！」他問了一個簡單的問題，而她則回了他一個簡單的答案：「看在主的份上，別讓我殺了你，所以趕快坐到那座椅上去！」

他從未聽過由如此弱小的貓咪所發出的巨大吼聲。他依言坐下，一臉茫然。她硬是把他比了下去，而他知道他絕不會讓任何其他孩子再來騷擾她。他自此變成她的忠實保衛者。這事實在美妙，他說她的表現堪稱一流。出人意料的反應對事情有幫助。你可千萬別按照別人的預測行事。

※　※　※

以下二則故事更進一步說明了此一格言。

故事7：短腿小獵犬與德國狼犬

我有位學生身高不及五吋，她曾向我徵詢她處理危機的方式是否正確。某天傍晚，當她帶著她的寵物——一隻短腿小獵犬外出散步時，一隻大型德國狼犬突然衝至小巷中來對著她和小狗咆哮，好似要將她倆活生生地吞進肚裡。她一把抓住了小狗，並突如其來地對著那隻來意不善的大狼犬尖聲咒罵，對方於是凸著眼睛轉身跑回家去了。唯有當你從事意外之舉時，才可能在對方思考過程中引發許多重新布局的反應。

故事8：打岔

我昨日接到了一位昔日學生的來信，他在信中表示：「我曾與一位深具偏執傾向的病人晤談。他完全只顧著說他自己的想法。我再三試著吸引他的注意力，卻總是徒勞無功。於是我想到了不按牌理出牌的策略，突然原地話鋒一轉：『我也不喜歡吃肝。』對方愣了一下，搖了搖頭說道：『我比較喜歡吃雞肉。』隨後，我們即開始談及他真正的問題。」突如其來的意外之舉，多半會令對方的思緒出軌、行為轉向，而你們應該多加利用才是。

我就讀大學與醫學院期間，還是一位實習醫生的時候，每當某位教授想要叱責我時，我總會以某個愚蠢的不相干問題或陳述將對方的話岔開。記得某年夏天，一位教授企圖指責我：「艾瑞克森，我不喜歡……」

「我也不喜歡雪。」我快速接口。

他感到莫名其妙，問道：「你在說什麼？」

我回答：「雪。」

「真是奇妙——竟沒有任何兩片雪花是相同的。」

我認為心理治療者應在任何時候，準備一些可以岔開個案話題的不相干言詞。每當個案坐下來滔滔不絕地說些與問題無關的話時，心理治療者便可以藉著這些不相干的言詞岔開對方的話。舉例來說：「我知道你的想法，我也喜歡火車。」

※ ※ ※

艾瑞克森總是設法確定，是他而非個案在掌控整個治療流程。凱倫・賀尼（Karen Horney）即曾說道：「個案接受心理治療的目的，並非為了治療他們的精神問題，而是為了讓問題更臻完美，變得無懈可擊。」若是由個案主控心理治療過程，幾乎所有的個案均會潛意識地用盡各種方法，避免產生治癒性的改變。因此，當個案在毫無用處的軌道上前進時，心理治療師理當引他逸出常軌，指導他走上較有收穫的治療途徑。

故事9：追求妙招

艾瑞克森家族一向酷愛無傷大雅的惡作劇，這些惡作劇的記憶往往歷久彌新，而且令人由衷感到愉快。

在一場安那阿拉伯市內舉行的學生舞會上，我的兒子藍斯見到了一位相當吸引他的女孩，於是他在舞池中硬是搶了她當舞伴。而且當場便提出了約會的邀請。她十分堅決而禮貌地告訴他：「答案是否定的，我已經有男朋友了。」

藍斯表示：「噢，我可一點也不介意。」

「答案仍舊是否定的。」

一個月後，他再次見到那女孩，又硬是將她從原來的舞伴身邊搶走，並趁機提出約會的邀請。女孩說道：「你已約過我一次了。當時的答案是否定的，現在的答案還是否定的。」

藍斯仍不死心地說：「那我們得到奧斯卡餐廳去坐著好好談清楚。」

她難以置信地望著他，好似他已神智不清一般。

藍斯卻鍥而不捨地做了番完整的調查。某個星期日的下午，他與最好的朋友狄恩一同走進護理學生宿舍的會客大廳，那位女孩正在那兒與她的男友嬉鬧。藍斯立即迎向前去對她說道：「庫琪，我要你見見我最好的朋友狄恩。狄恩，這是我的表妹庫琪。只不過，我並非是她的親表哥，而是毫無血緣關係的遠房表哥而已。然而，我們很少對家族以外的人詳加解釋。」不等庫琪有所反應，他接著問道：「喬治叔叔的腿傷如何？」

女孩當然知道自己有位腿受傷的喬治叔叔住在密西根北部。

他又問：「娜莉姨媽去年夏天把多少草莓裝罐了呢？」女孩也知道自己有位名叫娜莉的姨媽素來喜歡將草莓裝罐儲存。他再問：「維琪近來代數學習的情況如何？」庫琪當然知道維琪在高中學業方面所遭遇的困難。

藍斯隨後瞧見庫琪的男友瞠目結舌地站在那兒，他遂向對方說道：「你認識庫琪嗎？我名叫藍斯。我是庫琪的表哥，只不過我並非是她的親表哥，而是與她並無血緣關係的遠房表哥。關於此事，我們很少對外人多做說明。」接著，他轉向狄恩說道：「狄恩，你何不帶他出去吃頓晚餐呢？」

狄恩聞言走向前，手臂搭上那位年輕男孩的肩頭。藍斯則對庫琪說道：「我們可是有好多的家族訊息可以交換。」

在我們認識庫琪這麼多年的日子中，她從未提高嗓門說話；她安靜、溫和又堅定。當時，庫琪反應：「我也有好多事情得向你說清楚。」但她卻並未注意到，他倆已在不知不覺中走入了藍斯所指明的那間餐廳。

他倆訂婚後，庫琪向藍斯索取照片，於是他給了她一張照片。那張照片是我親自替他拍攝的，照片中的他是個全身一絲不掛的小男孩。

到了某一天，藍斯說道：「庫琪，我實在應該去拜見你的父母。」庫琪說道：「噢，噢，噢，噢，我想你確實得這麼做。」

某天下午四點鐘時，一位年輕人盛裝出現，提著手提箱走進了庫琪家的後院，對站在庭院中的男主人說道：「伯父，我想和你談談有關保險的事。」藍斯的口才一流，他可以與任何人暢談雷電保險、颱風保險、人壽保險、意外險以及汽車保險等等。差一刻鐘五點整時，女主人由後門走出對丈夫說：「晚餐準備好了。」

藍斯轉向庫琪的父親，壓低了嗓子說道：「知道嗎？我已好久沒嘗過家常小菜的味道了。我確信你的妻子應該不介意多準備一份碗筷才是。若能有機會享用一頓可口的家庭便餐，將是再快樂不過的事了。」

於是他們隨女主人進入屋內，藍斯遂向她表示：「伯母，我已好久沒嘗過家常小菜的味道了。你丈夫向我保證多添一副碗筷並無妨，我也就不客氣了。」

用餐過程中，藍斯天南地北地與男女主人閒話家常。他誇讚庫琪的母親燒的每一道菜美味可口，而庫琪的母親則不時瞪眼瞧著她的丈夫。晚餐即將結束之際，藍斯除了再次表達謝意外，又接著說道：「我還有另一項保險計畫，你們一定不會願意錯過。這是一項避免獲得不良女婿的保險計畫。」

※　※　※　※

當我在一九八〇年向藍斯與庫琪查證以上故事時，這小倆口記憶猶新。藍斯甚至還記得當他說出最後的關鍵字句時，庫琪的父親曾笑著轉向庫琪說道：「你一定得來這麼一手嗎？你這小混球！」

一如藍斯深信自己必能打動庫琪芳心，引誘她接受邀約以及嫁給他做妻子般，艾瑞克森一向自信個案必會對他言聽計從。他同時深信他的心理治療必將成功，如此自信並非基於樂觀的態度與思考模式，而是來自多年的臨床經驗、仔細的觀察，以及不辭辛勞的準備功夫。

以下案例具體顯示出，他藉著事前周詳計畫所獲致的治療成效——如此詳盡的準備過程，與他籌畫惡作劇的過程同樣周全完善。

故事10：我們這對跛子

經過三星期的課後，醫學院的學生均已知道我幽默成性。於是我乘機指揮他們：「下星期一早晨，傑瑞，你到四樓去將電梯門維持開放的狀態。湯米，你負責在樓梯口朝樓底張望。當你看到我上樓來時，趕緊通知傑瑞放手讓電梯自動升降。山姆，你則待在一樓使勁猛按電梯按鈕。而在此同時，請四處散播謠言，告訴大家下星期一的早晨，艾瑞克森醫師將會在班上出奇招。」

他們散播謠言的功夫頗為到家。星期一當天全班學生都到齊了——包括那個裝義肢的男孩在內。那學生在就讀一年級時原本非常外向、善於交際，而且待人友善。升到二年級時，幾乎人人都喜愛他，而他也非常喜歡大家，總是與人打成一片。他同時是位成績優異的學生，深受所有人敬重與愛戴。然而，就在這一年中，他十分無辜地因他人肇事的車禍失去了一條腿。當他裝上義肢後，整個人完全變了個樣，變得既退縮又極度敏感。院長曾事先警告我有關他退縮又過於敏感的行徑，但院長也同時告訴我，他依舊是個學業成績優異的學生，只不過，他已不似往日那般待人友善，既不主動向人打招呼，也從不回應他人的招呼，整日只顧著埋首書堆，自掃門前雪。

我告訴院長不妨先給我幾個星期時間，好讓班上學生認識我；接著我便會著手處理那小子的事。星期一當天，傑瑞依言登上四樓霸佔著電梯不放，湯米則在樓梯口把關。七點三十分時，我發現全班同學早已站在樓下等我。枯等電梯時，我隨口聊起天氣與底特律發生的新聞瑣事，並轉頭對山姆說：「你的拇指怎麼了，山姆？它難道軟弱無力嗎？使勁按下電梯按鈕啊！」

山姆回答：「我一直在使勁地按啊！」

我說道：「也許一隻手的拇指不夠力，試著用雙手的拇指一起按。」

他說道：「我早試過了，也許那該死的大樓守衛把他的拖把與水桶弄翻，所以死命巴著電梯不放。」

我繼續與學生閒話家常並再次告訴山姆：「再按一下電梯按鈕。」

山姆照辦，但電梯依舊遲遲不見蹤影。到了七點五十五分時，我轉向那位裝了義肢的學生：「讓我們這對跛子一步步走上樓去，把電梯留給這些四肢健全的人吧。」

「我們這對跛子」遂開始跛行上樓。湯米向傑瑞打了個暗號：山姆則在樓下再次按下電梯按鈕。四肢健全的人紛紛等著電梯的來臨，我們這對跛子卻自食其力地上了樓。經過那堂課後，裝了義肢的學生又重新活躍了起來——如今的他獲得了一項新的自我認同。他開始隸屬教授級人物——「我們這對跛子」。身為教授的我同樣有隻殘廢的腿；他與我認同，我也與他認同。因著這份新的自我定位，他拾回了往日外向的個性。就在那一小時過後，他再度與眾人打成一片。

一般說來，只需藉著改變個案的內在價值標準，某些問題即可迎刃而解。文中事前的巧妙策劃（甚至不惜動用共犯），與魔術師上台表演前的準備工夫別無二致。如此籌備的過程與構思惡作劇的流程也相當類似。

※　※　※

故事11：空白卷

意義非凡的心理治療過程，即使任務看似艱鉅難行，有時可以相當簡單地完成。某年，一位新院長走馬上任，他將我叫進辦公室內說道：「我是位剛到任的新院長，而我帶來了一位屬於自己的人馬。這位學生是塊不折不扣的美玉，他可說是我所見過最出色的學生。他在病理學方面饒富天分，他熟知病理學知識，並對幻燈片深感興趣，然而，他十分憎恨所有的精神科醫師。他伶牙俐齒，將會以各種不同的方式讓你下不了台。總之，他會設法利用每一個機會令你難堪。」

我回答：「別擔心，院長，我會對付他的。」

院長表示同意地說道：「你大概會是第一個知道如何對付他的人。」

開課第一天，我向全班同學自我介紹，告訴大家我與其他醫學院教授不盡相同。其他教授總認為他們的課程無比重要，但我卻不這麼想。

我絲毫不存這樣荒謬的想法，因為「我的課程很重要」這件事根本無須辯證，其自然如此。這樣的觀念我在課堂上向學生暗示，而他們欣然接受。

我隨即說道：「對精神醫學稍感興趣的學生，我將提供四十本課外參考書目以供閱讀。而對精神醫學頗感興趣的學生，我會提供五十本課外參考書目以供閱讀。至於對此科目深感興趣的學生，我則會提供六十本課外閱讀的參考書目。」

接著，我要求全班同學針對書目所列的精神醫學著作任選一本寫篇書評，並在下星期一按時交卷。

到了星期一時，那位素來憎恨精神醫學的學生站在隊伍中，隨著其他的學生輪流繳交書評，然而他交給我的是一張白卷。

我向他表示：「不用細看你的書評內容，我已注意到兩項錯誤：你沒有標示日期，又未簽名。所以，請拿回去進行修正，下星期一再補交。記住，寫書評就像是研究病理幻燈片一般。」

一星期後，我收到了這輩子所見過的最出色的書評。

院長事後問我：「你到底是如何讓那位異教徒歸化成基督徒的？」

我以驚人之舉徹底收服了他。

※　※　※

艾瑞克森很可能十分明白空白卷所透露的侮辱之意，但他一向指出：「絕不接受侮辱。」無論如何，當他拒絕將這位學生的行徑視為侮辱時，他的異常反應一舉收服了對方。藉由指出「兩項錯誤」，他確保了個人權威的地位。而藉著引導學生尋求書評與病理幻燈片兩者之間的相似之處，他展示出一些基本的教學原則——引發動機以及將新知識與舊知識加以連結。藉由假裝空白卷是份煞有其事的書評，艾瑞克森具體示範了「加入個案行列」的原則。有關此一原則，下一個故事中將有更詳盡的說明。

故事12：翻天覆地的露絲

某日，渥斯特醫院院長表示：「我真希望有人能找出辦法去對付露絲。」

我遂進一步打聽露絲的事蹟。她原來是個非常漂亮嬌小的十二歲小女孩，言談舉止相當吸引人，你會不由自主地喜歡她。她的外在表現非常端莊有禮，而院中所有的護士卻會對來此工作的新護士提出警告：「避開露絲。她會扯裂你的衣服；弄斷你的手臂與腿部！」

初來乍到的護士，往往難以相信如此甜美迷人的十二歲女孩竟會出現如此劣行。露絲則會要求新來的護士：「可否請你帶給我一客蛋捲霜淇淋以及一些糖果？」

護士多半會遵命行事，而露絲往往在接過糖果後先甜美地道謝，接著再以一記空手道劈向對方的手臂，或是扯裂對方的衣服、使勁踢打對方的脛骨，或是猛踢對方的腳。這正是露絲標準的例行公事，並且樂此不疲。她同時也喜歡每隔一段時間，便將病房牆上的壁紙扯得四分五裂。

我向院長透露了一個對付她的妙方，並詢問我是否可以接手這個案例。他聽完了我的主意後說道：「我想這個方法應該會奏效，我也知道有位護士一定很樂意協助你完成任務。」

某天，我接到了呼叫：「露絲又在翻天覆地作怪了。」我立即趕向病房。露絲已把四面牆上貼的壁紙全都撕刮了下來。我則替她撕毀了床單，協助她將病床整個拆掉。我甚至還進一步協助她打破了所有的窗戶。而在來到病房之前，我早已事先知會過醫院的工程人員；當時正值隆冬時節，我隨即提出建議：「露絲，讓我們聯手將牆上輸送暖氣的通風口拔掉，再將內部管線扭斷。」我於是坐在地上與露絲共同使勁地拉扯，終於破壞了室內的暖氣設備。

完畢之後，我環顧室內說道：「這兒沒什麼可以破壞的了，且讓我們入侵別的房間。」

露絲似乎有些遲疑：「你確定要這麼做嗎？艾瑞克森醫師？」我表示：「當然，挺好玩的，不是嗎？我認為這事可真有趣。」

當我們經過回廊走向另一間病房時，眼見一位值班護士站在迴廊中。當我倆經過她身旁時，我出其不意湊上前去將她的制服扯得四分五裂，這位護士於是脫去了制服，僅僅身著內衣褲站在那兒。

露絲說話了：「艾瑞克森醫師，你不該做出那樣的事情。」她立即跑回房間，將那些早已扯裂的床單拿出來披在受害的護士身上。

經過此事之後，她變乖了。我令她親眼目睹了自身的劣行。當然，那位受害的護士正是院長介紹給我的同夥。她經驗老道，而且與我同樣十分享受此一鬧劇，其餘的護士則完全嚇呆了。此外，幾乎所有的醫院同仁均對我的行徑感到不可思議，只有院長和我本人充分同意如此行為是正確之舉。

露絲事後藉著逃離醫院、懷孕生子，並將孩子送人領養等行徑向我還以顏色。不過，最後她還是自願返回醫院接受治療，自此成為一位十分合作的病人。兩年後，她主動要求出院並在餐廳找到一份女侍的工作。隨後，她遇見了一位年輕人，與對方結了婚，並再度懷孕生子。目前，就我所知，她婚姻依舊美滿並已擁有兩個孩子。露絲終於變成一位好母親與好公民。

個案往往會被不按牌理出牌的錯誤行為嚇住，不論精神官能症或精神錯亂的病人，均會有此反應。

故事13：行額手禮致敬

我在韋恩州立醫學院執教的頭一年中，發生了兩樁相當特別的事。其一是我班上有位女孩曾在高中時每堂課必遲到。各方師長頻頻耳提面命，她也每每言之鑿鑿，一再聲稱下回必將準時報到。她總是無比真誠地致歉，卻始終維持其遲到的一貫行徑。她在高中時代每一堂課都遲到，但成績卻一流。他無時無刻不深表歉意，而且不斷提出足以令人信服的保證。

到了大學後，她依然故我，總是每堂課遲到，即使屢遭授課者與教授斥責，遲到的情況卻絲毫不見改善。她再三誠懇地表示歉意，並且不斷保證日後必將改進——卻依舊每堂課遲到。只不過，大學時代的她成績同樣首屈一指。

隨後她進了醫學院，仍然不改遲到的老毛病。不論是上課、聽演講或是做實驗，她永遠遲到。實驗室的夥伴甚至詛咒她，要她滾出去，因為她耽誤了大夥合作實驗的進度。面對他人的指責，她以一貫謙和有禮的態度應對，又是道歉又是保證，令人發不起火來。

醫學院教職員中某位認識我的人表示，當他們知道我即將接受教職後便等著看好戲：「等著瞧她碰上艾瑞克森的結果吧！勢必是場可怕的爆炸，全世界都會為之震驚。」

上課的第一天，八點的課我七點半即到達教學大樓，全班同學也均已到齊——甚至包括一向遲到的安妮在內。

到了八點時，我們全體已在大講堂內各就各位，卻唯獨不見安妮的蹤影。講堂側邊各有一條走道——一條走道在正後方，另條走道則在講室西側。學生們根本無心聽我講課。他們全都引頸以待，不時注意著門口的動靜。我則全然不受干擾地專心授課，終於，門打開了，安妮小心翼翼地緩步走了進來，足足遲到了二十分鐘。所有的學生立刻轉頭看我，他們見我做出了全體起立的手勢，立即予以配合。

我行額手禮向安妮致敬，目送她由門口走進教室，再繼續往教室後方前行，一直走到室內中間位置坐定為止。在這過程中，全班鴉雀無聲地向她致敬。下課後，全體學生一哄即散，安妮與我則是最後離開課室的人。我與她隨口聊起底特律的天氣，以及一些諸如此類的社交話題。當我們出了教室走入迴廊時，一位迎面而來的大樓守衛突然向她舉手致敬，一些站在附近的學生也同樣無聲無息地向她舉手致敬；院長不知何時已走出辦公室向她舉手致敬，院長秘書也隨後走了出來加入致敬的行列。一整天，可憐的安妮處處受人默默行禮致敬。第二天——以及往後的日子裡，安妮總是第一位坐進課室的學生。她雖然足以抵抗院長與全體教授的責難，卻承受不起眾人無聲的致敬。

※　※　※

當其他人設法以懲戒的方式改變安妮一貫的遲到行徑時，艾瑞克森的對應方法卻是向她所擁有的強大威力致敬。額手禮是表現尊敬與服從的象徵，艾瑞克森卻以此方式向她顯示她錯用了屬於自身的威力。一旦認清此一真相時，她便可以決定應如何建設性地運用內在威力。

文中其他人士總是企圖以口頭方式控制她的行徑，她則以具體行動證明自己無法受到言語方面的拘束。艾瑞克森採取的卻是非口語的策略，引導她瞭解自身習慣運用的掌控方式對個人有害無益，她應有能力以較具建設性的方式呈現個人的掌控欲。一如其他所有案例，改變的力量一向存在她個人的內心。艾瑞克森於是設計了一個讓她有機會產生改變的環境。

艾瑞克森的從容態度，顯露出他深信自己足以應付各式情境。如果某一情境需要他與對方對質，他知道自己遊刃有餘。如果情境要求仁慈以對，他不難表現出仁慈的態度。如果情境需要尖銳以待，他也可以充分擺出銳利的神情。艾瑞克森在此所傳達出的潛意識訊息，應不外乎他對個人處理各種情景的能力充滿自信。我們可以自動與此感受認同，隨即變得愈發自我肯定。

故事14：咽喉瘤

有位護士前來見我，我對她略有認識，她是那種自以為無所不知的護士。她曾再三橫遭醫院解雇，因為她不斷指示醫師該怎麼做，她告訴他們診斷結果以及指導他們該如何進行治療。

她前來向我求助，宣稱自己的咽喉長瘤，因而苦惱萬分。我要她陳述令她苦惱的狀況，於是她仔細描述身體的痛苦。我獲致結論後對她說道：「你有的不是咽喉瘤而是胃潰瘍，位於十二指腸末端。」

她回應：「胡說八道。」

我表示：「我可沒胡說，你才是。」

她立即說道：「我會設法向你證明我並沒有胃潰瘍。」她一連造訪了三位放射線專科醫師，結果一致證實我的診斷無誤。她怒氣衝沖沖地回來見我：「你說對了。我親眼瞧見了X光片，它們全都證實了你的說法。現在，你準備拿我怎麼辦？」

我說道：「你是亞美尼亞人。你熱愛辛辣食物。你有位姐姐每天都來電與你長談，你還有位姪女也是天天來電絮叨不休。你必須適時**掛斷**你姐姐與姪女的電話，她**倆**總令你胃痛不已。除此之外，不妨放鬆心情，盡情享受可口的食物。」

一個月後，她又分別造訪原來那三位放射線專科醫師，發現潰瘍已消失無蹤。我的建議簡單明瞭：「好好享受食物，掛斷你姐姐與姪女的電話。」

她最常出現的描述是：「我無法吞下這個，我無法吞下那個。」因而認定自己患了咽喉瘤。由她描述的痛苦症狀可知，問題必定出在十二指腸潰瘍，她本人卻不以為然。三位放射線專科醫師，則令她不得不承認我的診斷**正確無誤**。

奇怪的是，這位「無所不知」的護士，在職場上面如此飛揚跋扈，私底下卻無法果斷地面對自己的姐姐與姪女。艾瑞克森本身所表現的果斷態度，則替這位個案立下了榜樣。事實上，在這個故事中，當艾瑞克森也轉而採取「無所不知」的立場對付此個案時，他看來有些傲慢自大。然而，他顯然必須如此表現才可能說服個案遵命行事。

※ ※ ※

此外，我曾目擊艾瑞克森治療另一位個案琳達的過程。艾瑞克森曾令她攀爬女人峰。起初，她拒絕服從此項指令。然而，到了某一天，在艾瑞克森與大約十位學生進行會談的過程中，她卻敲門進來向他報告她已依言攀爬了女人峰，並且奉命前來回報。聽完她的報告後，艾瑞克森並未多說什麼即簡單打發了她。

當她離去後，現場學生個個對艾瑞克森竟要求她攀爬女人峰一事深感興趣。「他想讓她藉機碰觸內在的感受嗎？」「他想讓她有機會成功地完成任務嗎？」艾瑞克森的回答卻令人跌破眼鏡：「如此一來，她才會服從我。」艾瑞克森經常強調心理治療師必須主導治療過程，如果他竟無法令個案至少在某一領域中對他言聽計從，他自覺將毫無理由繼續進行療程。就以上這位護士的案例而言，艾瑞克森必須建立權威才能令她奉命行事——確實掛斷姐姐與姪女的電話。

故事15：全新的一天

我足足花費了一整個夏天才把十畝地上的灌木一一清除，父親則在那年秋季翻土播種。到了次年春天，他又再次翻土犁田開始廣植燕麥。這批燕麥長得非常好，我們於是期待一場大豐收。夏季將近尾聲時，某個星期四傍晚，我們一行人到燕麥田中勘驗成果以及研判何時可以開始收割，父親個別檢視一株株燕麥莖後表示：「老天，我們將不只會獲得每畝田三十三升斗燕麥的大豐收而已。照目前的情況看來，每畝田大概會出產一百升斗左右的燕麥。到了下星期一時，我們即可開始收割了。」

正當我們在返家途中興高采烈地計算，上千升斗的燕麥將會為家庭帶來多少財富時，天空竟開始下起毛毛細雨，這場雨足足下了星期四一整夜、星期五一天一夜、星期六一天一夜、星期日一天一夜，直到星期一清晨時，雨勢才逐漸停止。當我們終於涉水而過到達田裡時，整片田已見不到任何一株昂然挺立的燕麥了。

然而，父親卻開口表示：「我希望能有夠多成熟的麥粒會因泡水而發芽。如此一來，今年秋天我們的牛便有青菜可吃了——無論如何，明年又是全新的一年。」

※ ※ ※

這正是「著眼未來」取向，非常適合靠天吃飯的耕種活動。明天又是全新的一天，太陽將會再次升起，無論發生任何事都不會是世界末日，無論你感到多麼挫敗、沮喪，生命永遠有重新開始與成長的希望——如此主題在艾瑞克森的教育故事中屢見不鮮。它將是令人重獲鼓舞的原動力，以及抑止自憐自艾的有效良藥。

故事16：成長

兒子藍斯走進我的辦公室說道：「我將會永遠維持這副竹竿的模樣嗎？」他當時長得非常高也非常瘦。

我說道：「長成竹竿的模樣是青少年時期逃不過的宿命。你可以開始期待到了某一天，當你走進辦公室，將夾克遞給我時說道『從我眼前消失吧，老爸！』」

某天，他果真帶著一臉詭異的微笑走進我的辦公室，將他的夾克遞給我後說道：「從我眼前消失吧，老爸。」我穿上了他的夾克，發現袖子早已過長。那件夾克完全遮住我的雙手，而且肩部也太寬了。

※　※　※

艾瑞克森利用看似負面的特質，指出了其中存在的積極層面。在每一項負面事物中，他總是能找出其正面價值。任何優秀的心理治療師均深諳此道，艾瑞克森的功力無疑超人一等。此處，艾瑞克森將兒子身材如竹竿一事看成他必將長得比老爸高——艾瑞克森心知這種觀點勢必令兒子產生正面感受。藍斯自此可以期待長得比老爸更高；而到了某一時候，老爸將會消失在藍斯的夾克中。

傑弗瑞．西格則曾向我指出，艾瑞克森一向心存目標。西格說道：「某日，我前去拜訪他，沒頭沒尾地問了句：『你的目標是什麼？』艾瑞克森卻毫不遲疑地回答：『等著看羅珊娜（他的女兒）的新生兒。』他知道我意欲何指。他根本不必眨眼尋思即回答了我的話，而我也知道他必定會指向未來才會發生的事。」西格又繼續說道：「他一向擁有這種積極的未來取向。這並非是種強迫性的固執觀念，而是有如吸引飛蛾前來造訪的火光。艾瑞克森並非強迫執著此一定位，而是心中自有如此火炬引導他順勢前行。」

第十三章　教導價值與自律

故事1：及早劃定疆界

某個星期日，我們全家人正在閱讀報紙時，克莉絲汀走向她的母親，一把搶過母親手中的報紙並將它扔在地上。她的母親說道：「克莉絲汀，這可不是個好行為。把報紙撿起來還給媽咪，再向媽咪說聲對不起。」

「我不需要這麼做。」克莉絲汀回答。

家中每位成員均提出同樣的忠告，卻一一被她打了回票。於是我要貝蒂將她抱進臥室。我先在床上躺了下來，貝蒂則把克莉絲汀放在我身邊。克莉絲汀神情傲慢地望了望我即開始爬下床，我卻抓住了她的腳踝。她說道：「放開我！」

我回答：「我不需要這麼做。」

我們持續了四小時之久。她使勁踢打掙扎，很快地，她掙脫了一隻腳踝的束縛；我卻立刻握住了另隻腳踝，這可說是一場奮不顧身的戰爭——有如兩個大力士之間無聲的較勁。經過四小時的拚命奮戰後，她終於認輸，轉而對我說：「我去撿起報紙還給媽咪。」

我乘機使出殺手鐧：「你不**需要**這麼做。」

她的小腦筋開始快速運轉，急忙說道：「我會撿起報紙。我會還給媽咪。我會向媽咪道歉。」

我依舊不為所動：「你不**需要**這麼做。」

她開始全力衝刺，說道：「我會撿起報紙。我**要**撿起報紙。我**要**向媽咪道歉。」

我表示：「很好。」

十年後的某一天，我的兩個小女兒對她們的母親無禮吼叫。我立即將兩個女孩叫了過來：「好好站在這塊地毯上反省反省，我不認為對母親吼叫是件好事情。站在這兒仔細想一想，我所說的話是否有道理。」

克莉絲汀說道：「我可以站在這兒一整夜。」

羅珊卻表示：「我不認為對媽咪吼叫是件好事情，我會去向她道歉。」

我繼續返身寫我的文稿，一小時後，我轉向克莉絲汀查看她是否也有些悔意。佇立一小時應足以令她感到疲累不堪，但克莉絲汀仍舊僵在那兒不肯有所表示。我又回頭寫作。

又一小時過去了，我對克莉絲汀說道：「似乎連掛鐘上的長短針都已經有氣無力地在那兒緩緩爬行。」再過了半小時後，我再度轉向克莉絲汀：「我認為你剛才對媽咪說話的態度非常愚蠢，我認為對自己的母親大聲吼叫實在荒謬至極。」

她撲倒在我膝上說道：「我也這麼認為。」並開始啜泣。

其中有十年的時間我並未對這孩子施以任何懲戒——兩歲到十二歲期間。十五歲時，我懲戒了她一次，如此而已，總共只懲戒過她三次。

※　※　※

在其發表於《家庭過程》（Family Process）期刊的一篇文章〈安全現實的認同〉（The Identification of Secure Reality）內容中，艾瑞克森曾指出：「在童年時期的認知發展過程中，現實、安全與疆界或極限的定義，將構成非常重要、必須審慎加以考量的課題……當人如此年幼、軟弱卻又聰慧無比之際，身處在知性、情緒頻頻波動起伏而未曾加以界定的世界中，他自然渴望學習什麼才是真正的強壯、穩固與安全。」

當克莉絲汀表達「投降」之意後，艾瑞克森本可以立即放手，但他卻執意非等到她說：「我要……」才肯甘休。她最後終於將「必須」改口成了「我要」，足見她已將外在社會期待的良好行為予以內化。藉由此一故事，艾瑞克森以其一貫簡潔扼要的方式，傳述了內在良知或超我的發展過程。

他同時也強調出早期「疆界與限度設定」的重要性。基於此一早期「強大卻安全」的懲戒過程，難怪艾瑞克森在未來十五年中，僅僅需要另外懲戒克莉絲汀兩回而已。因為早年的教訓早已深植於心。

故事2：垃圾事件

孩子對幼年的記憶一向模糊，但我卻對他們發生的每件事情記憶猶新。羅勃某天向我宣告：「我已長得夠大夠強壯，足以承擔每天晚上將垃圾拿出去的工作了。」

我表示懷疑，他卻堅定地為自己的能力辯護。我隨即表示首肯：「好吧，你可以從下星期一開始負責這項工作。」

星期一及星期二兩天，他如期執行任務。星期三卻忘了垃圾這回事。星期四時，經我提醒後，他按時將垃圾拿了出去，但接下來的星期五與星期六又忘了該負的責任。因此，星期六晚上，我刻意提供許多精彩刺激的遊戲，令他玩得興高采烈又精疲力竭。除此之外，我還特別附贈一項特權，讓他隨自己意願愛玩到多晚就玩到多晚。到了午夜一點鐘時，他終於表示：「我想我該上床睡覺了。」

我任由他上床入睡，到了半夜三點時，我因某種巧合醒了過來，隨即前去叫醒羅勃，並滿臉歉意地向他表示忘了提醒他當天得將垃圾拿出去。我懇請他立即穿上衣服將垃圾拿出去，他十分不情願地下床更衣。我則再次向他致歉，他依言將垃圾拿了出去。

完成任務後，他重新換上睡衣上床睡覺。我確定他睡熟後又再度喚醒他，這回我的態度顯得更加內疚與抱歉。我告訴他，我實在不知道怎麼會有包垃圾被遺漏在廚房內忘了拿出去，他可不可以再次下床更衣，將那包被遺漏的垃圾拿出去？他不得不遵命行事，將那包垃圾拿出屋外丟入小巷內的垃圾桶中。他隨即走了回來，卻一路陷入某種苦思當中。當他到達後院門口時，竟又急急返身折回小巷，查看自己是否確實關好了垃圾桶的蓋子。

進屋後，他又稍事停留，並大略掃描了廚房一眼，這才安心走回臥室。我仍站在那兒對他頻頻致歉。他終於上了床，自此之後再也沒有忘記將垃圾拿出去的任務。

※　※　※

事實上，羅勃清楚地記得此事。當我提及將寫出這一故事時，他甚至在回憶過程中發出了痛苦的呻吟。

故事3：六歲的偷竊狂

一對夫婦前來向我求助，他倆十分絕望地問道：「我們該拿那才六歲大的女兒怎麼辦？她偷我們的東西，她也偷我們朋友以及她朋友的東西。當她與母親上街購物時，她又會偷店裡的東西。我們才送她參加專為女孩舉辦的育樂營一天而已，她就帶回來了其她女孩的東西——有些東西上面還清楚寫著原來主人的名字。她編造許多謊言，聲稱母親買了許多東西給她，而那些偷來的東西全是屬於她的物品。有任何方法可以整治如此年幼的偷竊狂，一個年僅六歲的騙子嗎？」

我告訴他們，我自有辦法，隨即寫了封信給這位小女孩：「親愛的海蒂，我是你六歲大的成長小精靈。每個孩子都會有一個成長小精靈，但卻從來沒有人看見過這個小精靈。因此，你也從來沒有看見過我。或許，你會想要知道我的長相如何。我在頭頂上，前額上以及下巴上都長著一些眼睛。如此一來，我才能清楚地看見我所負責看守的孩子所做的一切事情。

如今，我看著你慢慢地學會了許多事情。我對你熱衷學習的態度深感滿意，而有些事情似乎比其他事情難學許多。此外，我也有許多耳朵。我的耳朵卻不長在頭頂上，否則它們將會干擾我的眼睛進行觀察。我有些耳朵在臉頰的旋轉關節上，我因而可以自由調整它們的方向，藉以聆聽四面八方傳來的訊息。我也有些耳朵長在頸部、身體側面以及那些後腿上面。此外，我的尾巴上也長滿了耳朵。尾巴末端的耳朵則是最大的一個——正巧位於尾巴的旋轉關節上（請你的父親告訴你旋轉關節是個什麼樣的東西）。那麼我才可以自由轉動這個大耳朵的方向，好能聽見你所說的每一句話，以及進行每件事情的過程中所發出的吵雜聲。

我共有三隻左前腳與一隻右前腳。一般說來，我多半憑藉著靠外側的兩隻左前腳向外行走。內側的左前腳一共有三十二個指頭，這也正是為什麼我的字跡如此醜陋的緣故，因為我老是不記得該用哪些指頭夾住鉛筆才對。當然，你可想而知，我運用左前腳的速度得比運用右前腳快上兩倍，否則無法維持直線前行。此外，我還有六隻後腳——三隻在左側，三隻在右側，兩側行進的速度因而頗為平均。我向來喜歡光著腳丫子到處行走；你也知道，鳳凰城的夏天有多麼炎熱。因此，我常只在兩隻後腳上穿鞋子，其餘則一律打赤腳。」

一段時間之後，我受邀請參與小女孩七歲的生日宴會，我不得不謝絕對方的盛情，因為我是個六歲小孩的成長小精靈，對七歲小孩的成長事物所知甚少。然而，卻是這個屬於六歲小孩的成長小精靈，一路看顧她、聆聽她。伴她走過六歲時光。屬於小精靈的故事徹底矯正了她的行為。

※　※　※

在提供有助於孩子發展健全良知的資訊之時，艾瑞克森刻意避免使用有關「禁止」、「應該」，以及規範之類的描述。他以其一貫的態度強調學習的價值。此處他採取的立場，與先前另一個故事如出一轍——均以一種有趣的方式（而非怒氣沖沖地）呈現教訓。事實上，在所有關於訓誡的故事中，艾瑞克森的態度總是堅定卻並不嚴酷——即使某些讀者可能認為他的方法其實頗為嚴厲，或有如進行意志之戰。事實上，他的真正目的是，協助孩子發展出屬於個人的自主意志與自律精神。

此一案例中，六歲的小女孩已被父母標示為偷竊狂，艾瑞克森卻並未被捲入此一有關偷竊的「動力系統」中。相反地，他認定小女孩需要的是一個內化的超我。於是透過寫信與對方產生共鳴的方式，提供小女孩所缺乏的內在監護人物與自律系統。

故事4：復活節兔子的來信

一位母親帶著她七歲大的女兒來見我：「她的兩位兄姐已讓她對聖誕老人的信心大為動搖——現在，她正全力維護自己對復活節兔子的由衷信賴。我也願意讓她再相信復活節兔子一年，因為一旦她到了八歲，就絕對不會再相信有復活節兔子這回事了。現在的她卻依舊願意相信復活節兔子的存在。」

於是我寫了一封復活節兔子的信給這位小女孩，告訴她我如何不辭辛勞地四處尋找世上最硬的復活蛋，即使跳得腳都酸了也不放棄，因為我認為她該當獲得此一特殊禮物。我在信中寫道：「當我跳過仙人掌時估算錯誤，所以紮了幾根刺在身上，可令人**痛死了**。我也幾乎被一隻響尾蛇咬到。此外，有隻野生驢子順道載了我一程。牠是隻善良的好驢子，但實在有些笨，牠將我帶錯了方向，我只好原路再跳回來。此外，我也不該和一隻年輕的兔子一道搭便車以至於走錯了路，讓我又得再次一路跳回出發點！」

我接著寫道：「我再也不會因貪圖方便而任意搭便車了，這實在不是一件好事情。」

小女孩拿了我的信到學校例行的「獻寶活動」中發表。那年復活節，她獲得了一枚世上最堅硬的蛋——銀器瑪瑙製成的蛋！

人們依舊不時向我求助，要求我透過電話對他們的子女扮演聖誕老人，我總是以從前對付他們的一貫方式，對他們的子女重施故技。

曾有三個小女孩連續六星期每天早晨都急急跳下床來，衝到信箱中去拿取復活節兔子寫來的信。我在信中向她們逐日報告找蛋的經歷，而且每張信箋的花色都不同。她們一一獲得了世上最堅硬的復活蛋，我則獲得了信件不斷被帶至「獻寶活動」中發表的殊榮。

※　※　※

艾瑞克森的行徑顯示出心理治療不妨儘可能提供個案所需要的協助。在「六歲的偷竊狂」一文中，年輕小女孩需要的是內化的超我。而在「復活節兔子的來信」故事裡，小女孩需要的是復活節兔子存在的證明。如果兔子能寫信，牠們勢必真實存在！嚴格來說，這故事的主要目的並非在於灌輸任何價值，而是當年幼的小孩有機會聽見諸如此類的故事時，他們將會在成年之後較懂得重視幻想與古怪念頭的價值。

故事5：讓病人自行奮戰

兒子羅勃七歲大時曾與一輛卡車同時爭取道路使用權，結果他輸了。警方事後將我帶去指認那個口袋中有張署名「巴比」（Bobby是Rboert的昵稱）考試卷的孩子。我望著躺在撒馬利亞人醫院中的羅勃，向醫師詢問：「他傷勢如何？」對方回答：「兩根大腿骨都折斷了，骨盆碎了，頭蓋骨也裂了，有腦震盪的現象。我們目前正在檢查他是否有嚴重的內傷。」

我待在醫院一直等到那位醫師告訴我沒有其他內傷後才鬆了口氣，我隨即問道：「以目前狀況判斷，情況將如何？」

那位醫師表示：「他**如果**能熬過四十八小時的話，便**可能**會有存活的機會。」

我回家後立即昭告全體家人：「我們都認識羅勃。我們知道**當羅勃非得做某件事時**，**他總會毫不遲疑地著手進行**，他會把事情做得非常好。此時此刻，羅勃正待在撒馬利亞人醫院中。一輛卡車撞到了他，將他的兩條腿撞斷了、骨盆撞碎了、頭蓋骨撞裂了，而且還撞傷了他的腦部，令他產生了腦震盪的現象。因此，他現在既不認得任何人也無法正確思考。我們大夥得等上四十八小時才能確知羅勃是否有機會活下去。現在，大家聽好，我們都認識羅勃。當他做事情時，一向會把事情做得非常好，你們總是可以為羅勃所做的事感到驕傲。

如果你們想要流些眼淚，那倒是無妨。但如果你們竟開始**痛哭流涕**，我便會認為是對羅勃的大不敬。為了展現對羅勃的尊敬，我認為你們應該依照往例分擔家事，而且安心地吃頓晚餐。此外，你們也應該專心寫功課，而且準時上床睡覺——不只需要準時上床睡覺，更該好好睡一覺。你們虧欠羅勃這份尊敬。」

其中兩個孩子掉了幾滴眼淚，而所有的孩子均吃了頓豐富的晚餐，而且分擔了應做的家事。隨後，他們洗了碗盤，並在寫完家庭作業後便準時上床就寢。

在那關鍵的四十八小時中，我們全都知道羅勃一定會活下來。

我告訴全家人，我們應讓羅勃獨自待在醫院中進行艱苦任務——設法康復。如果我們去探視他，將會耗損他的精力，而他此時亟需卯足精力進行康復任務。我毫不知情妻子竟背著我每天偷溜到醫院中探視羅勃，她會輕輕走入病房並在病床前安靜地坐下。有時，羅勃會翻個身，背對著她繼續休息。有時，他會告訴她：「回家去！」有時候，他則會問她一、兩個問題後請她回家，而她總是照他的吩咐行事。

我們大夥送給羅勃許多禮物——卻總是託護士轉交給他，從未親自將禮物送到他手上。

我時常到醫院去，但總佇足在護理站內隔窗觀察羅勃的病況。羅勃始終不曉得我就在附近。

意外發生在十二月五號，而羅勃直到次年的三月底才全身裹著石膏由醫院返家。負責抬擔架的醫護人員，在轉進室內時幾乎將他翻倒在地，羅勃卻一副興高采烈的模樣。當他被抬進客廳時，他說道：「我真高興能有像你們這樣的父母，你們從未到醫院中來打攪我。其他那些可憐的孩子可沒我這般幸運，他們的父母每天下午都會來引誘他們哭個不停。除此之外，他們每天晚上也會按時報到，讓那些可憐的孩子再度猛掉眼淚。每當到了星期日時，情況會變得更淒慘。我真討厭那些父母，他們根本不讓孩子有機會康復。」

當我仍是實習醫生時，我曾在病人接見訪客一小時之前測量他的體溫、呼吸速率以及脈搏。待訪客離去一小時之後，我再度測量他們的脈搏、呼吸狀況與血壓。事實證明，每當病人接見訪客後，他的體溫總會上升、呼吸速率則會加快、血壓也會激增。當時，我便下定決心，如果有朝一日我的妻子或兒女不幸住院時，我一定不會前往探視。直到我確定他們的血壓、心跳、呼吸以及體溫已恢復正常，不至於受到太大影響時，才會考慮出現在他們面前。總而言之，住院的病人需要利用精力恢復健康，而非耗損元氣讓那些身強力壯的親戚感到心安。

※　※　※

艾瑞克森利用這個故事答覆了眾人一向常有的疑問：「你認為有必要去感受悲傷或者

失落的痛苦嗎？痛苦的情緒是否應該有機會加以滌清？」大部分的讀者很可能會覺得，就為人父母的立場來說，艾瑞克森的行徑頗為奇怪與冷酷。然而，艾瑞克森確實認定，當人身患重病時必須不受干擾地進行自身的治癒「工作」，訪客卻往往令病人耗費精神，可說是有害無益。不過，他顯然將個人的立場表現得有些過度誇張，因為他也提及艾瑞克森太太每日確實會坐在孩子的床前予以守護。此外，他本人也同樣無法克制關懷之情——經常至護理站報到。再者，艾瑞克森家的孩子必定很小即學會了不該對疾病或傷害感到大驚小怪，他們往往會為個人所擁有的自給自足能力引以為傲。

聽完這故事後，一位學生曾頗為憤怒地質問艾瑞克森為何不去探視羅勃，並運用催眠療法「協助他儘快好轉」。艾瑞克森回答：「孩子不可能在與我生活了這麼久之後，尚未學到任何東西。我一向教導孩子忽視痛苦以及看重生理的舒適感受。舉例來說，當羅珊擦破膝蓋時，她哭得震天價響，恐怕整個城市都聽到了她的號叫聲。她的母親立刻趕去查驗她的傷勢，我也尾隨而至。當時，只見她的母親對她說道：『媽咪會親吻傷口的這裡以及這裡，然後再對準傷口親一下，你就不會再感到疼痛了。』真是令人嘆為觀止，母親親吻的麻醉力量竟如此強大。」

他間接透露，就無傷大雅的擦傷來說，利用「母性」的撫慰確實有效。但若在十分嚴重、性命攸關的情境中，儘可能令病人獨自奮鬥才是最佳的治療之道。在這段回答中，艾瑞克森也順勢糾正了一項有關自我催眠的錯誤觀念。他表示，並非一定要透過既定儀式的誘導過程，才可能達到自我催眠的效果。事實上，只要意識到「忽視痛苦以及重視生理的舒適感受」，即可以產生有如直接被「催眠師」正式誘導的催眠效果。換句話說，如果當事人接受了某項價值與信念，此項價值與信念對他的影響，將一如「催眠」般強烈。

此處，艾瑞克森不僅傳達了不該探訪病人的立場，更進一步表達出身為父母或協助者的人，必須站在一旁聽候差遣——只有當受苦者要求協助時才伸出援手。當羅勃告訴她母親「回家去！」時，她即毫無異議地離他而去。

如果我們以內在的角度審視此一故事時，我們發現「孩子」一向知道自己的需要，屬於成人的干擾只會延誤治療與成長的過程，如此延誤常以非常基本的方式加以展現。艾瑞克森文中一再以血壓、心跳與呼吸的變化陳述干擾的情形，此番描寫方式正符合他所慣用的間接誘導策略。在這故事中，他指出當為人父母者將本身的焦慮傳達給孩子時，孩子的自然生理反應（自然的生命功能）便會橫遭破壞。

就另一方面來說，當個人內心的「父母」形象（「內在的聲音」）在焦慮的層面中運作時，個人的成長工作便將遭到延誤。每當此事發生時，「孩子便會流淚哭泣」。就內在層面來說，套句賀尼的說詞，當「應該」的聲音太過迫切時，我們便會感到悲傷或自我憎恨。針對這故事所做的評論中，艾瑞克森卻又另外強調「母親」的吻所具有的非凡療效。換句話說，有能力成為我們自己的好母親以及懂得如何愛我們自己，將深具「麻醉」效果——足以減輕內在痛苦與質疑。

此外，就心理治療而言，當個案正在進行自我成長工作時，心理治療師也不該橫加干涉。

故事6：星期日補上星期六的課

某位醫學院學生老是忘了星期六還得上課這回事，他總是在星期六清晨按時醒來，出門，然後前去打高爾夫球。他從不記得星期六仍然必須到校上課，直到他碰上了我的課。

我向他解釋一星期共有七天，星期六仍然是屬於求學的日子。我願意替他補課，卻不是在星期六而是在星期日。星期日並非是正規的上課日，他也許自此之後即會記得星期六前往上課。

我隨即說道：「明天早晨，亦即星期日的早晨八點鐘時，請準時前往二十哩外的韋恩縣立醫院，並請直接進到我的辦公室內等我。如果我遲到幾分鐘，千萬別以為我會忘了這回事，我不會忘記你的。你不妨利用時間認真做作業，當你完成作業後，即可以在下午四點鐘時起身回家。」

你們應該很清楚，我根本忘了自己曾經對他說過那些話。他一整天就坐在我的辦公室內枯等，直到下午四點鐘為止。

第二週的星期日早晨八點整，他又準時到達我的辦公室，滿心期待我會記得與他的約定，然而，我卻又再次爽約。

第三個星期日，我給了他一連串有趣又和善的個案進行晤談，這些案例精彩得令他不願在下午四點鐘準時離去。他一直待到下午五點時才戀戀不捨地起身返家，之後再也沒有忘記過星期六的課。

※　※　※

此處的治療原則與「我不需要這麼做」故事中的懲戒原則相同——正是「以其人之道還治其人之身」。由於文中學生忘了星期六的課，艾瑞克森遂也「忘記」了星期日的補課約定。至於這位學生為何竟會如此守信，一連數個星期日均不惜行經二十哩路，準時在早晨八時到達艾瑞克森所指定的地點，即使艾瑞克森並未現身也仍不放棄呢？我們對此只能加以研判而無法證實。他或許很高興能獲得個別的注意，又或者艾瑞克森「處方」中的嚴格考驗層面對他深具吸引力。至少其他的個案與學生，一向對艾瑞克森所提供的嚴格考驗奉行不渝。無論如何，艾瑞克森最後終於提供這位學生一連串有趣的晤談經驗以示獎勵，此番考驗遂變成了相當正面的經驗。此後，這位學生應該能夠（甚至渴望）準時出現在星期六的課堂上，期待與艾瑞克森做進一步的正面接觸。

值得注意的是，此番懲戒並非以處罰的方式出現。就某種層面來說，這位學生心知肚明，正如克莉絲汀心裡十分清楚一般，艾瑞克森並未生氣，他只是真心想協助對方發展自律精神罷了。

故事7：小孩獨特的自律風格

我收到了一封由年僅一歲半的孫女寫來的信；是由她的母親代筆完成的。年僅一歲半的吉兒終於有機會首次造訪游泳池。然而，當她的腳部沾濕時，她開始大聲哭泣，當她的手臂沾濕時，她更是哭著緊抓住母親不放。她不斷哭泣而且將母親抓得愈來愈緊，直到母親讓吉兒主導整個情況為止。

現在，她已開始計畫下一回造訪游泳池的行程了，並且不忘教育母親：「讓我按照我自己的進度來處理此事。」

我的孫兒女總是自有一套應對生活之道，而且個個堅決果斷。當他們想要做某件事時，一定毫不遲疑，但**他們必然以個人獨特的風格進行此事**。他們的母親總是能夠鉅細靡遺地描述這些事件。我則妥善保留這些信件，以期裝訂成冊，待這些孩子年屆十六、七歲，開始逐漸惋惜父母缺乏智慧時，再送給他們聊表紀念。

※　※　※

文中最重要的一句話是：「他們必然以個人獨特的風格進行此事。」艾瑞克森非但將此原則用在個案身上，也用在孩子身上。個案永遠有權選擇自身獨特的解決之道，而此態度勢必能夠增強孩子或個案尊重個人價值以及學會自律的傾向。

故事8：揍屁股

某天，我的兒子藍斯由小學放學回家，他跑來對我說：「爹地，學校其他的孩子全被揍過屁股，而我卻沒被打過。所以，我想要被揍一頓屁股。」

我回答：「我沒有理由要揍你屁股。」

他說道：「我會給你一個好理由的。」於是他走了出去，打破了診所的一扇窗戶。

他回來問我：「現在，我可以被揍頓屁股了嗎？」

我表示：「不，真該做的是換裝一面玻璃窗，揍你一頓根本於事無補。」

他嘔著氣又跑了出去，打破了另一面玻璃窗：「現在，你可以揍我了吧！」

我回答：「不，我得換裝另一面玻璃窗了。」為了想挨頓揍，他一連打破了七塊玻璃窗。而當他出去執行第七次任務時，我正站在公車的陽臺上，將七輛他心愛的電動玩具小卡車在陽臺的欄杆上一字排開。打破第七面玻璃窗後，他再次進屋來挑釁：「我打破了第七塊玻璃窗，你可以揍我一頓屁股了嗎？」

我依舊不為所動：「不，換裝玻璃才是我該做的事。」隨後，我對他說：「現在，你有七輛小卡車排在陽臺的欄杆上，我準備讓第一輛卡車開跑，希望它會及時煞車，而不至於摔到樓下的人行道上去跌個粉碎。噢，真是不幸！希望第二輛可以及時煞得住。」

他就此失去了七輛小卡車。大約三星期後，他與高采烈地放學回家。我一把抓住了他，將他橫放在我膝上，揍了他的屁股。他感到莫名其妙：「你為什麼要這麼做？」

我說道：「我似乎記得你曾要求我揍你屁股，而我當時並未滿足你的期待。」

他回答：「我現在比較懂了。」

當然，我可沒有真的狠揍他，那只不過是頓象徵性的揍屁股而已。

※ ※ ※

艾瑞克森在此示範了一項用以懲戒子女以及治療個案的重要原則。他絕對不會應對方的要求行事，而是視情況所需做出最合宜的應對。在他教導羅勃遵守諾言，負責拿出垃圾的案例中，我們即曾領教過此一態度。在那項案例中，他刻意在夜半「提醒」羅勃應負的責任——因他知道這類提醒勢必令人印象深刻。在以下的故事中，我們也會得見類似的事情——他會故意找不合適的機會督促某人做某事，藉以達成訓誡的目的。

故事9：砰然關上門

當我正在辦公室內舉行一場小型的教導研討會時，我的孫子道格拉斯突然闖了進來。他向我展示新買的運動鞋後便轉身離去。大約四十分鐘後，他又再度現身，而我當時正處在示範如何加深催眠狀態的過程中。

我告訴他：「道格拉斯，趕緊離開。」而他竟厚著臉皮說道：「我聽不見你在說什麼。」

「趕緊離開，」我重複，「到屋子裡去。」

道格拉斯只好遵命走出辦公室，卻砰然將門狠狠關上。顯然他並不願離去，但他卻不該砰然一聲關上門。如果他是我的兒子，我將會毫無理由地以親切的口吻要求他：「請將門砰然關上。」我會挑他正在忙著看圖畫書時要求他做這件事，他雖滿腹狐疑卻會遵命行事。我會謝謝他並要求他再做一次，他會再次砰然一聲關上門，卻不知道我葫蘆裡到底賣著什麼藥，而我會要求他再次砰然一聲關上門。

他會說道：「可是我想要看書。」

「不管如何，請再次把門砰然關上。」我會堅持要他再做一次。

他會再次依言砰然一聲將門關上，過不了多久，他便會詢問我為何老是要求他砰然關上門。於是我藉機提醒他最初所發生的狀況，並且表示：「你當時砰然關門的方式，讓我認為你**喜歡**將門砰然關上。」

他的回答必定是：「我實在不喜歡將門砰然關上。」

在這類情境中，你很快便能學會某些事情並不符合你的本意。

※　※　※

此故事一如「揍屁股」事件，艾瑞克森旨在提供正確的藥方。令道格拉斯在有違心意的情況下大聲甩門，勢必會令他發現自己並不「喜歡」如此做。於是他將體會到，砰然關門只是他潛意識或反動的行為，而非他「渴望」進行的舉動。經此教訓後，未來的他或許會轉向努力控制個人的行為，並設法從事他真正「渴望」做的事。至少，他會對自己的言行有著更深層的認知。

我們一再見到艾瑞克森在各種不同的情境中應用此一原則——用以對付孩子、精神官能症的個案，以及那些精神錯亂的個案。他會設法「回映」個案那些不當的行為，或是命令個案一再重複那些不當的行為（誠如採用「症狀處方」技巧一般）。運用此一原則的過程中，他從不訴諸諷刺、氣惱或憤怒的情緒。他的態度是標準的「好奇」，他應該是這樣想的：「我很好奇如果我要求道格拉斯砰然關門，將會發生什麼結果？」

艾瑞克森本人自始至終保持著「赤子般」的好奇態度——一種屬於真正科學家的研究態度。

後記

一九八〇年三月二十七日星期四，我位於紐約的辦公室傳來噩耗——艾瑞克森已溘然長逝。當時，我正在猶他州的滑雪勝地雪鳥城度假。聞訊之際，首先浮現腦海的是貝蒂・艾瑞克森的身影，於是我立即去電執意。由貝蒂處得知，艾瑞克森在星期五完成了一周的例行教學工作後，曾經在十二本書上親筆簽名；星期六當天他一直感到有些疲累。到了星期日清晨，他的呼吸突然中止。貝蒂・艾瑞克森立即替他施行人工呼吸，並藉由緊急醫護人員的協助將他送醫急救。就醫過程中，代表心臟收縮程度的血壓指數始終停留在四十左右而無法上升，即使注射藥劑也不見效果。醫師診斷艾瑞克森遭受的是細菌感染所引起的麻痺症狀，一種鏈珠球菌感染引發了腹膜炎。高劑量的抗生素對他絲毫起不了作用，艾瑞克森就此回天乏術。

他的家人聞訊自全美各地趕至病榻前守候。這是一個向心力深厚的大家庭，其中包括了四兒四女以及眾多孫兒、孫女以及曾孫兒、曾孫女。當艾瑞克森處於半彌留狀態時，家人均隨侍在側。根據家人的說法，他走得十分安詳。正符合其生前一再提及的渴望——在家人、朋友的垂顧下，含笑撒手人寰。艾瑞克森享年七十八歲。

提及喪禮一事時，貝蒂表示：「請務必前來，史德，它將是一個僅限親朋好友參加的簡單儀式。我知道有些人正在不同的城市中，籌畫對他的告別儀式。」十分幸運地，我終能及時開車趕到猶他州的鹽湖城機場，並且直飛鳳凰城。鳳凰城晴朗溫和的好天氣，與我稍早身處的淒冷山巔恰好形成強烈的對比。

喪禮果真簡單隆重。艾瑞克森的遺體進行火化，骨灰則灑在他生前熱愛的女人峰山頂。喪禮之中，四位與他交往密切的共事者依序發言——分別是傑佛瑞・西格、羅勃・皮爾森（Robert Pearson）、凱・湯普森（Kay Thompson）及俄尼斯特・羅西。記得皮爾森的最後評論是：「艾瑞克森獨自對抗整個精神醫療界，而他終究戰勝了所有反對的聲浪。他們至今尚不瞭解……」羅西以詩歌形式，吟誦他在獲知艾瑞克森死訊前夕曾一度令他哭醒的夢境。

喪禮結束後，貝蒂・艾瑞克森表示她有些資料要交給我處理，這些資料正是艾瑞克森與薩爾瓦多・米奴欽（Salvador Minuchin）往返的信件。米奴欽在艾瑞克森辭世的前一星期才初次有機會與艾瑞克森會晤。艾瑞克森尚未來得及閱讀米奴欽的最後一封來信即與世長辭，貝蒂・艾瑞克森於是替丈夫回覆了這封信，順帶替我徵詢了米奴欽是否同意我在本書中摘錄他的信件內容。米奴欽慷慨應允。

米奴欽的最後一封來信是這麼起頭的：「與你會晤的經驗令人回味無窮。這一生當中，我只見過少數不平凡的人物——而你絕對名列其中。」

接著，他又寫道：「我對你竟能夠留意到單純的瞬間情境，並具體描繪出其間的複雜特性感到不可思議。此外，你對人類運用內在潛藏經驗的能力顯然深具信心，如此態度令我印象深刻。」

一九七九年，我造訪鳳凰城的期間，曾受邀住在與艾瑞克森辦公室緊連的房舍中。於是有機會瀏覽他圖書室內的藏書。我驚訝地發現，架上許多書籍竟是作者親筆題字獻給艾瑞克森的著作，字裡行間充滿了感激之情。至於書籍的種類則是包羅萬象——絕非僅止於催眠與心理治療領域而已。舉例而言，這些書籍當中，有的談論著名的蘇聯哲學大師葛吉夫（Gurdjieff），有的講述都市計畫，有些則是文學作品。作者的題辭內容往往有些忘形——例如：「感謝您教導我如何分辨知識（Knoeledge）與體認（Knowing）之間的分野。」

對於那些如我一般於一九四〇及五〇年代期間，便已追尋艾瑞克森步履前進的後生晚輩來說，眼見艾瑞克森在年屆八旬時終於獲得廣大群眾的肯定，及他的專業技巧與模式開始令更多人受益之際，心中的快慰可想而知。理所當然地，在專業催眠領域中，艾瑞克森始終居於領導地位。他曾經是美國臨床催眠學會的創始編輯。一九五〇年代期間，他甚至替《大英百科全書》（*Encyclopaedia Britannica*）撰寫關於催眠的篇章。多年以來，心理醫療方面的專業人員不時向他詢問有關催眠以及改變意識狀態的建言。

此外，一九五〇年代期間，他曾將艾爾達斯・休克斯勒（Aldous Huxley）引入催眠狀態，並隨之與他合作研究改變意識狀態的課題。瑪格麗特・米德則足足與他共事了四十多年之久，隨後成了臨床催眠學會的一員。一九四〇年代期間，《生活雜誌》（Life）即曾專題報導艾瑞克森的事蹟。一九五二年時，艾瑞克森躋身為梅西研討會（Macy Conferences）的活躍成員，與諸如桂格瑞・貝特森、瑪格麗特・米德，以及勞倫斯・古柏（Lawrence Kubie）等傑出心理分析權威人士，共同研討足以影響資訊界的前衛議題，儘管艾瑞克森擁有如此輝煌的歷史，絕大部分心理界以外的人士卻從來未聽過他的大名，甚至連許多專業心理治療師也對他一無所知。每當「艾瑞克森」此一名字出現在言談之中時，許多人的直覺反應往往是：「你是指艾瑞克・艾瑞克森（Erik Erikson）嗎？」

傑・哈雷筆下一系列相關的篇章，終於引起大眾對米爾頓・艾瑞克森的濃厚興趣。哈雷曾與艾瑞克森合作研究長達七年之久，而後一躍而為家族治療領域中的先驅人物。近年來，艾瑞克森的思想理念，不斷藉由李察・班德勒與約翰・葛瑞德所舉辦的相關工作坊與一再發表的篇章而廣泛流傳。

無數人士渴望參與艾瑞克森親自指導的研討會。在他生前最後一年來電預約的人，一律被告知必須等待一年以上，而且必須等到一九八〇年十二月在鳳凰城舉辦的艾瑞克森式催眠國際研討會結束之後再行預約。

每當我向專業人士現場示範或藉助錄影帶說明艾瑞克森式的催眠治療時，眾人往往迫不及待一睹艾瑞克森的廬山真面目。對絕大多數人來說，這實在是遙不可及的夢想。於是我開始思考整理艾瑞克森所傳述的訓誨，可以在表達他的治療理念之外，也能令眾人擁有親炙大師風範的體驗。

我隨即回想到，一九七八年間艾瑞克森與某位參與他講習會的精神科醫師之間的一席對話。兩人講到了某一地步時，艾瑞克森帶著淺笑轉向那位精神科醫師，語帶幽默地問道：「你現在還會認為此類心理治療只不過是說故事而已嗎？」顯然地，艾瑞克森所進行的心理治療絕非僅止於說故事而已；而且，述說我所謂的「教育故事」卻絕對是艾瑞克森在心裡治療過程中採取的主要模式。

一九七九年八月，密爾頓・艾瑞克森慷慨允諾讓我著手進行一本有關他的「教育故事」的著作。同年十一月間，他終於願意與我共同創作此書。就在他辭世的三個月前，我們才簽下出版合約。

這本《催眠之聲伴隨你》中節錄的，正是艾瑞克森多年以來對求診個案與受教學生述說的故事。在其生命的最後六年當中，他幾乎每天與成群的心理治療師會晤，一談便是四、五個小時之久。在這些會談中，他非但討論催眠、心理治療，也同時言及生活哲學，而且往往藉助「教育故事」傳達心聲。

為遵守維護隱私原則，本書故事內容中絕大部分的人名均已經過修改，僅保留了艾瑞克森家族成員的真實姓名——我確信艾瑞克森的家人將不至於對此產生異議。

著手編著此書的過程中，伊蓮．羅森菲爾（Elaine Rosenfeld）、迪娃．溫尼史坦（Dava Weinstein），以及瓊安．波爾夫洛德（Joan Poelvoorde）曾大力協助搜集資料；羅西不斷提供精神支持與鼓勵；西格則慷慨投注許多私人的時間以及貢獻出諸多寶貴的構想；我僅在此對他們致上最深的謝意。此外，貝蒂．艾瑞克森理應受到特別的感謝——她不僅信任我不至於俗化艾瑞克森的貢獻，更不惜花費多日耗精費神地審閱原稿與核對家族故事。貝蒂堅持所有相關內容必須正確無誤，即使是微不足道的小細節也從不放過。如果本書有任何未臻完善之處，必然源自於我個人的失職。

生命潛能出版圖書目錄

健康種子系列		作者	譯者	定價
ST9002	同類療法I—健康新抉擇	維登・麥凱博	陳逸群	250
ST9003	同類療法II—改善你的體質	維登・麥凱博	陳逸群	300
ST9005	自我健康催眠	史丹利・費雪	季欣	220
ST9010	腦力營養策略	藍格& 席爾	陳麗芳	250
ST9011	飲食防癌	羅伯特・哈瑟瑞	邱溫	280
ST9019	巴哈花療法，心靈的解藥	大衛・威奈爾	黃寶敏	250
ST9021	逆轉癌症——恢復生命力的九大自療療程（附引導式自療冥想CD）	席瓦妮・古曼	周晴燕	250
ST9022	印加靈魂復元療法——跨越時間之河修復生命、改造未來	阿貝托・維洛多博士	許桂綿	280
ST9023	靈氣108問——以雙手傳遞宇宙生命能量的新時代療法	萊絲蜜・寶拉・賀倫	欣芬	240
ST9024	印加巫士的智慧洞見——成為地球守護者的操練與挑戰	阿貝托・維洛多博士	奕蘭	280
ST9025	靈氣為你帶來豐盛——遠離匱乏、體驗豐盛的42天靈氣方案	萊絲蜜・寶拉	胡澤芬	220
ST9026	不疼不痛安心過生活——解除你的疼痛	克利斯・威爾斯＆ 葛瑞姆・諾恩	陳麗芳	280
ST9027	印加能量療法（新版）——一位心理家的薩滿學習之旅	阿貝托・維洛多博士	許桂綿	300
ST9028	靈氣心世界——以撫觸與覺知開展生命療癒	寶拉・賀倫博士	胡澤芬	280
ST9029	印加大夢——薩滿顯化夢想之道	阿貝托・維洛多博士	許桂綿	320
ST9030	聲音療法的7大祕密	強納森・高曼	奕蘭	270
ST9031	靈性按摩——品嚐靜心與能量共鳴的芬芳	莎加培雅	沙微塔	450
ST9032	肢體療法百科——身心和諧之旅的智慧導航	瑪加・奈思特	邱溫	360
ST9033	身心合一（新版）——探索肢體心靈的微妙互動	肯恩・戴特活德	邱溫	320
ST9034	療癒之聲——探索諧音共鳴的力量	強納森・高曼	林瑞堂	270
ST9035	家族排列釋放疾病業力	伊絲・庫什拉博士＆ 克里斯帝・布魯格	張曉餘	320
ST9036	與癌細胞和平共處	麥克・費斯坦博士＆ 派翠西亞・芬黎	江孟蓉	320
ST9037	創造生命的奇蹟：身體調癒A-Z	露易絲・賀	張學健	280
ST9038	身心調癒地圖	黛比・夏比洛	邱溫	360

ST9039	靈性治療的藝術——連結療癒的能量成為治療者	凱思・雪伍	林妙香	300
ST9040	當薩滿巫士遇上腦神經醫學	阿貝托・維洛多博士＆蒲大衛醫師	李育青	380
ST9041	零癌症——呂應鐘教授的身心靈完全健康之道	呂應鐘		320
ST9042	沒有治不好的病：學會身鏡系統，活出一切都能療癒的實相	馬汀・布洛夫曼	林群華	320
ST9043	22篇名人大腦故事，帶你遨遊神祕的腦神經世界	羅伯・卡普蘭	楊仕音＆張明玲	380
ST9044	零疾病：劃時代的八識健康法，讓你輕鬆實現無藥的奇蹟	呂應鐘		280
ST9045	花之療法：88種花朵的療效與訊息	朵琳・芙秋博士＆羅伯・李維	陶世惠	360
ST9046	班傑的奇幻漂浮——從明星到成為漂浮大使	班傑Benji		280
ST9047	身心靈完全療法——醫學、肯定語與直覺的東西方會診	露易絲・賀 ＆ 蒙娜麗莎・舒茲	張明玲	360
ST9048	神奇的植物靈療癒法：運用植物意識療癒你的身心靈	潘・蒙哥馬利	丘羽先	350
ST9049	靈氣與七大脈輪	理查・艾理斯	黃春華	280

奧修靈性成長系列		作者	譯者	定價
ST6012	蘇菲靈性之舞—讓自我死去的藝術	奧修	沈文玉	320
ST6013	道——順隨生命的核心	奧修	沙微塔	300
ST6016	歡慶生死	奧修	黃瓊瑩	300
ST6022	自由——成為自己的勇氣	奧修	林妙香	280
ST6023	奧修談禪師馬祖道一——空無之鏡	奧修	陳明堯	280
ST6024	奧修談禪師南泉普願——靈性的轉折	奧修	陳明堯	280
ST6026	女性意識——女性特質的慶祝與提醒	奧修	沈文玉	220
ST6027	印度，我的愛——靈性之旅	奧修(附「寧靜乍現」VCD)	陳明堯	320
ST6028	奧修談禪師趙州從諗——以獅吼喚醒你的自性	奧修	陳明堯	250
ST6029	奧修談禪師臨濟義玄——超脫理性的師父	奧修	陳明堯	250
ST6030	熱情——真理、神性、美的探尋	奧修	陳明堯	280
ST6032	靜心春與夏——奧修與你同在	奧修	陳明堯	220
ST6033	靜心秋與冬——奧修與你同在	奧修	陳明堯	220
ST6034	蓮花中的鑽石——寂靜之聲與覺醒之鑰	奧修	陳明堯	320

心靈成長系列 190

催眠之聲伴隨你——催眠諮商大師艾瑞克森的故事與手法

原著書名 | My Voice Will Go With You:The Teaching Tales of Milton H. Erickson
作　　者 | 米爾頓．艾瑞克森（Milton H. Erickson）&史德奈．羅森（Sidney Rosen）
譯　　者 | 蕭德蘭
封面設計 | at！在創意有限公司
責任編輯 | 黃　瑋
資深編輯 | 陳莉萍
總　　監 | 王牧絃
發 行 人 | 許宜銘
出版發行 | 生命潛能文化事業有限公司
聯絡地址 | 台北市士林區承德路四段234號8樓
聯絡電話 | (02) 2883-3989
傳　　真 | (02) 2883-6869
郵政劃撥 | 17073315（戶名：生命潛能文化事業有限公司）
E-MAIL | tgblife66@gmail.com
網　　址 | http://www.tgblife.com.tw
郵購單本九折，五本以上八五折，未滿1000元郵資60元，購書滿1000元以上免郵資

內文編排 | 菩薩蠻電腦科技有限公司．電話 | (02) 2917-0054
印　　刷 | 日光彩色印刷．電話 | (02) 2262-1122
法律顧問 | 普華商務法律事務所 PricewaterhouseCoopers Legal
版　　次 | 2000年2月初版　2005年7月再版　2012年7月三版　2016年7月四版
定　　價 | 450元

ISBN：978-986-5739-63-8
My Voice Will Go With You：The Teaching Tales of Milton H. Erickson

國家圖書館出版品預行編目(CIP)資料

催眠之聲伴隨你：催眠諮商大師艾瑞克森的故事與手法／米爾頓．艾瑞克森（Milton H. Erickson），史德奈．羅森（Sidney Rosen）著；蕭德蘭譯. -- 四版. -- 臺北市：生命潛能文化，2016.7
面；公分. --（心靈成長系列；190）
譯自：My voice will go with you: The Teaching Tales of Milton H. Erickson
ISBN 978-986-5739-63-8(平裝)
1.催眠術　2.催眠療法

175.8　105009583